S.F.
V.

Dem Bücherhüter
für den Büchermacher.

Oliver zum 26.04.2003
Christof

Ludwig Greve

Wo gehörte ich hin?

Geschichte einer Jugend

S. Fischer

Herausgegeben und mit
einem Nachbericht versehen
von Reinhard Tgahrt

2. Auflage: 4.–5. Tausend

Umschlaggestaltung: Raphie Etgar
Satz: Fotosatz Otto Gutfreund, Darmstadt
Druck und Einband: F. Spiegel Buch GmbH, Ulm
Printed in Germany 1994
ISBN 3-10-027806-2

Gedruckt auf chlor- und säurefreiem Papier

Inhalt

Komisch, wie man sich ändert; noch mit dreißig fand ich morgens nur schwer aus dem Bett, während es mir jetzt nichts ausmacht, ein paar Bahnen früher als nötig zur Arbeit zu fahren. Da kann ich immerhin dem Wortlaut, wenn schon nicht immer dem Sinn, in meiner Lektüre folgen, ohne daß ein Stampfrhythmus sich einmischt, der knöchern aus dem *Walkman* eines Halbwüchsigen dringt, von den Explosiv- und Grunzlauten, mittels derer ein paar minder introvertierte Schüler sich den Western vom Vorabend erzählen, zu schweigen. Die fahren später. Die Sorgfalt dieser Beschreibung könnte mich, falls das einer liest, in den Geruch eines Kinderfeindes bringen, das ist lächerlich, jeder, der mich kennt..., vielmehr achte ich am Anfang wohl besonders auf die Formulierung, sagen wir, aus Mangel an Zutrauen. Das wird sich geben oder auch nicht. Immerhin will ich einräumen, daß da schon mehr sein muß als eine blanke Stirn, um mich aufmerksam zu machen. Meine Mitfahrer um halb sieben sind bis auf wenige Ausnahmen immer die gleichen, unterer Mittelstand, kann man sagen, auch altersmäßig, die paar Berufsschüler dazwischen, deren Kopfputz usw. im Morgengrauen leicht pathetisch wirkt, kommen dagegen nicht an. So wenig wir aufeinander achten, nimmt man doch gewisse Veränderungen wahr, einen neuen Mantel oder Anzeichen von Alter, wenngleich die Fahrt bei aller Pünktlichkeit auch etwas Zeitloses hat.

Die »flaumenleichte Zeit der dunkeln Frühe« kann mich sogar auf dem Weg zur Haltestelle streifen, ja, zwischen den Neubauten, deren Häßlichkeit auch der Gewöhnung standhält. In der Rolle des Frühaufstehers, ich will das nicht leugnen, bekommt man selber vor sich Achtung, sodaß man das mürrische Kopfnicken im Fahrstuhl wie einen Tribut erwidert.

Natürlich könnte all das mich nicht abhalten, morgens auszuschlafen; doch seit ein paar Jahren überkommt mich beim Geräusch der ersten Lastwagen die Panik meiner Jugend, vielleicht ist es auch nur Ärger im Büro, nun aber unentrinnbar wie in der griechischen Tragödie, genug, ich breche aus der dumpfen Höhle aus, in der die Bettdecke mich einschließt, und suche Klarheit unter der Dusche. War da nicht noch was anderes? In der Bahn kurz nach sieben, mit der ich jahrelang gefahren bin, saß eines Morgens ein Mann, mittelgroß, weder besonders dick noch dünn, weiß der Henker, warum er mir auffiel. Sein Alter war schwer zu schätzen; immerhin boten die weißen Haare im Nacken, die aus dem schlechtsitzenden Kragen wuchsen, einen Anhaltspunkt. Der Hut. Ja, daran erkannte man ihn gleich, weil er so komisch auf dem Hinterkopf saß, nein, nicht wie die Strohhüte in amerikanischen Filmen, gar nicht zum Lachen: so unpersönlich wie an einer Vogelscheuche. Übrigens schien er ihn nie abzunehmen, den Hut, auch nicht im Sommer. Er hatte runde, etwas hervorquellende Augen, als wenn er ständig empört oder mindestens erstaunt sei, doch er stierte nur so vor sich hin. Teilnahmslos, das ist wohl das Wort, und wer ist das nicht zuweilen. Was noch? Aufgestülpte Lippen ohne Bart, also jung war er bestimmt nicht mehr, die Nase plattgedrückt wie ein Entenschnabel. Er trug immer Anzüge, wie es bei uns zuhause hieß, von der Stange, graugrün oder beige, eigentlich undefinierbar.

Der Mensch reizte mich irgendwie, und zwar um so

mehr, als ich nur dieses Allerweltswort habe, dieses Füllsel, das ich anderen – ach, meine lieben Kinder – ankreide, um das Gefühl zu beschreiben. Jeden Morgen, wenn ich einstieg, saß er da auf seinem Einzelplatz; wenn er wenigstens etwas gelesen hätte, meinetwegen die Bildzeitung! Um die Irritation zu begrenzen, gab ich ihm einen Namen, nur für mich natürlich, mit wem hätte ich schon über ihn reden sollen, ich nannte ihn Golem, weil er so unangepaßt, um es mal so zu sagen, wie jene Lehmfigur wirkte, die der Sage nach im Ghetto des mittelalterlichen Prag ihr Unwesen trieb. Unwesen mag altmodisch klingen, aber es trifft. Der Name war mir übrigens nicht so zufällig gekommen, ich merkte daran, daß ich den Mann schon mal gesehen hatte, und zwar auf dem jüdischen Friedhof vor ein paar Monaten, ich war zur Beerdigung eines Kollegen gegangen, mehr aus Pflichtgefühl, und einer der Männer, die den Kaddisch gesungen hatten, das Totengebet, war dieser da gewesen, mein Golem. Der kleine Friedhof am Stadtrand, wohl nach dem Krieg angelegt, weil es erstaunlicherweise immer noch Juden gab, wirkte nicht weniger provisorisch als die Schuppen, Lager für alte Autoreifen u. ä. ringsum, kein Gedanke an ewige Ruhe. Noch an das Leben, muß ich wohl sagen, dem wir doch die letzte Ehre – man kann auch sagen, die erste – erweisen sollten. Die Witwe nehme ich aus, doch schon der Sohn, irgendwoher aus dem Ausland herbeigerufen, kam mit seiner Trauerrolle nicht zurecht. Der Chor der deutschen Bekannten und Kollegen sah so bemüht drein wie eine Reisegesellschaft, die es in ein Urwaldritual verschlagen hat, und dann ich. Habe ich schon gesagt, daß ich Jude bin? Jedenfalls für die anderen, vor meinesgleichen mache ich keine gute Figur. Immerhin bemühte ich mich darum wie jemand, der im Konzert den Faden verloren hat. Um die Wahrheit zu sagen, habe ich noch nicht mal den Kaddisch gelernt, was nur deshalb ungeahndet blieb, weil mein Vater – davon später. Eine Gemeinde ist vollzählig, wenn zehn Männer zusammenkommen, das weiß sogar ich. Das ist so eine Regel, in der sich lange Erfahrung abgedrückt hat, das Volk der Wandernden war dadurch überall zuhause. Wenn ein Verstorbener, wie es hier der Fall war, nicht mehr soviel Angehörige oder Freunde hat, ich meine jüdische, finden sich zehn fremde Glaubensbrüder zum Gebet. Sie stimmten den alten Singsang an und verbeugten sich, wie von fremder Hand gestoßen, vor dem Unsichtbaren. Adonaj elohenu, adonaj echad. Der Herr ist unser, der Herr ist einzig. Die meisten trugen schwarze Hüte, der Rabbi ein silberbesticktes Käppchen, während mein Golem eben diesen Hut für alle Gelegenheiten aufhatte, auch so von hinten aufgestülpt, an dem ich ihn wiedererkannt habe. Ich hielt ihn für den Gemeindediener, den *Schammes*, da er sich der Zeremonie so geschäftsmäßig unterzog.

Wer geht schon gern auf den Friedhof, noch dazu, wenn da eine, was sage ich, *seine* Vergangenheit auf ihn wartet, gänzlich begraben? Etwas von dieser Scheu oder gar Abwehr rief der Schammes in mir wach, als ich ihn ausgerechnet in meiner Straßenbahn sitzen sah. Das ist dein Tod, so ähnlich. Er war übrigens nicht immer allein; ab und zu saß ihm ein kleinerer Mensch gegenüber, etwa Ende dreißig, so allein für sich wäre der mir nicht aufgefallen. Ein eher pfiffiges Gesicht mit roten Backen, über dem Bäuchlein eine Strickweste ... vielleicht hatte ich ihn doch schon irgendwo gesehen, etwa als Verkäufer in einem Straßenkiosk, Zigaretten, Eis am Stiel, dafür sprachen die roten Backen, oder sogar auf dem Friedhof. Einen Hut trug er jetzt nicht. In seiner Gesellschaft schnurrte der Golem los wie aufgezogen. Er redete gierig auf ihn ein, beugte, als wenn die Glubschaugen nicht genügten, den Oberkörper vor, wobei sich die Knie öffneten. Sein derart eingeschlossener Zuhörer lächelte, nickte dazu, nur, wenn der Golem mal Luft holen mußte, gab er auch etwas zu bedenken, mehr so aus Höflichkeit, das rief ein neues Wortkollern hervor. Der Golem hatte keine angenehme Stimme, heiser, rechthaberisch, doch immerhin war's ein Anzeichen von Leben; dann erkannte ich die Sprache. Es war ein Montag, da geht es gedämpfter zu als sonst, sodaß man im ganzen Wagen, obwohl er nicht sonderlich laut sprach, sein Tuscheln und Zetern verstehen konnte. Jiddisch. Niemand außer mir, so weit ich sehen konnte, schien darauf zu achten, die Schulkinder waren mit ihren Vokabeln beschäftigt, die Angestellten mit den Fußballberichten.

Das ist schon alles, es langt wohl nicht für einen Tatbestand. Warum sollte ich mich schuldig fühlen, daß ich nach ein paar Wochen die stumme Verabredung, sagen wir, vergaß – ich wachte offensichtlich immer früher auf, weil eine Terminarbeit mir zu schaffen machte, nichts sonst. *Soll ich meines Bruders Hüter sein?* So rhetorisch die Frage auch tönen mag, widerstrebt es mir immer noch, das Subjekt, dieses i-Tüpfelchen der Weltgeschichte, zu betonen, wie es der Satzbau verlangt. Beten, ja, das wäre ein Erkennungszeichen gewesen, ein Kaddisch in der Linie 5. Oder daß ein Fahrgast, dann die andern, ich war dessen schon gewärtig, *die Juden* anpöbelte: dann wäre ich, wie leicht oder schwer, weiß ich nicht, aufgestanden und hätte mich zu ihnen gestellt, uns trennte ja nur der Gang. Wirklich? So weit ich zurückdenken kann, habe ich mich immer bemüht, nein, nein, nicht bemüht, es kam ganz natürlich – nicht aufzufallen. Unwissen allein (bis zu Ovid hatte ich's in der Schule nicht gebracht), allenfalls noch Mangel an Zutrauen verhinderte, daß ich auf der Flucht mich, sagen wir, in einen Baum verwandelte, es wäre mir leichtgefallen; insofern ist Mühe wirklich das falsche Wort, es war auch Lust im Spiel. Ja, das war es, ein Spiel von freiem Benehmen, Lässig-, meinetwegen sogar Wurstigkeit, darin konnte ich es schon zu einiger Vollendung bringen, sofern *meiner Mutter Sohn*, wie die Lustigen Personen bei Shakespeare sagen, sich nicht einmischte. Kannst du mir folgen, Golem? Aber der Haken steckt.

Wir sollten stolz darauf sein, hatte mein Vater gesagt. Wenn er mich allein zu sich ins Herrenzimmer rief, es kam nicht oft vor, war mir schwach zumute. Diesmal hatte ich nichts ausgefressen, es war vielmehr so, daß er mir etwas abschlagen mußte. Warum durfte ich zu Ostern nicht ins Kaiser-Friedrich-Gymnasium mit meinen Freunden Horst und Paule gehen – noch in eine andere *Staatspenne*? Er saß so eingesunken in dem Sessel am Rauchtisch, vielleicht waren die Sprungfedern kaputt, während ich lieber stehen blieb, um das Würgen im Hals zu unterdrücken. »Wir haben alles versucht, Junge«, sagte er mit etwas verschnupfter Stimme, ohne mich anzusehen. Seine Augen waren blaßblau oder grau, man konnte sie jedoch schwerlich, wie es von den Helden in meinen Büchern hieß, *stählern* nennen. Beschreibe wer seinen Vater! Rote Äderchen an den Backen, schwere Tränensäcke, die Stirn so dicht gefältelt, daß sie schon wieder glatt wirkte. Das Auffälligste war die Nase, mächtig herausgebogen, daran hätte ich ihn noch mit verbundenen Augen erkannt, etwa beim Blindekuhspiel. Was für eine Vorstellung, er spielte nicht mit uns, es wäre mir auch nicht angenehm gewesen. Sein Unterkiefer, damals hatte er noch ein Doppelkinn, stand vor, sodaß er ein bißchen durch den Mund atmete, was sich nach Schnupfen anhörte. Da Evelyn, meine kleine Schwester, das von ihm geerbt hatte, mußte sie nachts einen roten Kinnhalter tragen, anders, hieß es, bekäme sie keinen Mann. Bei mir waren es die Sommersprossen auf der Nase, doch ich wehrte mich standhaft gegen die Umschläge mit Gurkenwasser, die meine Mutter mir auferlegen wollte. Mein Vater trug immer Anzüge der gleichen Machart, grau oder graugrün, nur bei Hemden und Krawatten erlaubte er sich etwas Abwechslung, wohl aus Berufsgründen. Er vertrat eine Hemdenfabrik, manchmal hieß es auch, er sei der Fabrikant, und ich betrachtete nichts Minderes als den Globus, den wie Saturn ein weißer Kragen umschloß, als das Emblem seiner Herrschaft. Leider, so oft ich mich ins Herrenzimmer stahl, wo die Reklamekugel eine Weile stand, drehte sie sich nie, sondern wandte mir stets Afrika zu, wohl nicht gerade ein Markt für Hemden. Die Fabrik trug den Namen ›Wimpel‹, worunter ich mir eine Art Dampfer vorstellte, besser noch ein Kriegsschiff, das an der Straßenreede festgemacht war. Als ich dann wirklich davorstand, war ich enttäuscht, ich wurde schließlich auch bald zwölf: ein Zweckbau wie tausend andere, zwei Reihen schwarze Fenster ohne Vorhänge, nicht mal eine Eingangstür, die war in der Toreinfahrt versteckt. Der Anlaß für unseren Familienausflug zum Schlesischen Bahnhof war die Betriebsfeier zum 50. Geburtstag meines Vaters; schon in der S-Bahn, während wir über Brükken, an Brandmauern, Türmen vorbei, zwischen Werkhallen hindurch fuhren, war ich mir in meinem Sonntagsstaat fehl am Platz vorgekommen, erst recht in den öden baumlosen Straßen. Die Firma bestand aus Frauen in bunten Kitteln, zu denen ich bald Zutrauen faßte, weil sie wie meine Schulfreunde berlinerten, und einigen Herren in grauen Anzügen. Auch der kahle Raum, mit Papiergirlanden dekoriert, erinnerte an die Schule; statt Pulten waren Zuschneidetische zu einer langen Tafel zusammengeschoben, an der die Belegschaft oder »große Familie«, wie ein Redner sie nannte, bei Kaffee und Kuchen saß und, wie mir schien, herzlich applaudierte, als er meinen Vater eine »Verkaufskanone« nannte. Wimpel, das Kriegsschiff. Papa wirkte bei all dem eher bedrückt als stolz; »... ist dir aufgefallen, daß niemand das Abzeichen trug?« fragte er halblaut, als wir wieder zum Bahnhof gingen, meine Mutter und lächelte trübe. Ich vergaß das bald über der Schule und vor allem der Olympiade, auch wenn ich sie nur am Radio erleben konnte, doch zwei Jahre später, es war Dezember, als er nach wochenlanger Abwesenheit wieder nach Hause kam, begriff ich sofort, daß es mit seiner Herrschaft aus war. Wie anders hätte er sich ohne Schlips, mit offenem Kragen gezeigt, noch dazu im Herrenzimmer und mitten am Tag? Erst dann sah ich, wie weit ihm der Anzug geworden war, und das geschorene Haar.

Worauf sollten wir stolz sein? Daß wir Juden waren. Ich hatte das Wort natürlich schon gehört, ohne mir viel dabei zu denken. Die Erwachsenen hatten ihre Sprache, das ging mich nichts an, solange sie mich nicht betraf. Es gab dann noch eine Art Familienwörter, die sogar Mimi nicht verstand, obwohl sie doch, weiß Gott, mehr zu uns gehörte als Onkels und Tanten. Sie hieß eigentlich Wilhelmine, zu uns kam sie schon als Minna, was mir bald zu dienstbotenhaft klang; ich machte Mimi daraus, dabei blieb es. Bei ihr in der Küche oder der Schlafkammer daneben fühlte ich mich weit mehr zuhause als im Eß-, Wohn- oder gar Herrenzimmer, wo man sich immer wie auf der Bühne vorkam. Sie war auch schon mal streng, regte sich aber nicht über jedes aufgeschlagene Knie oder unterlassenen *Diener* auf wie meine Mutter. Irgendwann schloß ich daraus, daß sie zu den *Gojim* gehören mußte, welches eins von den Wörtern war, die, als wenn sie keine frische Luft vertrügen, nur innerhalb der Familie gebraucht wurden. Ich vermied, sie zu fragen, was es damit auf sich hatte, denn ich wollte sie nicht kränken; aus der Art der Betonung glaubte ich schließen zu können, daß die G. (Einzahl Goj) zwar ein mächtiges, jedoch unmündiges Volk waren, schonend ausgedrückt. Ein anderes dieser Wörter, deren ich mich, ohne zu wissen, warum, schämte, hieß *nebbich*; seine Bedeutung schwankte, je nachdem, ob es adverbial, etwa wie leider, oder als Substantiv gebraucht wurde: der N. Das war ein armer Schlucker, dem sie solange ein Mitgefühl gewährten, als er sich in sein Schluckertum fügte; trat er aber zu anspruchsvoll auf, das hing an Kleinigkeiten, so zeigte das Mitgefühl sehr schnell, was es wirklich war, nämlich Herablassung. Allemal schien es sich um so verwickelte Zustände zu handeln, daß die normalen Wörter nicht griffen. Vor den Gojim, das versteht sich, wurde nie so geredet, da genügte die Alltagssprache.

So wäre es also falsch zu behaupten, ich hätte nicht schon in der Volksschule gewußt, was einen Juden ausmacht. Etwas mit Religion, da hatten wir eine Freistunde. Mit den paar Jungen, die das außer mir betraf, verband mich sonst wenig, wir redeten auch nicht darüber. Vom Turnen befreit zu sein, hätte ich als weit schlimmeren Makel angesehen. Ach Golem, wie soll ich dir soviel Gottlosigkeit erklären? Bevor ich in die Schule kam, waren, von Geburtstagsfeiern abgesehen, Kinderfräuleins meine Spielkameraden gewesen (das mit Mimi kam später); von ihnen lernte ich auch, vor dem Schlafengehen zu beten, wenn das, was ich mir so vom Lieben Gott wünschte, den Namen verdient. Das wirkliche Leben fing erst in der Schule an, und es füllte mich so aus, daß ich, wenn ich nach Hause kam, vor meinem Bild im Spiegel der mahagonigetäfelten Eingangshalle so etwas wie Beklemmung spürte. Wo gehörte ich hin? Hier war alles unverändert, dunkel, still, ewig. Wie anders schmeckte die Luft auf dem Schulhof inmitten der Kumpane! Hätte ich doch wie Paul einen Bäcker zum Vater gehabt oder einen Beamten, was immer das bedeutete, wie Horst. In der Klasse von Fräulein Pohl galt indessen nur, wie einer schrieb oder rechnete, und wenn er dann noch beim Raufen mithielt, fragte niemand nach seiner Herkunft.

Jedenfalls nicht in den ersten Jahren; als wir zum dritten Mal versetzt wurden, hingen entlang des Schulwegs Hakenkreuzfahnen, keine andern mehr, aus den Fenstern, und am 1. Mai drückte ich mich in die äußerste Ecke des Wintergartens und verdrehte den Kopf, um wenigstens am Rand dabeizusein, wie die Hitlerjugend auf dem Reichskanzlerplatz aufmarschierte, sicher auch welche aus meiner Klasse ... Meine Augen brannten. Doch unter Fräulein Pohls Regiment schien das alles nicht zu gelten. So oft jetzt die Fahnen das vertraute Bild von stuckverzierten Fenstern, Balkonen und Kastanien verdüsterten, während des Unterrichts getraute sich niemand, aus dem Fenster zu gucken, und in der Pause hatten wir Besseres zu tun, Wettrennen oder Ringen. Gemunkel, das gab es schon, doch erst auf dem Heimweg. »Jürgen geht jetzt auch in die HJ«, dabei kickte der Freund, den Kopf gesenkt, als könnte er sonst nicht treffen, ein Steinchen vor sich her. War Fräulein Pohl streng? Sie wirkte durch etwas, das wir aus der Pulthöhe mit ihrer Statur verwechselten, Überlegenheit. Natürlich machte sie auch ihrem Spitznamen Ehre, sie hieß seit undenkbaren Zeiten der Funkturm, trug zudem winters wie sommers altmodisch lange Kleider, die ungehemmt von den knochigen Schultern fielen. Ihr Hals erinnerte ein bißchen an Hühner, wenngleich sich niemand von uns derlei Vergleiche erlaubte. Ihr Gesicht bot privaten Regungen keinen Raum, nur dem Lehrplan. Die Haut zwischen Schläfen und Kinn war so straff, daß man schon deshalb aufpaßte, wenngleich das eher die Augen bewirkten. Grau oder braun, das habe ich vergessen, nicht aber den prüfenden Blick. Zwar wies das glatt nach hinten gekämmte Haar schon graue Strähnen auf, auch hatte sie eine Lesebrille, doch niemand wußte oder fragte auch nur, wie alt sie sei. Jung genug jedenfalls, um immer auf dem qui vive zu sein, auch wenn sie uns, während sie die Aufgabe an die

Tafel schrieb, was ein leise kreischendes Geräusch verursachte, den langen Rücken zuwandte.

Dieser Aufmerksamkeit hatte ich übrigens meine Erziehung zum *richtigen Jungen* zu verdanken. Als ich in die Schule kommen sollte, war ich wieder einmal krank, und der dicke Doktor Fränkel, derselbe, der uns immer einen muffig schmeckenden Bonbon schenkte, fand das Grund genug, ein Attest gleich bis zu den großen Ferien auszuschreiben. Vom Schularzt mußte ich mich dann freilich doch untersuchen lassen, und zwar in der leeren Turnhalle, meine Mutter wartete solange draußen. »Da riecht es so ...«, murmelte ich, als wir weit genug von dem Backsteingebäude waren, und nahm dabei, was ich seit einiger Zeit vermied, ihre Hand, »muß ich da wirklich hingehen? Du könntest doch jeden Mittag die Hausaufgaben für mich abholen, ich mach' sie auch gleich, Ehrenwort –.« Da sie mir nicht widersprach, glaubte ich schon gewonnenes Spiel zu haben, bis am Sonntag darauf mein Vater mich auf einen *Männerspaziergang* mitnahm, welcher Ehre ich zu Recht mißtraute. Er sprach, wie er es an Feiertagen gerne tat, vom *Leben*, »niemand darf sich davor drücken, schon gar nicht mein Sohn«, dann wurde er persönlich: »Du bist jetzt sechs, mein Junge. Da kann man nicht mehr mit jedem Wehwehchen, oder wenn dir was nicht paßt, zu Mutti oder Mimi laufen und petzen, ein richtiger Junge beißt die Zähne zusammen und hilft sich selbst.« Wir gingen, von scheckigen Platanenstämmen flankiert, die Westendallee in Richtung Heerstraße. Ich versuchte es für mich, das Zusammenbeißen, und nahm mir vor, alles zu befolgen, jedenfalls nach den Sommerferien, was ihm, der Stimme nach zu urteilen, die wieder jenen Beiklang von Schnupfen hatte, so am Herzen lag.

Die Kastanienallee war noch mit roten und weißen Kerzen bestückt, als ich, den neuen Ranzen, an dem der noch ungetrübte gelbe Schwamm hing, auf dem Rücken, zum ersten Mal zur Schule ging; d.h. die Reichsstraße entlang hatte meine Mutter mich begleitet, erst an der Ecke faßte ich mir ein Herz und schickte sie nach Hause – samt der mit Stanniolpapier überzogenen Schultüte, die mich als Nachzügler kenntlich gemacht hätte. Ich war früh dran, fand aber die meisten meiner neuen Klassenkameraden schon vor; sie feierten quer über Bänke und Pulte das Wiedersehen, während ich neben der Tür stehenblieb, ich hatte ja auch noch keinen Platz. »Achtung«, hieß es, als die Türklinke, und zwar sehr langsam, heruntergedrückt wurde, und mit einem letzten Getöse fiel die Klasse in die Bankreihen. Stille. Das war das Zeichen für Fräulein Pohl, aufzutreten oder, genauer, hereinzuschneien, was mich irgendwie an Kernseife erinnerte. Sie gab mir ernsthaft, ohne Herablassung die Hand und führte mich nach vorne zur Tafel, die Klasse skandierte indessen ihr »Gu-ten Mor-gen, Fräu-lein Pohl«. Da stand ich also, etwas schief wird's ausgesehen haben, vor soviel neuen Gesichtern und hörte, wie die Lehrerin ihnen »den neuen Kameraden« anempfahl. Die Doppelbänke waren fast alle besetzt, nur in der Fensterreihe, ziemlich weit hinten, die leere, »da setz dich hin«. Das war mir recht, denn solange ich allein war und keinem was tat, konnte mir nichts passieren.

So hatte ich gedacht. Nach ein paar Wochen, das erfuhr ich erst später, suchte meine Mutter Fräulein Pohl in der Sprechstunde auf. Mimi hatte gemeldet, ich würde, wenn sie das Licht ausgemacht hatte, im Bett weinen. Streng befragt, bestand ich darauf, nur so für mich gesungen zu haben, ich dachte an den Männerspaziergang. Fräulein Pohl war nichts Besonderes aufgefallen; »ein bißchen still ist er ja... Kriegt er zuhause oft Schläge?« Mein Gott, nein. Es dauerte nicht sehr lange, bis sie mir auf die Schliche kam. Auf der Bank, die mit meinem Pult verbunden war, saß Klaus Rosenbaum, ein dicker Junge mit Lockenkopf und einer Zahnlücke, ein paar Wochen allein, sein Nachbar hatte Keuchhusten. Während des Unterrichts rückte er unmerklich, er hatte schon Übung darin, mit Bank und Pult nach hinten, während ich, voller Angst, daß die Lehrerin es merkte, mich mit den Händen gegen sein Gewicht stemmte. »Klaus und Lutz bleiben nach der Stunde hier«, hörte ich plötzlich aus der Entfernung ihre Stimme. Ich wartete auf das Pausenklingeln wie auf mein Urteil. Man sah den Staub im Licht, als die anderen auf den Hof gegangen waren. Obwohl ich an nichts anderes als das Zähnezusammenbeißen dachte, hatte Fräulein Pohl schnell heraus, was uns beide verband: regelmäßig nach der Schule verprügelte er mich. »Warum tust du das?« »Weil er sich nicht wehrt.« Von der nächsten Stunde an saß Horst in der Bank vor mir, sommersprossig, das krause Haar erinnerte an Streuselkuchen, und von ihm lernte ich dann, wie man zurückschlägt. Auch Erst- oder Achtkläßler (bei uns fing's mit der 8. Klasse an) entdecken durch Handgreiflichkeiten die Liebe.

Ja, in der Schule lernte ich vergessen, was mich von den andern Jungen unterschied. Auch Klaus hatte vielleicht auf seine Art versucht, das zu überspielen, doch traute er sich nur an einen wie mich heran, der nicht zurückschlug. Warum nicht? Ich schrieb von vornherein *den Andern* Kräfte oder Fähigkeiten zu, die mir verschlossen waren, wenn ich sie ihnen auch abgucken wollte; doch die Art, wie sie im Sommer an der roten Schulmauer fläzten, war unnachahmlich. Auch der Blick, so im Vorbeigehen in ein Schaufenster geworfen... da, zwischen Pelzmänteln oder glotzenden Karpfen grüßte sie das eigene Gesicht, was denn sonst. Sie dachten sich auch nichts dabei, zum Schlächter oder Bäcker um die Ecke zu springen, während ich, so sehr der Geruch der zweifellos wirklichen Pfannkuchen mich betörte, doch nicht vergessen konnte, daß ich eine Rolle spielte. Das taten bei uns mehr oder minder alle, nur Mimi hatte gar kein Talent dafür, doch was meine Mutter, etwa wenn Besuch kam, aufführte, war in meinen Augen, ich verstand etwas davon, allzu routiniert. Nein, um in dem Schwindel zurechtzukommen, der sich so undurchdringlich als *Leben* gab, mußte man selber pausenlos schwindeln; auch das ist gewissermaßen ein Schwindel, denn es setzt etwas Wahres voraus, einen Kern, der war bei meiner Geburt wohl vergessen worden. Mir blieb also nichts übrig, als jeden Morgen, den *Gott gab* (ein Lieblingsausdruck von Mimi), mich von neuem zu erfinden, mit Haut und Haar sozusagen, damit es bis zum Abend vorhielt; bloße Schwindeleien, das machte die Sache so schwierig, reichten nicht aus, zumal sie bei uns von höchster Stelle, meinem Vater, bis hinunter zur Küche verpönt waren, jedenfalls die zweckgebundene Spielart. Bei mir war es *l'art pour l'art*; ich gebot über Krankheiten, konnte rot- oder blaßwerden usw., je nach Bedarf. Nur zwei Regungen, glaube ich, von kindlicher Schlemmerei einmal abgesehen, entzogen sich durch ihre Unberechenbarkeit meinen Künsten, Jähzorn und Angst. Um so mehr suchte ich sie zu unterdrücken, was im Fall des Mißlingens zu Tränen führen konnte, echten.

Und doch verlangte es mich nach Wirklichkeit. Ich fiel zwar beileibe nicht absichtlich hin, das aufgeschlagene Knie indessen war so gut wie ein Orden. Das Blut, dann der Schorf; noch die Narbe kündete von etwas Wahrem. Als ich zwölf oder dreizehn war, fuhren wir nach Spindlermühle, was auf tschechisch Spindleryv Mlyn oder so ähnlich hieß, in die Ferien; die Gäste im *Grand Hotel* jedoch hatten Namen wie Levy oder Goldschmidt und kamen nicht nur aus Deutschland, sie redeten auch von nichts anderem. Sonst ging es ganz ferienmäßig zu; nach dem Essen zogen die Eltern sich zum Mittagsschlaf zurück und ich ging Ping-Pong spielen. Was machte meine Schwester? Ach, ich weiß es nicht, Golem, wir waren fast vier Jahre auseinander. Vom Hotel führte ein Weg hinauf zur sogenannten Dependance, in den Gärten dazwischen lag der Pavillon, wo wir unsere Künste mit dem Zelluloidball übten. An jenem Nachmittag hatten jüngere Kinder, Anfänger, davon Besitz ergriffen, ich spielte ihnen wohl zu gut; als ich zur Tür kam, hielten sie sie unter Gelächter, es war aber ernst gemeint, zu, ich sprang um die Ecke, um durch das offene Fenster hereinzuklettern, sie warfen es zu, da war ich schon mit der Hand drin. Eine häßliche Wunde am Gelenk. Ein Kellner war gleich da, um das Blut wegzuwischen, und schickte mich zum Arzt; der sah eher wie ein Bauer aus, trug auch keinen weißen Kittel, vielleicht hatte ich ihn im Mittagsschlaf gestört. Er redete kein Wort deutsch, sodaß mir gar nichts übrigblieb, als Mannhaftigkeit an den Tag zu legen. Ich spürte auch so gut wie nichts, während er die Hautfetzen zusammennähte – »fünf Klammern ohne Betäubung«, stärker konnte man mit dem Leben nicht verbunden sein –, nur vor meiner Mutter hatte ich Angst. Auch das ging glimpflich vorüber, derselbe Kellner wie vorhin, beinah schon mein Beschützer, bat meinen Vater, einen Moment auf den Gang zu kommen, und der war auch kein Freund von Szenen. Abends saß ich, den linken Arm in der Schlinge, in dem Bewußtsein bei Tisch, daß ich den Meinen etwas voraushatte.

Die Sache mit der Nuß gehört wohl hierher. Im letzten Herbst vor der Schule ging ich mit dem Fräulein die Reichsstraße herunter nach Hause. Ich hatte auf dem Sachsenplatz gespielt, die Bäume trugen schon Rot und Gelb, der bittere Geruch erfüllte mich mit unbestimmter Erwartung. Kurz vor dem Reichskanzlerplatz, ich weiß noch den Häuserblock, kamen wir an der Auslage eines Gemüsegeschäfts vorbei, die Farben, der Geruch, es war beinah wie auf dem Land. Ehe ich begriff, was ich tat, zückte ich die Hand nach einer großen Schälnuß. Ich hatte keine Zeit, das zu bereuen oder sonstwas, da rief hinter mir eine Frauenstimme, es stak mir im Rücken: »Hast du den Strolch da gesehen? Daß du mir nie sowas machst! Das ist Diebstahl!« Ich vermochte es, den Kopf zurückzudrehen und meine Verfolgerin zu mustern: die rote Schleife im Haar des kleinen Mädchens, das sie an der Hand führte, dünne geschminkte Lippen, ein Hut mit kleiner Feder. Das Fräulein, wohl in Gedanken, kam überhaupt nicht darauf, daß ich gemeint sein könnte, sie nahm jetzt meine freie Hand, um die Straße zu überqueren. Folgte uns die Rächerin? Auf dem weichen Boden des mit Pappeln bestandenen Sommerwegs konnte ich keine Schritte hören, auch auf dem Damm gegenüber blieb es still. Die Nuß in der Faust fühlte sich heiß an. Warum, mein Gott, hatte ich das getan? Zuhause in einer Schüssel auf der Anrichte gab es Nüsse genug, doch diese war unvergleichlich, ein Stück Wirklichkeit. Man mußte zum Dieb werden, vielleicht lebenslänglich, wollte man nicht ebenso lange ausgeschlossen bleiben. In meinem aufgeräumten Zimmer hielt ich Ausschau nach einem Versteck, das Pult, Bett, der glänzend blaue Linoleumboden, nirgends auch nur eine Ritze. Ich stopfte die Nuß schließlich in ein Paar zusammengerollter Strümpfe im Schrank, doch nun war sie es, die mich in der Hand hatte, und ich litt Qualen, wenn ich meinen Wachposten verlassen mußte, weil man zu Tisch rief. Der Himmel hatte sozusagen ein Einsehen, er erschien anderntags wieder blau im Fenster, nichts Ungewöhnliches im Herbst. Wirklich schickte meine Mutter das Fräulein mit uns wieder in die Anlagen. Ich steckte das Corpus delicti in die Hosentasche und warf es, sobald ich mich unbeobachtet sah, ins Gebüsch. Nicht mal eine Nuß konnte ich halten, ohne daß sie ihren feuchten Glanz verlor. Die Wirklichkeit war ein Betrug.

Mit Ausnahme meiner Schulfreunde, die enttäuschten mich um so weniger, als sie mich für voll nahmen. Mir wurden dann Eigenschaften zuteil, die ich doch gerade an ihnen bewunderte, und ein Gefühl von Leere und Kraft erfüllte mich bis zum Hals. Zuhause merkte niemand was davon, selbst Mimi nicht. An meinem Pult sitzend, kommunizierte ich mit den Freunden mittels des kleinen Einmaleins. Was verschlug es da, daß kein Paule oder Hans-Jürgen je die Treppe zu uns heraufkam, nicht mal zu meinem Geburtstag? Das war so undenkbar, wie daß ich, die Türklinke in der Hand, über die Schulter »ich geh noch auf einen Sprung zu Krügers!« ins Wohnzimmer gerufen hätte. Selbst wenn ich die Adresse gewußt hätte, es blieben getrennte Reiche. Wo die Grenze verlief, wußte niemand so gut wie ich, weil ich sie täglich übertrat. Vielleicht war es gar keine Grenze, nur mein Schatten, das blieb sich gleich, solange ich wußte, daß ich etwas Verbotenes tat. Ich spürte es durch und durch, wenn mir jemand dabei folgte, gar von meinen eigenen Leuten.

Sowas vergißt man nicht, es war gegen Ende des dritten Schuljahrs. Den ganzen Morgen schneite es auf Dächer, Bäume, auf die Spitzen der Gartenzäune, eine Art stiller Weltuntergang, von dem nur unsere Klasse im milchigen Schein der Kugellampen ausgenommen wurde. Wir tauchten nicht nur die Federn ins Tintenfaß, das in den Rand über dem Pultdeckel eingelassen war, unsere Seelen selbst, wenn sie den Namen verdienten, drohten darin zu ertrinken; doch ungerührt hüllte Fräulein Pohl uns in ein Wortgestöber ein, dessen einziger Sinn wohl in der Rechtschreibung lag; als die Klingel uns endlich von dem Diktat erlöste, stopften wir eher benommen Heft und Federkasten in den Ranzen. Charlottenburg draußen, unsere Heimat, war unkenntlich geworden, die

Straßenschilder, pelzüberzogen, wiesen auf eine glitzernde Einöde. Die kleine Expedition, fünf oder sechs, erkennbar an den roten und blauen Teufelsmützen, rannte mit gedämpften Schritten die Halmstraße herunter, auf dem Damm natürlich, denn weit und breit fuhr kein Auto, und brach dann wie auf Befehl, die Stützmauer zur Linken herauf- und durch ein Loch im Zaun kletternd, in einen schräg ansteigenden Garten ein. Im Sommer strich man da, freilich ohne hinauflangen zu können, unter Johannisbeersträuchern und Apfelbäumen vorbei. Wir schmissen die Ranzen auf den Streifen Wintergras unter dem Dach eines Schuppens und machten uns unverzüglich an eine Schneeballschlacht, die, gemessen an dem langen Stillsitzen, den Namen einer Jahrhundertschlacht wohl verdient haben könnte. Die Stadt ringsum gab keinen Laut. Nur ein Ächzen war in der Luft, wenn wir, die Munition zu ballen, uns hastig bückten, hie Werfer, hie Getroffener, dann die Schreie. Mir wurde heiß, obwohl zwischen Hals und Kragen ein Schneeball sickerte, warte, Freundchen, dir werde ich den lachenden Mund stopfen. Während ich ausholte und er sich duckte (als stünden wir auf einer Wippe), sah ich unten, von der Reichsstraße her, falls es die noch gab, eine Gestalt durch den Schnee tasten, Gummischuhe, aufgespannter Schirm, mein Gott, wie lächerlich. Und schon lachte ich, und zwar so, daß ich mir dabei zuhören konnte – prompt flog mein Ball ins Leere –, denn die komische Figur, ich hatte es gleich gewußt, war meine Mutter. Jetzt konnte ich sie auch hören, ach, und mit mir die andern: »Weißt du, wie spät es ist? Wir warten seit Stunden mit dem Essen auf dich! Sofort kommst du da herunter!« Stunden, warum mußte sie immer so übertreiben. Wie in einer Schlacht die Heere bloß, weil einer fällt, nicht innehalten, gaben meine Freunde vor, nichts gehört zu haben, während ich mit gesenktem Kopf, das Gesicht naß von Schnee oder Tränen, die Brüstung heruntersprang oder vielmehr -rutschte und mich abführen ließ, wobei ich das Tempo noch beschleunigte, um meine Mutter außer Hörweite zu bringen. »Alles durchnäßt, sogar die neuen Handschuhe!« Was verstand sie schon vom Leben.

Warum regten meine Leute sich bei jeder Kleinigkeit auf? Die andern kam niemand holen. Es hing wohl mit dem Jüdischsein zusammen, denn wie streng auch Mimi, während sie mir die Suppe aufwärmte, die Stirn zusammenzog, erriet ich doch, daß sie nur so tat, um meiner Mutter den Rückzug in den Mittagsschlaf zu erleichtern. Übrigens ist der Abbruch der Schneeballschlacht nur das Vorspiel eines Abschieds gewesen, durch den weit Festeres als Schnee ins Rutschen kam. Noch vor den Osterferien zogen wir zum Kaiserdamm um, weil, so Mimi auf Befragen, der »gnä' Herr« den Haushalt verkleinern wollte. So wenig ich mir ein Leben jenseits des Reichskanzlerplatzes vorstellen konnte, brauchte ich nur an die Arbeitslosen zu denken, die im vorigen Winter am Lieferanteneingang in der Küche aufgetaucht waren, um meinen Vater zu verstehen. Nicht, daß sie irgendwie bedrohlich ausgesehen hätten, noch unterwürfig wie der Bettler unten neben Kaisers Kaffeegeschäft, wenn man einen Groschen in seinen umgedrehten Schlapphut warf; sie kamen die schwach beleuchtete Wendeltreppe, die nicht mal im Sommer den Kellergeruch loswurde, herauf und standen diskret, soweit sich das in der hellen Küche machen ließ, beiseite, während Mimi ihnen was einpackte, Schuhe oder einen alten Mantel meines Vaters und, falls sie Kinder hatten, ausgewachsene Kleider von uns. Mir war es peinlich, daß wir sie so abfanden, statt wirkliche Opfer zu bringen (nur welche, das wußte ich auch nicht), doch »es reicht sowieso nicht für alle«, gab Mimi mir auf derlei Vorhaltungen zurück. Übrigens waren diese Besuche seit einiger Zeit ausgeblieben, was vielleicht mit der *Politik* zusammenhing, diesem neuen Erwachsenenwort, mit dem sie irgendwas Unangenehmes umschrieben, so hörte sich's an, vielleicht eine Krankheit.

Die Kastanienknospen glänzten schon klebrig, als der große Möbelwagen vor unserem Haus stand, Reichsstraße 2. »Unser« sage ich so aus Gewohnheit, doch seit Tagen, mehr als eine Woche, hatten wir hier auf Abruf gesessen, nichts stand mehr an seinem Platz, und da die Teppiche eingerollt waren, hallte es in den Zimmern tatsächlich wie auf dem von meiner Mutter, wenn man die Türen nicht zumachte, oft berufenen Bahnhof. Die Mannschaft der Firma Knaur, vier Mann in rostbraunen Schürzen, nicht besonders athletisch anzusehen, ließ sich von der Gereiztheit, die bei uns, aller Abschiedsstimmung zum Trotz, herrschte, nicht anstecken und ging mit ermunternden Zurufen, auch Witzen, an die Arbeit, wobei ich vor lauter Sportsgeist vergaß, daß diese Betten, Schränke usw., die sie, ohne anzustoßen, die Treppe herunterbalancierten, gewissermaßen noch warm von uns waren. Für mein Leben gern wäre ich ihrer Einladung gefolgt, in das Fahrerhäuschen zu klettern, wo es auch sonst bei Würstchen und Bier hoch hergehen mußte, statt, wie verabredet, mit Gaby und Marion, meinen jüngeren Cousinen, »Mensch, ärger dich nicht« zu spielen; da war wieder die Grenze.

Die neue Adresse Kaiserdamm 10 wurde mir rasch geläufig. Von dem, verglichen mit dem bisherigen Wintergarten, schmalen Balkon vor dem Herrenzimmer sah man auf hohe Weiden, die den Eingang zum Lietzenseepark bewachten; die Luft zwischen ihnen flimmerte, wenn die Sonne hoch stand, vom Widerschein des Wassers. Auch in meinem Zimmer nebenan ließ ich mich öfter, als den Schularbeiten zuträglich war, von dieser träumerischen Aussicht zum Fenster ziehen. Eine Diele, so eng, daß man gerade den Mantel ausziehen konnte, verband mein Reich mit der nach hinten, also vom Kaiserdamm weg, fortgesetzten Wohnung. Das Haus war so verschachtelt, als wenn es aus zweien entstanden wäre: die dunkle Eingangshalle führte geradewegs wieder hinaus in den Hof, der an die Häuser der Danckelmannstraße grenzte; kein Hof für Spiele; auf dem gekachelten Grund, nicht recht in der Mitte, standen ein von Gestrüpp eingefaßter Brunnen, aus dem schon lange kein Wasser lief, die Teppichstange und zwei oder drei verirrte Bäume. Zu uns ging es nicht durch die Hoftür, deren gerillte Scheiben das Tageslicht eintrübten, sondern links, ein paar mit einem Läufer bezogene Stufen hoch, zum Rez-de-Chaussee, wo man in den Fahrstuhl stieg; übrigens ein modernes Ding, glatt wie ein Schrank, kein verglaster Salon wie in der Reichsstraße. Ich stieg aber, wenn ich von der Schule kam, lieber die Treppe hoch, um nicht die Friseuse, die da übers Eck wohnte, grüßen zu müssen, vielleicht gar mit erhobenem Arm; es hieß nämlich, sie sei »in der Partei«. Von unserer Diele kam man zuerst in das Wohnzimmer; aus seinem einzigen Fenster fiel der Blick, wenn man dem Sog des Schachtes standhielt, in den vorderen Hof, wo es nie recht Tag wurde; auch da rührte sich außer gelegentlichem Verkehr zum Lieferanteneingang nichts. Das Wohnzimmer war bei Gelegenheit des Umzugs neu eingerichtet worden; statt des Sofas stand jetzt eine Couch, weltmännisch Kautsch ausgesprochen, an der Wand neben dem Radio; diese Erwerbung begründeten die Eltern mit der künftigen Auswanderung, welcher Begriff so oft gebraucht wurde, jedenfalls in Abständen, daß ich ihn eher für eine Ausrede hielt: das Wundermöbel, hieß es, konnte jeweils als Bett oder Sofa dienen, wenn wir uns einschränken mußten. Auch die Sessel waren neu und mußten geschont werden, ebenso der niedrige Tisch. Nur der Glasschrank im Rokokostil, der die

Menagerie meiner Mutter beherbergte, allerhand Giraffen und Elefanten aus Elfenbein, erinnerte noch an die Reichsstraße. Warum das Wohnzimmer so hieß, war nicht recht einzusehen, denn es diente in der Regel nur als Durchgang zwischen Eß- und Herrenzimmer, die gläsernen Schiebetüren standen meist offen. Vom Eßzimmer ging es links in die Küche, geradeaus zum langen Korridor mit dem Bad, dem Schlafzimmer Evelyns und schließlich dem der Eltern. Da dort auch die Garde der Wäsche- und Kleiderschränke aufgereiht stand, mußte Mimi, worüber sie schon mal seufzte, »ewig« hin- und herlaufen. Das Wohnzimmer belebte sich erst abends, oder wenn Mama Teebesuch hatte; dann trat im Eck zwischen Couch und der jetzt zugezogenen Schiebetür die neue Stehlampe in Aktion, die mittels einer Messingschale einen scharf ausgeschnittenen Lichtkreis zur Decke warf. Sonst lag das Wohnzimmer immer in Dämmerung, sodaß ich auf dem kürzesten Weg durch den Toilettenflur in die Küche schlüpfen konnte. Hier glänzte alles, vom blauweißkarierten Wachstuch auf dem Tisch bis zu den Kacheln an der Wand, vor Helligkeit, denn der große, zudem nicht ganz zugebaute Hinterhof ließ viel Himmel ein, während im benachbarten Eßzimmer Tisch und roter Teppich, bauchige Anrichte usw. sowie ein goldgerahmtes, der holländischen Schule nachempfundenes Stilleben an der Wand – ein Teller mit Austern und Zitrone, Gläser, im Halbdunkel schimmernde Karaffe – das Tageslicht verschluckten. Der Grund für meine Ausflüge in die Küche, auch wenn da für mich manches abfiel, war natürlich Mimi und das Gefühl von Wirklichkeit, das sie vermittelte. Die Wirklichkeit roch nach Kernseife. In der Reichsstraße war es undeutlich geblieben, ob Mimi nun zum Personal oder zur Familie gehörte, hier hatten wir sie für uns allein. Mama nannte sie gerne »unsere Stütze«, wenn sie bei Gesellschaften – im schwarzen

Kleid, aber ohne Häubchen – das Essen auftrug. Ihre Kammer zwischen Küche und Eßzimmer, in der gerade das hochgewölbte weiße Bett, der Schrank und ein Stuhl Platz hatten, hieß, obwohl sie schon über vierzig war, das Mädchenzimmer. Donnerstags hatte sie Ausgang, den sie, glaube ich, stets mit demselben braunen Kleid bestritt, sonst trug sie weiße Kittel. Ihr Haar glich der Farbe des Ausgehkleides, nicht dunkel glänzend wie bei meiner Mutter, eher wie gebrannter Zucker. Sie steckte es mit vielen Nadeln zu einem *Dutt* im Nacken zusammen. Ihr einziger Schmuck waren zwei kleine goldene Ringe in den Ohrläppchen, die ihr schon als Kind durchbohrt worden waren; so sehr mir davor gruselte, bettelte ich doch immer mal wieder, sie möchte sie mir zeigen, sie lachte aber nur. Auf der Nase trug sie einen Kneifer mit goldenem Rand – um sich Respekt zu verschaffen, nehme ich an, denn wie anders hätte sie einen so anblitzen können, wenn es mal nötig war. Nahm sie ihn ab, um sich die Augen zu reiben, sah man die roten Druckstellen am Nasenrücken. Ihre Eltern waren im Abstand von wenigen Tagen an der Cholera gestorben, in Hamburg, das doch eine schöne Stadt sein mußte. Die Kinder, 7 oder 8 Geschwister, wuchsen im Waisenhaus auf. Als Mimi dreizehn oder vierzehn war, kam sie mit Frieda, ihrer großen Schwester, auf einen Bauernhof. »Die Arbeit machte mir nichts aus, mein Junge, aber wenn ich im Winter frühmorgens in den Schweinestall kam, sprangen die Ratten im Dunkeln, davor war mir doch bange.«

An meinem Alltag änderte sich wenig durch den Umzug, nur daß ich jetzt mit der Straßenbahn zur Schule fuhr; und doch genügten schon zwei Haltestellen, das Band zwischen den Freunden und mir zu lockern. Oder machten das die roten Fahnen mit der ominösen schwarzen Rune, unter denen wir tollten, als sei alles beim alten? Noch in der Reichsstraße, als es damit anfing, hatte ich

Mimi gefragt, ob wir nicht, wie ich es bei ein paar Nachbarn gesehen hatte, wenigstens eine schwarzweißrote Fahne aus dem Fenster hängen könnten, damit es nicht so auffiel, daß wir gar keine hatten. Sie warf mir durch die vom Kochen beschlagenen Gläser einen Blick zu und schüttelte den Kopf. »Dazu hat dein Vater kein Geld.« Ich gab mich noch nicht zufrieden. »Wir haben doch die alte Fahne noch. Du brauchst nur das Gold davon abzuschneiden, dann trennst du Schwarz und Rot auf und nähst ein Stück altes Laken dazwischen, das nicht zu flikken lohnt. Das kostet doch gar nichts.« So stolz ich auf diesen Einfall war, sie schien ihn gar nicht begriffen zu haben; irgendwas in dem Wäschekessel nahm ihre Aufmerksamkeit so in Anspruch, daß sie auch meine Frage, ob ich ihr beim Aufhängen auf dem Trockenboden helfen könne, überhörte.

Am Kaiserdamm, bald nach den Osterferien, wurde es ernst mit der jüdischen Religion. »Es ist an der Zeit«, sagte mein Vater an einem Sonntagmorgen mit der im Herrenzimmer üblichen Feierlichkeit, »daß du lernst, mein Junge, wo wir herkommen.« Wieso, dachte ich einen Moment, muß der Schinken dann in Westfalen bestellt werden, wenn Papa nun doch woandersher stammt? Ich merkte erst nach einer Weile, daß der gehobene Ton gar nicht mir galt, sondern von seiner Verlegenheit herrührte; denn sooft er auch auf Reisen war, den Ort, *wo wir herkamen*, schien er nur vom Hörensagen zu kennen. Weder sein grauer Anzug noch die auf Hochglanz (von Mimi) geputzten Schuhe deuteten auf etwas Exotisches.

Im letzten Jahr der Volksschule bekam ich also Religionsstunden; nicht in der Schule, das war bereits undenkbar, sondern in einer Villa an der Heerstraße, wo wir manchmal sonntags spazierengingen. Bald nach dem Reichskanzler- inzwischen Adolf-Hitler-Platz endete die städtische Bebauung, es kamen Gärten, ein Lokal mit dem Schild »Hier können Familien Kaffee kochen«, welcher Einladung meine Eltern zu meinem Leidwesen nie folgten, dann in größeren Abständen, die durch den Zaun verlockend genug aussahen, einzelne Garten- oder Landhäuser, Villen genannt. In einer der stattlichsten hinter dem Bahnhof Heerstraße wohnte mein Klassenkamerad Harald Levy, dessen Eltern Herrn Auerbach, den Religionslehrer, ausfindig gemacht hatten; außer Harald und mir nahmen noch drei Jungen, die in andere Schulen gingen, an dem Unterricht teil. Mit den Christen im alten Rom – ›Quo vadis‹ las ich erst später – hatten unsere Zusammenkünfte jeweils donnerstags nachmittag kaum Ähnlichkeit, es sei denn, daß wir in der Schule kein Wort darüber verloren. Über Jüdisches redete man nicht, das mußte uns niemand erst beibringen. Für mich kam noch ein Gefühl hinzu, dem ich schwerlich Ausdruck geben konnte; etwa, daß unser kleiner Zug durch die Wüste Sinai dilettantenhaft war, Herrn Auerbach inbegriffen (aber wer war darin schon geübt?), und vor nichts fürchtete ich mich so, als mich lächerlich zu machen.

Liebhaberei war es auch nicht, was mich über den verordneten Zweck hinaus dorthin zog. Herr Auerbach glühte nicht gerade vor Sendungsbewußtsein, und den Harald hatte ich nie für voll genommen, obwohl er von Anfang an in meine Klasse gegangen war; uns deshalb als *Kameraden* zu bezeichnen, wie seine Mutter es gerne tat, schien mir unpassend. Harald trug eine Hornbrille mit dicken Gläsern und bewegte sich noch im Freien so, als müßte er irgendwelchen Hindernissen ausweichen. Natürlich gehörte er auch zu dem Häufchen ... Elend, so sah ich's an, das vom Turnen befreit war. Das dunkel gekrauste Haar, die gleichsam erschreckten Augen, man wußte nicht wovor, ließen sein Gesicht um so blasser erscheinen. »Ein Einzelkind«, hörte ich meine Mutter einmal sagen. Wenn es darum ging, irgendwas, einen Ball z.B. zu erhaschen, war er gewiß einer der letzten. Er nahm das hin, wie er auch, jedenfalls vor Zeugen, nie weinte, wogegen er manchmal in der Pause so vor sich hin hüpfte wie ein Fohlen, das seiner staksigen Beine nicht sicher ist. Man sah ihm das Jüdische an, Golem, wenn du das fragen willst, doch ich hatte noch kein Auge dafür. Ob ich mich sonst um ihn gekümmert hätte? Ich weiß nicht. Er gehörte nicht dazu, weiter dachte ich nicht. Daß ich ihm darin, Freunde hin oder her, wie ein Bruder glich, mußte ich erst noch begreifen lernen. Zur Ehre unserer Klasse, von der meines Wissens keinerlei Inschrift kündet, sei immerhin hier festgehalten, daß er von Hänseleien aller Art verschont blieb. Solange Fräulein Pohl uns vorstand, und das tat sie nicht nur im Unterricht, hatte auch einer wie er seinen Spielraum.

Das Absonderliche schien vergessen, wenn man ihn bei sich zuhause sah. Freilich, mit den Spielsachen, über die er gebot, hätte jeder etwas vorgestellt, zumal er nicht heikel damit war und schon mal einem von uns die Mütze des Schaffners überließ, wenn's ans Zimmerkarussell ging, diesen Inbegriff höherer Lebensart. Davon später. Der Religionsunterricht fand in einem Zimmer im Erdgeschoß statt, das auch, wenn die Sonne draußen den Garten besetzt hielt, wie unser Wohnzimmer, immer im Halbdunkel lag. Die nach außen gewölbten Gitter vor den Fenstern verstärkten das Gefühl der Abgeschlossenheit. Herr Auerbach war ein gemütlich wirkender kleiner Mann, weder jung noch alt, nur daß sein Haar schon Lücken aufwies; sein Anzug, immer derselbe, glaube ich, hatte »schon bessere Tage gesehen«, das ist eine Wendung, die ich mir damals irgendwo angelesen hatte. So redlich er sich bemühte, uns die berühmten Vorfahren nahezubringen, machten wir paar Kinder Israel ihnen nur insofern Ehre, als wir dabei jeder Art von Kälberei frönten, es mußte nicht Gold sein. Hinter Herrn Auerbach, das hatten wir schnell heraus, stand kein Schulrat oder sonst eine Respektsperson, von himmlischen Heerscharen zu schweigen. Obwohl Moses Abenteuer, der übrigens wie Harald aus dem Hause Levi stammte, doch dramatisch genug waren, suchte er sie durch feierliche Sprechweise zu überhöhen, was uns oft genug zum Lachen reizte. Nur mit den Augen, lieber Golem, wir wollten ihn nicht verletzen, aber schnöde war es doch. Manches davon, was uns Berliner Kindern damals so fern schien, hat uns im Leben eingeholt; Moses Errettung in dem Kästlein aus Rohr, die Knechtschaft in Ägypten und die Plagen: wie Mose auf Geheiß des Herrn den Stab hob und ins Wasser schlug, »das im Nil war. Und alles Wasser im Strom wurde in Blut verwandelt. Und die Fische im Strom starben, und der Strom wurde stinkend, so daß die Ägypter das Wasser aus dem Nil nicht trinken konnten.« So wenig das vergangen war, damals achteten wir mehr darauf, wann Herr Auerbach, scheinbar zerstreut, damit es nicht auffiel, die Uhr aus seiner Westentasche fingern würde; das Klappen des goldenen Deckels zeigte uns an, daß der vergnügliche Teil des Nachmittags bald erreicht sein würde.

Das fing ganz manierlich an bei Kakao und *Amerikanern*, die mit schwarzer und weißer Glasur uns alle Süße der Welt vorspiegelten, endlos. Anders herum bringt der Preis auf der Bäckertafel, »5 Pf.«, mich ohne Verzug in die Kindheit zurück. Schwarz war eigentlich tiefbraun und glänzte, jedenfalls in der Erinnerung, wie Haralds Augen, wenn seine Mutter sich zu uns setzte. So ungewöhnlich das war, woanders hätten wir's als Einmischung angesehen, verstand es Frau Levy von Anfang an, uns ernst und dann auch wieder lustig zu nehmen, weil wir zu ihrem Harald gekommen waren, das schmeichelte uns; und vielleicht habe ich mich seitdem in der Schule ein bißchen mehr um ihn gekümmert, wenn auch nicht ganz aus freien Stücken; denn meine Freunde, wie gesagt, waren jetzt öfter verhindert. Haralds Mutter trug das Haar kurz geschnitten und glatt, Bubikopf hieß das. Eine schwere Hornbrille gab ihrem Gesicht etwas Strenges, Lehrerinnenhaftes, wozu die geschminkten Lippen freilich nicht paßten. Vermutlich war sie nur schüchtern. Es schwatzte sich jedenfalls gut in ihrer Gesellschaft, und wer weiß, vielleicht hätte der eine oder andere am Tisch, vom Kakao, den sie uns aufmerksam nachgoß, durchwallt, sich noch in sie verliebt, wenn nicht das Spielzimmer auf uns gewartet hätte; ja, Harald hatte im ersten Stock ein ganzes Zimmer dafür.

Obwohl er alles aufhob, womit er einmal gespielt hatte, sein alter Teddybär behielt sogar einen Ehrenplatz am Fenster, hatten wir auf Tischen und Boden Platz genug; irgendjemand verstaute, was nicht mehr gebraucht wurde, in Kästen und dem großen Regal. Was immer wir gerade vorzogen, die elektrische Eisenbahn mit Tunnel und Stellwerk oder Schwarzer Peter, kaum ein Nachmittag verging, ohne daß wir das Karussell in Gang setzten, das wie eine hölzerne Bühne in der Mitte stand. Natürlich keine orgelnde Menagerie wie auf dem Jahrmarkt, es hatte nicht mal ein Dach; dafür konnte man, an die Holzbank gelehnt, sich der Schwerelosigkeit hingeben, bevor sie in der gleichmäßigen Drehung in Langeweile umschlug. So sehr wir das geleugnet hätten, überlegte wohl jeder, wie er Harald herumkriegen könnte, den Posten des Billettverkäufers, den er kraft Geburt, sozusagen, innehatte, ihm einmal abzutreten. Harald war großzügig, es bedurfte in der Regel nur einer schwachen Drohung – »dann steig' ich eben aus« – oder Schmeichelei, daß er einem die Mütze und die rotlackierte Schaffnertasche überließ; schlimm wurde es nur, wenn gleich zwei ihn bedrängten. War ich der Glückliche, so steigerte ich das bescheidene Amt ins Schwindelhafte, wörtlich verstanden; das Spielgeld reihum vor der Abfahrt kassieren, oder an der Treppe, das konnte jeder; nein, wie ich's bei den Straßenbahnschaffnern gesehen hatte, sprang ich auf, wenn das Karussell sich in Bewegung gesetzt hatte, und machte dann erst meinen Rundgang, breitbeinig. Das gefiel den Fahrgästen, zumal ich's übertrieb; die Faxen, die ich zugab, galten jedoch weniger ihrem Lachen, als daß ich das Schwindelgefühl, das in mir hochstieg, zu überspielen versuchte. Ein Kapitän wird nicht seekrank, Ehrensache, und so hielt ich mich denn, eine Hand am Geländer, so lange aufrecht, man kann auch sagen, starr, bis wir wieder festen Boden erreichten. Wie es die Vorschrift gebietet, verließ ich als letzter das runde Schiff und erst dann, auf einer Trittstufe kauernd, merkte ich, daß nichts mehr so war wie zuvor: das ganze Zimmer drehte sich um mich.

An einem Donnerstag nach den Sommerferien blieben Harald und ich nach dem Unterricht allein, unsere Mitschüler hatten irgendwas vor. Sie waren kaum gegangen, da stellte er mir eine Frage, wie ich sie von ihm zuletzt erwartet hatte: »Willst du mein neues Fahrrad sehen?« Es klang fast wie eine Bitte, wahrhaftig, er hatte kein Talent zum Angeber. Und ob ich wollte. In ein paar Wochen wurde ich neun, doch allen Andeutungen gegenüber, wer alles in meiner Klasse schon ein Rad hatte, stellte meine Mutter sich taub. Jetzt sogar Harald. Ich ließ einen Moment langsam verstreichen, ehe ich »welche Marke?« fragte, ohne ihn anzusehen. *Adler* oder *Wanderer*, gleichviel, er wußte es nicht. Auch mir waren die neuen Begriffe, die jetzt in der Klasse im Schwang waren – Freilauf, Rücktritt usw. – noch mehr oder minder dunkel, was mich nicht hinderte, sie im Mund zu führen. Ich ging stumm hinter ihm her zum Garten. Er trug eine kurze graue Flanellhose, wie ich sie nie angezogen hätte, das weiß ich noch, obwohl ich doch Augen nur für das Rad hatte, das an der weißen, rauh verputzten Hausmauer lehnte. Daß Schwarz blenden kann, erfuhr ich hier zum ersten Mal. Der blaurote Pfeil, der den Rahmen schmückte, vertiefte noch die Schwärze, wogegen selbst die verchromten Teile, Lenkstange, Handbremse, Speichen, nur matt glänzten. Falls da Heckenrosen oder Malven waren, das Rad nahm es an Pracht mit ihnen auf. Ich ließ die Klingel anschlagen und sagte in den Moment von Betäubung hinein, der dem Schall folgte: »Läßt du mich mal probieren.« Es klang, so sehr ich mich bemühte, mehr nach Befehl als nach Bitte. Auch Harald schien es die Sprache verschlagen zu haben, er nickte bloß. Wie sollte er auch wissen, daß ich, von ein paar wankelmütigen Versuchen abgesehen, das Fahren gar nicht gelernt hatte. Ich schwang das rechte Bein, wie es die andern machten, über den Sitz und stellte den Fuß aufs Pedal. Jetzt hob ich den andern: es knirschte laut, als die Räder in den Kies griffen. Ich kippte nicht um, wahrhaftig, das Rad fuhr mich geradewegs, als wüßte es ihn, zur Garage unten, und ein paar Umdrehungen lang fühlte ich mich als Reiter. Dann kam der Abhang, so schnell wollte ich gar nicht und hörte auf zu treten, ohne daß es was nützte. Nach der Bremse zu fragen, hatte ich einfach vergessen, ich dachte nur ans Fahren. Rechts von mir schossen Obstbäume, Apfel, Birne, egal, vorbei, und da, auf halbem Weg, trat ein junger Mann mit Schürze, wohl der Gehilfe des Gärtners, aus dem Laub, eine Schubkarre über den Weg rollend. Ich rief und rief, er guckte nicht mal auf, als hätte ich mir das Ganze ausgedacht, statt an die Klingel zu denken, da lenkte das Rad im Wortsinn ein, und zwar vernünftigerweise nach rechts, links war die Mauer. Den Aufprall hörte ich nicht mehr. Ein Birnbaum, sagte Haralds Mutter, als ich, um zu zeigen, wie sehr ich darüberstand, fragte, was meiner Fahrt ein Ende gemacht hatte.

Das war auf dem Weg zum Krankenhaus, im Auto. Vorläufig lag ich noch an der Böschung, wo Haralds Rad mich abgeworfen hatte, bevor es wer weiß wohin torkelte, und dachte an nichts.

Dieser angenehme Zustand brach ab, als meine Mutter eintraf, und zwar mit einer Taxe, was mir denn doch eine Art Respekt vor meinem Gesellenstück abnötigte. »Nicht schimpfen«, murmelte ich, mit der heilen rechten nach ihrer Hand greifend, wobei mir weniger Reue als die Angst vor Blamage den rechten Ton eingab. War es nun das oder mein bloßes Aussehen, sie verzichtete tatsächlich auf das Zeter und Mordio, mit dem sie sich sonst schon bei geringeren Anlässen Luft machte, und begnügte sich mit einer Nebenrolle. Ja, ich muß da im Levy'schen Garten einen der seltenen Momente von Glaubhaftigkeit gehabt haben, nur schade, daß ich das alles, den fremd an mir hängenden Arm, mein weißes Gesicht, so wenig genießen konnte; aber so ist das, wenn man die Inszenierung einmal dem Zufall überläßt. Ein Laut wie Gähnen, als Frau Levy die Torflügel der Garage aufzog, ließ mich schattenhaft den Aufprall spüren, von dem der Gärtnerbursche mit der Schubkarre mich gerade noch abgelenkt hatte. Wieder knirschte der Kies, diesmal unter Autorädern, und dieses Echo auf meinen Start kam mir wie Hohn vor – nicht nur, weil es jetzt aufwärts ging. Immer hatte ich mal vorne neben dem Fahrer sitzen wollen, doch jetzt, wo niemand es mir streitig machte, blieb die Genugtuung aus. Wir rollten die Heerstraße ein Stück herunter, bogen dann links in eine von hohen Pappeln flankierte Allee ein und hielten schon – es hätte ruhig länger so fortgehen können – vor dem Westend-Krankenhaus. So oft wir hier sonntags vorbeispaziert waren, mit keinem Gedanken hatte ich diesen kahlen Neubau auch nur gestreift. Ein Spalier schmächtiger Bäumchen, jedes an einen Pfahl gebunden und eingezäunt, führte zum

Haupteingang, die brauchten selber noch Schutz. Frau Levy zuzuwinken, während sie langsam, beinah mitleidig anfuhr, war wohl der letzte mir vergönnte Akt von Freiheit, ich tat es ausgiebig; da die Chirurgische Abteilung jedoch in einer Dependance untergebracht war, »die Treppe wieder runter, dann rechts um die Ecke und über den Hof«, so eine junge rotbackige Schwester, bekam ich noch eine Gnadenfrist. Wir nutzten sie, meine Mutter und ich, als hätten wir ein Geheimnis miteinander, und in der Tat kam es selten vor, daß ich mit ihr allein war. Auch deshalb nahm ich am Eingang des niedrigen Baus, wo es unausweichlich nach Krankenhaus roch, mein bißchen Mut zusammen – voreilig, wie sich zeigte, denn das Wartezimmer war bis auf wenige Stühle besetzt; ein, zwei Arbeiter mit Notverbänden, ein älteres Ehepaar, auch ein paar Kinder mit ihren Müttern. In der verbrauchten Luft ließ die Spannung nach, ich döste vor mich hin und nahm auch den Arzt, der einmal hereinguckte, ohne Erschrekken wahr; das Personal war hier anscheinend nicht viel älter als das Krankenhaus. Ausgerechnet jetzt fiel meiner Mutter ein, daß sie telefonieren müsse, sicher eine ihrer Freundinnen; es ging aber glimpflich ab, nach bemerkenswert kurzer Zeit kam sie zurück und gab mir mit den Augen ein Zeichen, ihr zu folgen; nicht ohne Mühe, denn die Ergebenheit ringsum hatte mich schon erfaßt, stand ich auf und ging zur Tür; draußen wartete eine Taxe, schon die zweite heute. Wer weiß noch, wie eine Berliner Taxe in den dreißiger Jahren aussah? Ein hoher Kasten, dunkelgrün, mit hohen Kotflügeln; unter den Fenstern lag ein schwarzweißer, wie ein Schachbrett gemusterter Gürtel. »Zum Hildegard-Krankenhaus« – wieso, das erfuhr ich erst, als wir dort unter alten Bäumen zum Röntgen gingen; eine Schwester, wohl noch von der alten Schule, hatte meiner Mutter zugewispert, die Ärzte dort seien alle, oder so gut wie alle, »in der Partei«. Also auch der mit der goldgeränderten Brille, der mal ins Wartezimmer geguckt hatte.

Das Hildegard-Krankenhaus wirkte dagegen wohltuend altmodisch. Die Häuser aus schwärzlich rotem Backstein erinnerten ein bißchen an die Schule, nur daß sie niedriger waren; die Schwestern trugen schwarze Kutten, nur das Gesicht war mit weißem Stoff eingefaßt; die Bäume im Garten, der eigentlich nur ein Hof war, Robinien, Kastanien, verschränkten die Äste zu einem Blätterdach. Es ging jetzt, da meine Mutter uns angemeldet hatte, alles, Röntgen, Narkose, ohne Warten vor sich, mir blieb kaum Zeit für Angst. Als es vorbei war, dämmerte es schon unter den Bäumen. Ich trug den Gipsverband, meinen ersten, als Ausweis, daß ich mir wahrhaftig den linken Arm – »am Ellenbogen« – ausgekugelt hatte. Vor lauter Übermut trat ich auf die Stange der Raseneinfassung, um zu balancieren, was mit dem einen Arm gar nicht so leicht war. Das brachte meine Mutter nun doch in Rage: »Für heute hast du dich genug ausgezeichnet!« Eine seltene Ehrung, die eigentlich meinem Vater vorbehalten war, erwartete mich jedoch zuhause: Mimi hatte den Tisch auf dem Balkon gedeckt, und es gab eins meiner Lieblingsgerichte zum Abendbrot, nämlich Maiskolben. So erschöpft ich war, machte ich mich ohne weiteres darüber her, so gut es mit einer Hand ging, und erst jetzt, ein halbes Jahrhundert zu spät, fällt mir ein, – Mimi dafür zu danken … Niemals wieder roch es so köstlich nach Geborgenheit, mit Abenteuer leicht gewürzt, wie im Dampf der von Körnern, grün oder gelblich, strotzenden Kolben. In der Schule brachte mir der Gipsverband, die anfängliche Neugier abgezogen, kaum Gewinn; im Gegenteil, meine Kameraden zogen jetzt guten Gewissens ihre neuen Freunde vor, da ich ja bedauerlicherweise bei ihren Spielen nicht mithalten konnte. Ausgerechnet Harald stand zu mir; der Achter im Vorderrad war wohl geradegebogen, die Lampe ersetzt, doch zum Streicheln taugte das Rad nicht mehr; dennoch fühlte er sich ein bißchen verantwortlich, daß er mich drangelassen hatte. Nach einem Monat nahmen sie mir im Hildegard-Krankenhaus den Gips ab, doch nun war der Arm, wie konnte es bei mir anders sein, in demselben Winkel erstarrt. Das Nachspiel besorgte eine dicke, gutmütige Nonne, zu der ich nun ein paar Wochen gehen mußte. Bevor sie den Arm massierte, spannte sie ihn in eine Art Wippe, die mechanisch auf- und abschwang; das tat weh, und doch kaufte ich der Kanzia, so hieß sie, ohne daß mich jemand gemahnt hätte, ein paar Nelken von meinem Taschengeld und schüttelte ihr zum Abschied mit meiner wieder beweglichen Linken die Hand.

Die Sache mit dem Jüdischsein blieb nicht auf die Religionsstunden beschränkt, Herr Auerbach war wohl auch ein allzu milder Vertreter des Alten Testaments. Als es auf Weihnachten zuging, wurde es ernst; eines Sonntags nach Tisch erklärte mein Vater, ohne uns Kinder anzusehen, daß wir von nun an dieses Fest nicht mehr feiern könnten. *Dieses* Fest? »Ja, Kinder, wir sind nun mal keine Christen. Aber wir haben zur selben Zeit unser eigenes Fest, es heißt Chanukka und wird sogar acht Tage lang gefeiert. Auch mit Bescherung.« Und er erzählte uns mit rauher Stimme, wie Juda Makkabi und seine Brüder sich gegen die Bedrücker unseres Volkes erhoben; die Heiden hatten ein Krüglein Öl vergessen, das brannte acht Tage lang und erleuchtete den entweihten Tempel, bis neues heiliges Öl bereitet werden konnte. »Zur Erinnerung an dieses Wunder wollen wir Tag für Tag eine Kerze mehr anzünden. Ihr werdet staunen, wie schön das ist.« Jüdische Helden, das lag wohl schon lange zurück. Während er sich mit der Geschichte mühte, dachte ich an was anderes. »Aber Mimi«, auch mir fielen die Worte schwer, »Mimi kann doch dieses ... Chanukka nicht feiern. Die ist doch Christin.« Obwohl meine Schwester Evelyn bald zur Schule kam, ließ sie sich immer noch Baby rufen und war auch sonst ein gehorsames Kind. Jetzt stand sie einmal auf meiner Seite, auch mein Vater spürte das. »Mimi gehört zu uns«, sagte er kurz, »natürlich feiert sie Weihnachten wie bisher. Wir stellen ihr einen Baum in die Kammer.« Und wenn es auch nur ein Bäumchen sein konnte, wir waren beruhigt; Mimi würde uns schon nicht im Stich lassen.

Das neue Fest begann ein paar Tage vor Weihnachten, welchen Vorzug wir, da uns die Vorfreude des Baumkaufens abging, kaum würdigten. Im Gegenteil, wir wollten uns gar nicht so von den andern unterscheiden. Am Vorabend – »jüdische Feste fangen immer am Vorabend an« – führte uns Mimi wie alle Jahre zur Bescherung. Der neue achtarmige Leuchter stand auf dem Wohnzimmertisch, Papa hatte einen Hut auf, ich die Baskenmütze, sonst war es wie zu Weihnachten, sonntäglich angezogen, schielten wir nach dem Gabentisch. Papa sprach den hebräischen Segensspruch – woher er das nur hatte? – und entzündete dann mittels eines Schammes, zu deutsch Diener, dessen Halter dem Leuchter vorstand, die erste Kerze. Wie gut, daß es nur eine war, denn nun sollte ich das Lied »Moaus Zur« singen, das Herr Auerbach uns gerade noch rechtzeitig beigebracht hatte; die phonetische Umschrift knisterte in der Hosentasche, wenn ich zur Beruhigung hinfaßte, doch ich kam ohne Stocken zum rettenden »Chanukkat hammisbeach«, das ich vor Erleichterung sogar etwas dehnte. Eigentlich war unsere Zeremonie wohl für die Katz, da statt der vorgeschriebenen Gemeinde von zehn Männern nur wir zwei, streng genommen, ich war ja erst zehn, sogar nur einer dastand, doch wen kümmerte das. Es mag deshalb verzeihlich gewesen sein, daß ich bald darauf, als ich meiner Cousine Inge, die noch Weihnachten feierte, von dem neuen

Brauch erzählte, den Namen Weihnukka erfand. Die Bescherung fiel womöglich noch üppiger aus als früher, Spielzeug, Bücher, der erste Füllfederhalter, ein herrlicher grüner *Pelikan* »schon fürs Gymnasium«, wogegen unsere, trotz Mimis Nachhilfe mit kleinen Fehlern behafteten Handarbeiten (»den Eltern zuliebe«) etwas verloren danebenlagen. Trotz der Freude über die Geschenke – festlich zumute wurde uns Kindern erst zehn Tage später, als wir, unsere eigenen und die Geschenke der Eltern im Arm, vor der Tür zu Mimis Kammer standen. Das war so ungewohnt, daß ich klopfte, und ebenso beklommen hörte sich ihr »Herein« an. Die Kerzen brannten schon, und ihr Widerschein auf den roten Glaskugeln – nur damit war das Bäumchen geschmückt – spiegelte sich verkleinert auf Mimis Kneifergläsern. Draußen im Hof war es schon dunkel. Sie stand hinter dem Tisch mit dem Baum vor dem Fenster, das war der einzige freie Platz; das schwarze Festkleid, ein Geschenk meiner Mutter, spannte hie und da, sodaß ihr Gesicht noch röter glänzte als beim Kochen, vielleicht war es auch die Freude. Wir sangen ohne Scheu die alten Lieder mit ihr, »O Tannenbaum«, »Stille Nacht, heilige Nacht«; außer uns dreien paßte niemand in die Kammer, nicht Ochs, nicht Esel, schon gar nicht die Könige aus dem Morgenland. Eine zweite Bescherung, das war ausgemacht, sollte es nicht geben, »aber einen Teller Lebkuchen könnt ihr schon noch vertragen.« Wir hockten uns zwischen Tür, Schrank und Bett auf unsere alten Kinderschemel und kosteten davon, Christen hin oder her, mit wahrer Frömmigkeit.

In einer Sache ließ meine Mutter nicht mit sich reden, das war ihre Abneigung gegen Kriegsspielzeug. Auf legalem Weg also, etwa mit Wunschzettel, hatte ich so wenig Aussicht wie das unglückliche Deutsche Reich, bevor Hitler kam, meiner Armee auf die Beine zu helfen, wenn man das Häufchen deutscher und französischer Soldaten aus Elastolin, über die Hälfte davon Krüppel, überhaupt so bezeichnen wollte. Auch die waren durch dunkle Kanäle, meist durch Tausch, in meinen Besitz gelangt und warteten in einem Schuhkarton auf bessere Zeiten. Wie Stefan Moses, obwohl er erst acht war, über soviel Kriegsvolk gebieten konnte, das gehörte zu den Ungerechtigkeiten, die auf keinem Lehrplan standen. Um so mehr freute ich mich über seine Einladung, nachdem wir uns auf einer Geburtstagsfeier zusammen gelangweilt hatten. Die Moses' wohnten kurz vor dem Adolf-Hitler-Platz auf derselben Seite des Kaiserdamms wie wir, nur vornehmer, wie mir im Treppenhaus und erst recht, als das Dienstmädchen mit Schürze und Häubchen mir die Tür aufmachte, vorkam. So entschlossen ich war, mir keine Blöße zu geben, bekam ich angesichts des Arsenals, das Stefan mir zeigte, doch Stielaugen. Soldaten, feldgrau, blau (französisch), braun (russisch), die zu Pferde, die in Marschordnung, andere kniend, das Gewehr in Anschlag; eine Kapelle, sowas gab es sonst nur im KaDeWe, aber auch an Kanonen und Verwundeten, echten, mit verbundenem Kopf oder Arm, war kein Mangel; mit kopf- oder beinlosen Krüppeln mußte Stefan sich nicht abgeben. Ich zwang mich zu einer Art sportlichen Interesses, während wir auf dem Teppich die Schlachtordnung aufstellten. »Siegt auch mal die andere Partei?« »Ach, so sieht die Reichskriegsflagge aus« usw. Dann, während er mal mußte, griff ich wie blind vor unterdrückten Tränen nach einem feldgrauen Trommler und steckte ihn in die Hosentasche. Die Gier, ihn anzusehen, zu betasten, nahm mir alle Lust am Spiel, obwohl an seinesgleichen hier kein Mangel war. Ich erfand eine Klassenarbeit als Ausrede, egal, ob Stefan mir glaubte, und ließ ihn mitten in der unentschiedenen Schlacht sitzen. Er hatte so viele, den einen Trommler würde er nicht vermissen. Auch zuhause schützte ich die vergessene Klassenarbeit vor – »ja, warum sagst du das erst jetzt!« –, war also vor Störungen sicher. Sorgsam postierte ich meine Invaliden auf dem Linoleumboden, so blank stellte ich mir das *Blachfeld* vor, es geht in den Krieg, meine Lieben, und nahm endlich den Trommler aus der Tasche, den neuen, feldgrauen, unversehrten, er sollte sie anführen. Draußen klingelte es zweimal heftig. Ich sah erst auf, als Mimi mit Stefan in meiner Tür stand. »Du hast meinen Trommler –«. Oh Schande, Schande, Vorwürfe tagelang. Warum hatte meine Mutter auch den Fimmel mit dem Pazifismus. Das einzig Gute war, daß Moses' bald darauf auswanderten, nach Bolivien oder sonstwo, so begegnete Stefan mir nicht mehr. Er dürfte den Trommler bald vergessen haben, im Gegensatz zu mir.

Irgendwann hörten meine Eltern auf, Silvester zu feiern, vermutlich nach den *Nürnberger Gesetzen*, und die, sagt das Lexikon, wurden im September 1935 erlassen, wenige Tage vor meinem 11. Geburtstag. Also werden sie das Jahr davor das letzte Mal ausgegangen sein, um auf das Neue Jahr anzustoßen, warum auch nicht; mein Vater war schließlich noch keine fünfzig, meine Mutter, warten Sie, 37. Ich meinerseits tuschte mit Hingabe ein Silvesterbild, um mich schadlos dafür zu halten, daß ich zuhause bleiben mußte. Ein paar Leute mit Pappnasen und Hütchen waren darauf, die es immerhin fertigbrachten, obwohl sie auf wackeligen Beinen tanzten, einander mit spitzen Sektgläsern (keine Ahnung, wie das Zeug schmeckte) zuzuprosten, während selbst die leblosen Gegenstände, Flaschen und Lampions, in das Allotria einfielen. Solche Bilder, ich mußte nichts erfinden, sah man um diese Jahreszeit allenthalben, als wenn die Zeichner auf der Witzseite einmal Rache an dem langweiligen Rest der Zeitung nehmen durften. Ach, um in den überirdischen Genuß des Feuerwerks nach Mitternacht zu kommen, hätte ich meine Kindheit hingegeben. Im Dunkeln darunter durfte man sich ungestraft als Teil des Ganzen fühlen. Wie schön hatte meine Mutter sich geputzt, wie gut roch sie, als sie uns vor dem Weggehen Gute Nacht sagte, und auch Papa, schon etwas ungeduldig, machte im schwarzen Anzug gute Figur. Ins Bett gingen wir indessen noch nicht, sondern feierten unsererseits mit Mimi Silvester. Sie hatte jeden von uns mit einer Rolle Papierschlangen ausgestattet – »Konfetti macht zuviel Arbeit« –, das sorgte schon für Hochgefühl, und dann ließen wir uns die »ff«, die allerfeinsten Pfannkuchen, die mit einem Akzent von Ananas verzierten, auf der Zunge zergehen, welche der »gnä' Herr«, wie Mimi sagte, trotz der gerne betonten Sparsamkeit, uns spendiert hatte. Länger als eine Stunde konnte man beim besten Amüsierwillen nicht Schwarzer Peter spielen, doch es gab ja noch das Bleigießen. Wie das zischte! Da Mimi von früheren »S-tellungen« her auch in den Lehren des Aberglaubens bewandert war, wußte sie jedem Gekröse, das wir aus dem Wasser fischten, eine glückbringende Bedeutung zu geben. Vom eigentlichen Silvesterkrawall hörten wir nichts. Nach dem späten Frühstück machte die Familie den traditionellen Neujahrsspaziergang. Auf dem Weg zum Lietzensee versuchte ich, die Eltern zu einem Bericht über ihre Erlebnisse in der Nacht zu bewegen, leider ohne großen Erfolg; dabei mußten allein den Knallbonbons unerhörte Genüsse innewohnen, sonst wären sie wohl kaum so prunkvoll in Stanniol, das in allen Schattierungen, von rosa bis lila, schimmerte, verpackt worden. Ein paar rußige Schneehaufen lagen auf den Stufen, die zum Park hinunterführten; der See war so grau wie der Himmel. Es hatte geregnet, in den schwarz glänzenden Ästen der Bäume hingen Reste von Papierschlangen; so sah es also aus, wenn ein Fest vorbei war.

Im neuen Jahr verengte sich das Klassengefühl bei Fräulein Pohl zu der Frage, wer nach Ostern ins Gymnasium, wer in die Realschule komme, nicht mal die Spiele während den Pausen blieben davon verschont. »Komm doch mit in [...]«, sagte Horst oder Paule aufmunternd, so weit reichte die Freundschaft noch, und in der Tat, heftiger wünschte ich mir nichts. Dem stand, wie ich schließlich von meiner Mutter erfuhr, entgegen, daß Papa zwar im Krieg, jedoch nicht *an der Front* gewesen war, ein schlimmes Versäumnis, das zeigte sich jetzt; denn gerade das hätte ich vorweisen müssen, um in eine *Staatspenne* aufgenommen zu werden. So schnell gab ich indessen nicht auf. *Einen* Helden hatten wir doch in der Familie, Onkel Fritz, ihren jüngeren Bruder; schon die Art, wie er Sonntagsspaziergänge durch einen Sprung über einen Schlagbaum belebte, gab ihm die Aura, und vor allem die Waldläufe, denen er unbeschadet seiner Glatze Woche für Woche im Trainingsanzug oblag; Ortsnamen wie Hundekehle oder Teufelssee, wohin er dabei gelangte, verschafften mir ein angenehmes Gruseln. Wem das nicht genügte, der mußte die bräunlichen Fotos anerkennen, auf denen er mit ein paar Kameraden in Lazarettkleidung zu sehen war, in gestreiften Pyjamas der Heimat zuwinkend. Ach, es war nur Paratyphus gewesen, keine Verwundung. Immerhin lief meine arme Mutter in jenem Frühjahr *von Pontius bis Pilatus*, wer auch immer im Geruch stand, ein Auge zuzudrücken; mittags bei Tisch machte sie dann ein so unglückliches Gesicht, daß alle Fragen sich erübrigten. Begreifst du, Golem, warum ich in die Gojim vernarrt war, so wenig sie auch von mir wissen wollten? Sie lebten aus dem Vollen, arm oder reich, wir aus zweiter Hand. Erst ein alter Gymnasialdirektor führte ihr das vor Augen, wonach mich so stürmisch verlangte, die Wirklichkeit. Die Siemens-Oberschule für Jungen lag in der Schloßstraße, nicht weit von uns, insofern – insonah – kam es sie wohl besonders hart an. Die hohe Steintreppe hatte sie gebührend eingeschüchtert, sodaß allein die Art, wie der kleine, weißhaarige Direktor zu ihrer Begrüßung aufstand, ihr wohltat. Er kam um den amtlichen Schreibtisch herum und führte sie zu einem runden Tischchen am Fenster, »der Aussicht wegen«. Durch das erzählte Fenster sah ich eine Allee mit Sommerweg vor mir, darauf, hellgrün überweht, eine Doppelreihe Bäume, vielleicht Pappeln, während meine Mutter, wie sie sagte, nur Augen dafür gehabt hatte, daß der Direktor kein Parteiabzeichen trug. Also erklärte sie ihm mit einigem Selbstvertrauen, welchen Wert mein Vater und sie, gleichwohl jüdisch, dem preußischen Gymnasium beimaßen und wie sehr ich an meinen Kameraden hing. Der Direktor, gar nicht mehr freundlicher Onkel, unterbrach sie: »Die Kameradschaft! Das preußische Gymnasium! Haben Sie sich einmal überlegt, gnädige Frau, wie Ihr Junge dabeistehen würde, wenn seine Klassenkameraden, ja, ja, dieselben, an denen er so hängt, jeden Morgen den Arm zum Deutschen Gruß heben? Oder in der Aula, es gibt jetzt so viele Anlässe zu Feiern, müßte er regelmäßig mitanhören, wie sein Volk beleidigt wird – wollen Sie ihn dem wirklich aussetzen?« Damit war er aufgestanden und hatte sie, ganz alte Schule, zur Tür begleitet, »und jetzt«, sagte sie mit ungewohnter Festigkeit, »müssen wir uns damit abfinden.« Daß sie mich ins Vertrauen zog, ich glaube, zum ersten Mal, ohne die Niederlage zu beschönigen, machte mich beinah stolz darauf, und ich lag ihr nicht weiter in den Ohren.

Da wir's von Onkel Fritz hatten, lieber Golem, sollte ich ihn dir vorstellen, denn diese Art Juden, fürchte ich, ist im Aussterben begriffen. So ein Berliner Mundwerk, ob's auch jetzt im Alter etwas heiser klingt, findet man wohl nur noch bei Emigranten – nachlesen kann man's immerhin in den Gesprächen Max Liebermanns; mein Onkel Fritz lebt »seit fumfzich Jahren« in Haifa, durch ihn und die blauen, von Rand zu Rand beschriebenen Luftpostbriefe, mit denen er die Zeitläufte bestritt, ist das Sträßchen am Berg Carmel sowas wie unsere Familienadresse geworden, wenngleich man's, wenn er sich am Telefon meldet, auch für die Garnison in Potsdam halten kann. Man braucht ihn freilich nur zu sehen, dann deckt sich alles; der längliche Schädel war kahl, so weit ich zurückdenken kann, mit dunklem Haarkranz; wenn man ihm nach langer Trennung gegenübertritt, nimmt einen der Blick gefangen, kastanienbraun glänzend, und es ist nicht anders als beim König von Thule, »die Augen gingen ihm über«. Dabei war er um einen Scherz nie verlegen, ich verstand bloß nicht alle, was nicht hinderte, daß ich ihn mir zum Vorbild nahm, weil er den *Ernst des Lebens* nicht ständig im Mund führte; allenfalls, wie gesagt, in den Augen. Auch den Spott nahm ich ihm nicht übel, wenn er sich, als ich so elf, zwölf war, nach »den Mieken« erkundigte, wie wir in der Schule die Mädchen nannten. Kann ich meiner Mutter Glauben schenken, und warum sollte ich das nicht, da sie die Geschichte mir erzählt hat, so verdanke ich ihm sogar den Zugang zur Männlichkeit. Sie hatte sich nämlich ganz auf ein Mädchen eingestellt, und also lag ich rosa gekleidet, ein Spitzenhäubchen auf dem Kopf, im Wagen. Der Kommentar ihres Lieblingsbruders war: »Wenn der Bengel das nächste Mal nichts Ordentliches anhat, kaufe ich ihm eine Lederhose.«

So forsch trat er wohl nur innerhalb der Familie auf. In hohem Alter, so lange hatte er's für sich behalten, erzählte er mir, wie es bei »der Firma Kaiser & Reich« zugegangen war, anno 17, als er Soldat wurde. Der Feldwebel oder Unteroffizier, ich hab's vergessen, ließ seinen Zug ohne Anlaß strafexerzieren und zeigte, als die müde, verdreckte Mannschaft endlich abtreten konnte, mit dem Finger auf ihn, das verschreckte Jungchen: »Ihr könnt euch bei dem da bedanken ...« Was haben sie gemacht, wollte ich wissen. »Ach, nicht viel, sie waren auch müde; eine Schüssel Wasser unter dem Strohsack.« Die Sache genierte ihn offensichtlich. Doch am Tag darauf »erstattete er Meldung«, ich weiß nicht, ob mehr Naivität oder Mut dazu gehörte. Der Kompanieführer, ein junger Leutnant, ließ ihn aussprechen, in »strammer Haltung« zweifellos, dann erst hob er den Kopf und sah ihn an: »Geh, Jüdchen«, sagte er milde. Das vergißt man nicht, du brauchst dich nicht zu ereifern, lieber Golem. Später, an der Front, hatten sie andere Sorgen; aber als 1918 in den Ardennen oder wo ein anderer junger Offizier die Kompanie, oder was von ihr übrig war, antreten ließ, um den Waffenstillstand zu verkünden, und daß der Kaiser nach Holland geflohen war, »da nahmen sie's hin, ohne das Gesicht zu verziehen«, sagte der fast Neunzigjährige in Haifa, »nur ich –« und er zeigte mit den Händen, wie ihm die Tränen gekommen waren.

Die Entlassung von der Börse (alle Kinder meiner in Königsberg geborenen Großmutter sagten zeitlebens »Böhrse« und »Jebuhrtstach«), bald nach 33, wird ihn nicht sonderlich überrascht haben. Machte mein Vater sich Illusionen, weil er zuviel oder zuwenig Phantasie hatte? Onkel Fritz jedenfalls blieb gar nichts übrig, als die Auswanderung nach Palästina zu betreiben, worin ihn Tante Lore bestärkte, obwohl sie doch nur *halbjüdisch* war. Von ihrer Wohnung an der Neuen Kantstraße in Charlottenburg ist mir das Herrenzimmer noch gegenwärtig, des Erkers wegen, der mir als Kommandobrücke diente, während um den Tisch unten an diesem Sonntagnachmittag die Passagiere, der Onkel, Papa, sogar Onkel Ernst, sein älterer Bruder, so wenig der von Jüdischem wissen wollte, in dichtem Zigarrenrauch eingehüllt das Unwetter besprachen, das draußen, vom Bahnhof Witzleben her, mit Fahnen und Parolen gegen uns aufzog. Eigentlich war dieses Herrenzimmer, wenn ich ehrlich sein soll, gar kein Schiff, eher Requisitenkammer eines Theaters, das merkwürdigerweise nur einen Hauptdarsteller hatte, Napoleon I. Wohin man guckte, musterte einen der Kaiser, in Bronze oder Stein nachgebildet, mit dem überlieferten dräuenden Blick, wobei er die Hand, ich glaube, die linke, zwischen die Knöpfe seiner Jacke schob, als wenn das gemütlicher aussähe. Die Monomanie dieser Sammlung, der mein Großvater sich hingegeben hatte, lag weniger in Sparsamkeit (obwohl auch das mitspielen mochte, denn meine arme Großmutter bekam fast jedes Jahr ein Kind) als in Verehrung begründet: die Juden vergaßen dem Kaiser der Franzosen nicht, daß er, wohin die Grande Armée auch kam, ihnen zu den Bürgerrechten verholfen hatte. Den bösen Blick, den die Völker auf uns hefteten, hat er gleichwohl nicht bannen können, das war wohl auch zuviel verlangt. Dennoch wurden meine beiden Großväter, so vermute ich jedenfalls, nach dem Neffen des Korsen, dem operettenhaften Louis Napoléon, genannt, und da ich wiederum nach ihnen Ludwig heiße, kann ich wohl als ein Beispiel späten Bonapartismus gelten. Als Fritz und Lore 1935 auswanderten, nahmen sie sicher nur ein paar der kleineren Büsten mit, und auch das nur zum Gedenken an Opa Louis, der schon vor dem Ersten Weltkrieg gestorben war. Die Möbel im Geschmack der *Neuen Sachlichkeit*, wohl vom letzten Geld gekauft, haben den Seetransport und die »fumfzich Jahre« Krieg und sonstiges, von ein paar Flecken und Schrammen abgesehen, dank Tante Lores Fürsorge gut überstanden; da hält also jetzt der Kaiser, die Hand zwischen zwei Knöpfen der Alabasterjacke, auf einem Regal Ausschau nach den beiden Palmen im Vorgarten, die ihm freilich längst, wie er die Brauen auch zusammenzieht, über den Kopf gewachsen sind; vielleicht erinnern sie ihn an die Ägyptische Expedition seiner Jugend, anno 1798.

Börse hin oder her, Onkel Fritz war mein Vorbild, weil

er als einziger in der Familie etwas vom Sport verstand. Was mich an diesem Volksvergnügen anzog, dem ich, ein Steinchen vor mich hin stoßend, heimlich auf der Straße frönte, ist mit zwei Worten nicht leicht zu sagen. Versuchen wir's. Auf dem Spielfeld, der Rennbahn usw. konnte jeder, so glaubte ich, unbeschadet seiner Herkunft sich bewähren, da galten Wendigkeit, Ausdauer, Spielwitz. Die Aufnahme in eine Mannschaft, nur mal so in die Luft geschrieben, verhieß Wirklichkeit, das Ende der Angst, mit der ich großgeworden war. Warum sollte ich mir nicht eines Tages ein Trikot, längs oder quer gestreift, über den Kopf ziehen können, um so, wenn schon nicht unsichtbar, doch wenigstens unkenntlich zu werden? Statt des Namens und allem, womit er mich verband, trüge ich eine Nummer auf dem Rücken. Lag in dem Wunsch, zugleich namenlos und wirklich zu sein, ein Widerspruch, so ließ er sich unschwer aufheben in einem Begriff, der damals in aller Munde war, dem (Schiller sei Dank!) »schwankenden Wort ›Volk‹«. Dessen Haupteigenschaft, soweit ich sah, war der Gleichmut, mit dem es alles hinnahm; es bestand aus Köchinnen, Postboten, Handwerkern und trug in der Regel, jedenfalls unter der Woche, Dienstkleidung oder Uniform. Du siehst, Golem, ich war ein Kind meiner Zeit, und nur der Schatten von Alter- und Judentum, wenn ich so sagen darf, hat mich vor ihr bewahrt. Dem Fußball bin ich freilich, jedenfalls in Gedanken, treu geblieben, ich stelle mir manchmal, um mein Herz zu beruhigen, wenn ich nachts aufwache, gelungene Spielzüge vor; das Auf und Ab vor einem Tor ist mir jetzt angenehmer, freudianisch betrachtet, als der mythische Frauenkörper, der, solange ich jung war, nein, noch länger, durch meine Nächte geisterte.

Lange, bevor ich ein wirkliches Spiel zu sehen bekam, konnte ich schon mitreden. In fast jeder Nummer der Illustrierten gab es ja Bilder vom Fußball, zwar grau in grau gedruckt, doch ihnen Farbe und Bewegung zu verleihen, war ein Kinderspiel. Umgekehrt vollführte ich in meinem Zimmer das Spiel zweier Mannschaften, indem ich meinen Gummiball an die Wand hinter meinem Bett schoß, auf das ich mich sogleich, ihn abzufangen, als der gegnerische Torhüter warf. Sogar die Begleitung, das Jubeln von der Tribüne, machte ich zwischen den Zähnen nach. Die dadurch hervorgerufenen Erschütterungen zogen mir freilich in kurzer Frist Mimi auf den Hals, und ein Blick auf ihr Gesicht – »die Tapete! die Nachbarn!« – genügte, die Partie wegen drohenden Unwetters abzubrechen. Die Namen der Spieler, auf die es ankam, allen voran Hanne Sobek vom legendären Verein Hertha, waren mir geläufiger, ich muß es zugeben, als etwa Herrn Auerbachs Propheten. Was lag also näher, als ein Aufsatzthema von allgemeinem Zuschnitt (›Was unsere Haustür erzählt‹) dafür zu usurpieren? Was so frühmorgens, bevor ich aufstand, passierte, tat ich in wenigen Sätzen ab; der Bäckerjunge bringt die Brötchen, der Wagen von Bolle fährt vor, daß die Milchflaschen klappern; endlich schiebt der Zeitungsjunge das *Berliner Tageblatt* durch den Türschlitz, »und darin stand ...«, von der Montagsausgabe, meiner Quelle, kaum zu unterscheiden, was sich am Gesundbrunnen, dem Platz der Hertha, alles abgespielt hatte; wirklich alles, die Stunde reichte kaum. »Thema verfehlt«, schrieb die neue Lehrerin mit roter Tinte unter den Aufsatz, das tat meiner Befriedigung keinen Abbruch.

Ja, und zu diesem Gesundbrunnen, tatsächlich, wollte Onkel Fritz mich mitnehmen. Daß meine Mutter etwas dagegen hatte, war unschwer zu erkennen, obwohl sie, als ich ins Zimmer kam, mitten im Satz abbrach. »Ich hab's dem Jungen doch versprochen, wenn er zehn ist«, sagte der Onkel mit einem Kopfnicken gegen mich, das soviel hieß wie: halt' den Mund, und in der Tat, ich nickte, als würde ich mich darauf berufen, heftig zurück. Etwas abenteuerlich war der Ausflug ja schon, wenn man noch nie über Charlottenburg hinausgekommen war wie ich – oder so aussah wie er, so … jüdisch. Er trug denn auch, als er mich am Mittwoch nach diesem Gespräch abholte, Knickerbockers und eine karierte Schirmmütze wie ein Forschungsreisender; auf die Idee, ihn zu fragen, wieso er mitten in der Woche Zeit für mich hatte, kam ich gar nicht. Wir hatten uns auch, d. h. vor allem ich, soviel zu erzählen während der langen Fahrt – zweimal umsteigen! Der Onkel war, statt nach Erwachsenenart ins Innere des Wagens zu gehen, auf dem offenen Perron mit mir geblieben, und die Fahrtluft machte mich übermütig. Die ewig gleiche Straße, durch die wir fuhren – nur der Name wechselte –, bot dem keinen Widerstand. Das taten erst die nach Eisen und Schmieröl riechenden Arbeiter, durch die wir uns beim Aussteigen hindurchwinden mußten. Die Verschlossenheit ihrer Gesichter, wem immer sie galt, verschlug auch mir die Sprache, freilich nicht lange. Wo ging es hier zum Gesundbrunnen? Von dem war weit und breit, sofern die Mietskasernen, die den Platz notdürftig einrahmten, es zuließen, nichts zu sehen.

Das Stadion der Hertha fanden wir indessen bald, wenn auch den falschen Eingang. So hieß es, aufs Geratewohl um den berühmten Platz herumzulaufen, die Häuser hier kehrten ihm reihenweise den Rücken zu. Auch hörte man nichts, keine Trillerpfeife, kein festliches Stimmengewirr, sodaß mich der alte Verdacht befiel, alles, was ich im Schulaufsatz unserer Haustür in den Mund gelegt hatte, sei in Wahrheit erfunden. Dennoch bangte ich, wir könnten die Präliminarien versäumen, Begrüßung der Mannschaftskapitäne, Seitenwahl mittels einer vom Schiedsrichter in die Luft geworfenen Münze usw., im Kopf hatte ich's alles schon durchgespielt.

»Keine Angst«, gab der Onkel zurück, »es ist ja ein Freundschaftsspiel. Die fangen nicht so pünktlich an.« Ja, nur ein Freundschaftsspiel; immerhin *maßen sich* da (so hieß es immer im Sportbericht) zwei Deutsche Meister, die Hertha und der 1. F. C. Nürnberg, so lange das mit der Meisterschaft auch her war. Die Stehplätze – »da sind wir unter Zivilisten«, sagte der Onkel – waren denn auch nur in den unteren Rängen besetzt. Wie das Spiel ausging? Unentschieden, sage ich mal, die rissen sich kein Bein aus, die alten Kämpen; für mich blieb der Anblick der Farben auf dem Rasen ein Fest, blauweiß und rot, wie das durcheinandersprang, und mittendrin, die Arme lässig angewinkelt, mein Hanne Sobek. Noch Wochen danach umspielte ich, ein Steinchen vor mich her kickend, nach seinem Vorbild die gegnerische Abwehr, ich meine die Straßenpassanten. Die Locken meines Helden waren schon etwas gelichtet, das paßte übrigens zum Rasen, und mich konnte hier sowieso nichts enttäuschen. Schon vor dem Abpfiff strebte ich in Gedanken dem Spielerausgang zu, wo ich ihn, sein Bild griffbereit in der Tasche, um ein Autogramm bitten wollte – gewissermaßen als Pfand seiner Leibhaftigkeit. Ob es Onkel Fritz nun vor dem Gedränge der Autogramm*jäger* – den Ausdruck *Fans* gab es noch nicht – mulmig wurde oder ob ihm meine Mutter einfiel, ich konnte ihn jedenfalls nicht dazu bewegen. Am Kaiserdamm, in vertrauter Umgebung, bückte er sich auf einmal zu mir und küßte ins Leere: »Grüß schön oben, ich hab's eilig.« Warum, begriff ich erst ein paar Tage darauf, als Mama, den Kopf gesenkt, mir eröffnete, daß er mit Tante Lore abgefahren sei. Nicht in die Ferien, soviel verstand ich.

Ach, soviel kam in dem Sommer oder Herbst zusammen, daß ich den Onkel, so sehr ich an ihm hing, nicht lange vermißte. Wo fange ich da an? Einmal ging ich, nachdem Mama eigens mir die Haare gebürstet hatte, mit ihr den Kaiserdamm herunter zur Theodor Herzl-Schule, ein, nun doch ja, jüdisches Realgymnasium; eine Cousine von ihr (um ein paar Ecken herum), die Tante Grete, unterrichtete dort Englisch und Geographie. Ein kahles Treppenhaus zum ersten Stock, das war schon die ganze Schule. In dem Klassenzimmer, wo sie uns in einer Pause empfing, standen neue Tische und Stühle aus hellem Holz statt der klobigen zernarbten Pulte, wie ich sie kannte. Empfang ist das richtige Wort, schon das Äußere, Mama war beim Friseur gewesen und trug das Ausgehkostüm, das Fräulein Doktor einen glatten Kittel, das schwarze Haar, dem man die Widerspenstigkeit ansah, hinten fest verknotet, schon ihr Aufzug verlieh dem Du, mit dem sie sich begrüßten, mehr Förmlichkeit, als ein Sie je gehabt hätte. »Ist das dein Ältester?« fragte die Lehrerin mit einem Kopfnicken gegen mich, und meine Mutter, aufgeregt wie sie war, wiederholte, hier fehl am Platz, was sie nun einmal draufhatte, mein Attachement (so nannte sie's) an die bisherigen Kameraden, die Versuche, mir das zu erhalten usw., derweil ich durch die obere Fensterhälfte – die untere war zugestrichen – mit Inbrunst nach den Zweigen im Hof guckte, deren Blätter sich schon rötlich färbten. »Ja, weißt du…«, sagte die kühle Tante nach einer Pause, »zunächst ist die Schule ja wohl zum Lernen da. Kameradschaft usw. entsteht schon durch den äußeren Druck, also unfreiwillig, und freiwillig, indem wir die Schüler auf die alte Heimat, die uns fremdgeworden ist, vorbereiten, Palästina, d. h. Zion. Wenn das dem entsprechen sollte, was ihr euch für euren Sohn vorstellt – bitte. Es sollte mich freuen.« Hier nickte sie mir wieder zu, diesmal aufmunternd. Meiner Mutter war anzusehen, daß sie dem Gelobten Land etwas Gewöhnlicheres vorzog, es mußten ja nicht gleich die Fleischtöpfe Ägyptens sein. »Laß mich das mit meinem Mann besprechen, liebe Grete. Dann rufe ich dich an und wir machen etwas aus. Höchste Zeit, wirklich, daß du mal zum Tee zu uns kommst.« Die liebe Grete zeigte, daß sie auch lächeln konnte, nicht ohne freilich ihren Stundenplan vorzuschützen. »Wenn es sich einrichten läßt, gern.« Damit war das Gespräch beendet. Wir nahmen's auch auf dem Rückweg nicht wieder auf, das Thema paßte einfach nicht zum Kaiserdamm. Was meine Mutter vor sich hin murmelte, hörte sich etwa wie »akadämliche Pute« an.

Irgendwer, Familie oder Teegesellschaft, wird meinen Eltern dann die Leßlerschule, wo »man« seine Kinder hinschicken könne, empfohlen haben. Auf solche Hinweise unter der Hand waren sie jetzt um so mehr angewiesen, als die gewohnte Umgebung sich von uns, wie sage ich, abzuwenden im Begriff war, Straße um Straße, Haus um Haus; mich konnte das freilich nicht überraschen, hatte ich ihrer Kenntlichkeit doch von Anfang an mißtraut. Mit einer Ausnahme, die Schule an der Kastanienallee ... und damit sollte es nach den Osterferien, wo alles glänzte und flatterte, zu Ende sein. Vorher jedoch stand uns als Abgängerklasse, wie es der Brauch war, der Ausflug nach Küstrin in die preußische Geschichte bevor. Im Gang zwischen den Pulten, als übe sie schon dafür, auf und ab gehend, schilderte Fräulein Pohl uns das harte Regiment des Vaters Friedrich Wilhelm I., aus dem der Kronprinz, der *junge* Fritz, hatte ausbrechen wollen. Gefangennahme, Überführung nach Küstrin, da dachte mancher wohl mehr an seinen Proviant für morgen; doch wie der Gefangene aus einem Fenster des Schlosses, so hatte es der König verfügt, der Enthauptung seines Vertrauten Katte zusehen mußte – »nachdem er ihm mit der Hand einen Kuß zugeworfen«, heißt es bei Fontane –, da wurde es still in der Klasse. Was für Allotria sie auf der Fahrt trieb, habe ich so wenig behalten wie die Besichtigung des markgräflichen Schlosses. Nur das Geländespiel danach weiß ich noch, mit dem wir den Garnisonen vor uns, ob Preußen, Russen oder die Grande Armée, nacheiferten (im vollen Wortlaut), und das auch nur meinetwegen; denn im tropfenden Unterholz, während ich hier einen Brombeerzweig wegbog, da einem morschen Stamm, der den Weg sperrte, auswich, hatte ich deutlich ein Gefühl von *l'art pour l'art*, wenn ich das Wort gekannt hätte. Rot oder Blau, egal, welche Partei; die Grenze zu den andern war unpassierbar geworden. Das verabredete Signal mit der Trillerpfeife hob den Bann auf, in den der Wald uns versetzt hatte. Eine richtige Gulaschkanone war aufgefahren, Pioniere der Reichswehr, glaube ich, und alles drängte sich darum. Näher als hier im Dampf von Erbsen und Würstchen bin ich Preußens Gloria nie gekommen.

Die Leßlerschule lag ziemlich weit entfernt von uns am Roseneck, einem Villenviertel. In den Ferien fuhr ich die Strecke zur Probe ab; zweimal Umsteigen, Ecke Wilmersdorfer Straße ging es glatt, am Kurfürstendamm jedoch fuhren zwei Bahnen, die 76 und die 176, leicht zu verwechseln, in meine Richtung. Kurz vor dem Roseneck, wo die Straße sich gabelte, bog die »Hundert« unvermittelt nach Westen ab, da machten die Schaffner irgendwo Zigarettenpause, erst dann fuhr sie die Schleife über Roseneck aus, während die »Sechsund« (so kürzten wir sie in der Schule ab, fast ein Kosename) ein paar Minuten weniger brauchte, unter Umständen die Rettung, weil sie den Bogen andersherum schlug. Ich sehe die aus rauhen Steinen gefügte, schulterhohe Gartenmauer an der ominösen Biegung – so wenig da noch eine *Elektrische* auftaucht, die stehen längst im Traumdepot der BVG, habe ich die Strecke so penibel nachgezogen, weil in der Oberleitung, sozusagen, immer knisternd meine Angst mitlief, ich könnte vor lauter Bahnen in die falsche einsteigen. In der Erinnerung hält eine rasselnd nach der andern Ecke

Wilmersdorfer/Kurfürstendamm, sie übertreibt wohl nach Art der expressionistischen Filme. Aber wie, wenn der Fahrer unterwegs merkte, daß er das verkehrte Schild draufhatte, und, ohne die Fahrgäste (schönes Wort bei dem Gedränge) zu warnen, weiterkurbelte bis zu der Unglückszahl? Spätestens nach dem ersten Jahr, in Quinta, bekam ich ja das Fahrrad, noch lange nach der Schulzeit jedoch, in ganz anderen Gefahren, landete ich immer wieder im Traum, mit verbundenen Augen sozusagen, an der bewußten Gabelung, wo sich mein Schicksal, nichts weniger als das, entscheiden sollte. Schon der Name der Haltestelle verhieß Zweideutiges; der Kurfürstendamm war eine Art Reizthema in der Familie, da ging man ..., da trieb sich ..., irgendwas Kitzliges war daran, zumindest für Erwachsene, oder zum Kopfschütteln. Morgens vor acht indessen war der Kurfürstendamm eine Straße wie andere; die Bahnen so vollgestopft, daß man sie regelrecht, die Mappe in der Hand, manchmal noch den Zeichenblock, entern mußte, da konnte man sich leicht in der Zahl irren.

Ja, die Mappe. Kein Mensch, sagte ich meiner Mutter, ginge mit dem alten Ranzen in die höhere Schule, »willst du, daß die über mich lachen?« Ostern 35, sie hatte gewiß andere Sorgen, doch nein, das wollte sie auch nicht. Pünktlich zum ersten Schultag bekam ich die Mappe, *echt Rindsleder*, »die muß aber bis zur Prima halten!« Das war so weit wie »bis du heiratest, ist alles wieder gut«, wie Mimi zu sagen pflegte, wenn man ein Wehklagen ausstieß. Verchromte Beschläge, Fächer, sogar Taschen vorne, soviel Bücher hatte ich noch gar nicht; ich roch an ihr in aller Unschuld wie an einer Frau. Meine Schwester – ich kann dich nicht mehr beim Namen rufen! – Evelyn kam dieses Jahr auch in die Schule, freilich keine Volksschule mehr, der Unterricht fand in der Wohnung einer entlassenen Lehrerin statt; morgens rollte Mimi das Haar der Kleinen, das blieb sie, zum dunkel glänzenden Hahnenkamm ein. Am letzten Ferientag gingen wir, Evelyn mit dem Roller, noch einmal zum alten Viertel, die Anlagen beim Hildegard-Krankenhaus. Da fuhr ein Junge, so alt wie ich, auf seinem Rad den Kiesweg entlang, zurückgelehnt, wie in Gedanken... Paul, wahrhaftig mein Paule. Auf meinen Zuruf hielt er an und balancierte, das Rad zwischen den Beinen, auf Zehenspitzen: »Wo kommst du nun hin?« Wir hatten in der Schule nicht mehr davon geredet. Ich beschrieb ihm die Fahrt zum Roseneck, wir lachten über die beiden 76, dann sah ich das HJ-Abzeichen an seiner Jacke, er merkte es und wurde rot. Noch einmal ein Händedruck, wir sahen uns dabei nicht an.

Mit einer *Judenschule,* wo alles durcheinanderreden sollte, hatte die Leßlerschule keine Ähnlichkeit. Warum, fragt der Golem, muß ich das gleich beteuern? Als stünde ich vor meinen Richtern, und dann ist es noch nicht mal die ganze Wahrheit. Den von Papa geforderten Stolz, ein Jude zu sein, konnte ich mir nicht immer vorsagen, zuhause gab's wenig Nahrung dafür. Von der Zeitung interessierte mich, wie gesagt, nur der Sportteil am Montag; überall indessen, am Eingang zur U-Bahn, sogar im Lietzenseepark beim Spielplatz, standen jetzt diese Schautafeln, vergittert, damit man nichts abriß – was war Verbotenes dabei, daß ich mal reinguckte? Ich sah Karikaturen, nicht zum Lachen, auch Fotos wie von Verbrechern, man kann das so aufnehmen. Das war die Wirklichkeit, unverstellt. Viel zu lesen traute ich mich nicht, doch die Schlagzeile, rot oder schwarz mit einem dicken Balken, hielt mich fest: »Juden sehen dich an!« Die Zeitung war der ›Stürmer‹, Golem, ich die Salzsäule davor. Salz von heruntergewürgten Tränen. Darüber zu reden war unmöglich, Papa durfte das nicht erfahren, niemand. Viele Jahre später, im Krieg, habe ich es einem gestanden, warum, ist nicht leicht zu sagen. Nicht weit von unserem Versteck in der Nähe von Lucca in Italien kam mir auf einem Feldweg ein deutscher Soldat entgegen, die gingen sonst nicht spazieren, schon gar nicht allein. Ich muß ihm was angesehen haben, etwas Eigenes, aber berechtigte das, ihm auf die Frage nach dem Weg – »che la diritta via era smarrita«, hätte er, wir beide, wie Dante sagen können – auf deutsch zu antworten, sei es auch noch so radebrecherisch? »Woher können Sie so gut deutsch?« fragte er wohlerzogen, man konnte es auch anders auslegen. Ich faselte schnell was von südtiroler Verwandtschaft und Studium (daß eine Ausrede überzeugender ist als zwei, hab' ich erst später gelernt), »ik will lernen eure Sprak«, das habe ich gesagt, auch mit Hilfe deutscher Zeitungen. Das stimmte übrigens, ich hatte mal, noch dazu von geschenktem Geld, ›Das Reich‹ gekauft, an einem Kiosk in Cuneo, es lag hoher Schnee vor den Arkaden, halb, wie ich mir einbildete, als Schutz vor Polizeikontrollen, halb wohl doch aus Verlassenheit. Es war übrigens die Nummer nach der Übergabe von Stalingrad, Goebbels' Leitartikel oder Tagesbefehl oben rechts auf der ersten Seite trug die Überschrift »Die starken Herzen« (falls jemand mir nicht glaubt). Welche Zeitung, wollte der Soldat wissen. Ich nannte mit niedergeschlagenen Augen, als ginge es um etwas Verbotenes, ein paar der Titel, ›Velkischer Beobachter‹, eben ›Das Reich‹, ja, und dann ›Der Stirmer‹. »Na, das ist doch ein reines Hetzblatt«, hat dieser Mensch gesagt, sichtbar angeekelt, und ist weitergegangen. Kann ich ihm wenigstens hier dafür danken? Er trug eine gelbliche Hornbrille, glaube ich, war blond, etwa Mitte Zwanzig. In der Nähe von Lucca, bei der Certosa, März, April 1944. Vielleicht liest er dieses Geständnis.

Zurück zum Roseneck. Die Leßlerschule lag in einem von der Straße leicht ansteigenden Garten, der mit Gestrüpp und Zweigen hinhaltend, das paßt hier, sich dem

Mißbrauch durch die Kinderhorde widersetzte. Horde freilich nur, wenn man ihm die Empfindlichkeit von Deklassierten zubilligte, wofür die Spuren einstiger Pflege sprachen. An »richtigen« Schulen gemessen, waren wir eher zahm, ein Wink der Aufsicht genügte, das Pausengeschrei zu dämpfen, zumal Mädchen dabeiwaren; und dann erreichten wir selbst in der besten Zeit, als die Sexta der vielen Neulinge wegen geteilt werden mußte, nicht entfernt die An- oder Unzahl, die das Wort in Verruf bringt. Wir kamen aus ähnlichen Elternhäusern, was man so gutbürgerlich nannte – jüdisch, ja, doch Goethe und Schiller in Vaters Bücherschrank –, ein Garten war selten dabei. Sollte uns dieser also zwischen den Pausen als Horde empfunden haben, so vielleicht doch zu Recht, denn die wenigsten sahen mehr in ihm als ein Spiel- oder Turnfeld, uneben noch dazu. Dennoch bot er uns Schutz.

Brauchten wir Schutz? Eine gewisse Unauffälligkeit auf dem Schulweg erlegten wir selber uns auf, das bedurfte keiner Ermahnung. Der enge Laden am Hohenzollerndamm, wo ganz Mutige wie meine Cousine Inge sich Nappos oder saure Gurken kauften, wird sich über die Laufkundschaft auch nicht beschwert haben. Es war ... wie beim Rennen mit offenem Mund, die Luft tat weh. In der Schule, hinter der Hecke im Garten ließ das nach. Was war das für ein Haus, wo lagen die Klassen? Komisch, wie wenig ich behalten habe, wo doch die Jahre zwischen zehn und vierzehn die liegende Acht, das Zeichen für Unendlichkeit, noch verdient hätten. Vielleicht hat gerade der Schutz, den wir mehr oder minder unwillig genossen, verhindert, daß das Alltägliche sich besser einprägte, ich meine schmerzhaft. Wir lernten Vokabeln, würgten im Kopf an Gleichungen mit Unbekannten oder segelten wie tausend andere Schüler mit ausgebreiteten Armen eine Schlitterbahn entlang ... es galt nicht wirklich. Was galt, spielte sich gewissermaßen auf der anderen Seite des Zaunes ab, da konnten wir rufen, soviel wir wollten. Übrigens hielt der Zaun, in übertragenem Sinn die Schulordnung, nur auf unserer Seite dicht; derselbe Lehrer, der uns eine Hausarbeit aufgegeben hatte, konnte in den nächsten Stunden schon weg sein, »ausgewandert«, und eine Vertretung sammelte gleichgültig die Hefte ein. Wir hätten uns gleichsam auf Stelzen der Weisheit festhalten müssen, um das als Vorspiel der gewöhnlichen Sterblichkeit zu begreifen. Ich brauchte denn auch ein paar Jahre, sagen wir, bis Untertertia, ehe ich, weil's ja nicht darauf ankam, mich dem Schlendrian mehr oder minder kampflos ergab. Ohne Nachhilfe von höherer Warte wär's mir dennoch vielleicht schwergeworden, soviel Preußentum hatte ich schon intus, doch bis dahin bleibt uns noch Zeit für die Schule.

Die ersten Klassen, Sexta bis Quarta, müssen im Erdgeschoß gewesen sein, wo die früheren Besitzer der Villa wohl Gäste empfingen und tafelten. Davon war in dem nüchternen Raum, wo uns die neue Klassenlehrerin in Empfang nahm, nichts mehr zu spüren. Der Morgen ließ die Fenster so blank erscheinen, daß sie mir ohne Verlust den April- oder Maitag vor gut fünfzig Jahren herspiegeln. Da saßen wir eher verschüchtert zu zweit hinter Tischen, die noch keinen Kratzer aufwiesen, Jungen und Mädchen, als hätten wir das verabredet, durch den Mittelgang getrennt. Natürlich sprach man nicht mit den Mädchen. Wir kamen aus verschiedenen Stadtteilen und Schulen, das zählte mehr als die Kränkung, die uns zusammengeführt hatte; die Neugier auf die anderen, obwohl sie weniger fremd erschienen als in der Volksschule, überwog. Bleiben wir einen Moment bei den Lehrern. Dank den Judengesetzen hatte Frau Leßler, quasi ohne aus ihrem Bürostuhl sich herausbequemen zu müssen, für ihr Kollegium die Auswahl unter *ersten Kräften* gehabt, wie sie gern unseren Müttern gegenüber betonte.

Ihre Stimme, so tief, daß es feierlich klang (obwohl sie mitnichten George rezitierte), entsprach einem Doppelkinn, wie ich es bis dahin noch nicht gesehen hatte. Seit den Tagen, als die Schule noch auf Erlesenheit achtete, führte sie die Geschäfte, von einem *Herrn* L. hatten auch die älteren Schüler nie gehört. Unsere Väter zahlten also Schulgeld, und so wenig wir es ihnen dankten, kamen wir dadurch zu gewissen Privilegien, sagen wir, der kleineren Zahl, die uns den Abschied von den bisherigen Kameraden verschmerzen ließen. Zugunsten der Familien, die sich das »nicht leisten konnten« (»ärmer« sagte man nicht), gab es neuerdings auch bei uns den Eintopfsonntag, die gute Mimi kochte augenzwinkernd Huhn im Topf, mein Lieblingsgericht. Ein Herr von der jüdischen Gemeinde im grauen Ulster mit Hut kam mit der Sammelbüchse an die Tür, soweit war alles wie beim *Winterhilfswerk*, nur daß die Anstecknadel fehlte. Bei uns »warf man das Geld nicht zum Fenster raus«, doch bezahlt wurde alles prompt, woher habe ich das sonst, die geringste Mahnung schon ging an den Nerv. Ich wünschte mir die Eltern freilich großartiger, nicht unbedingt wegen des Taschengeldes, wie soll ich das erklären? Wenn meine Mutter sich rühmte, bei Woolworth oder einem anderen Kaufhaus eine »Mezzije«, phonetisch geschrieben, auf deutsch Okkasion, erstanden zu haben, war mir das peinlich. Schlimmer noch das *Geschäftliche*, wovon, als die Lage sich zuspitzte, sogar bei Tisch die Rede ging; mein Vater bekam dann so einen Zug um den Mund, als schmecke ihm selbst Mimis Essen bitter. Ich bezog das auf mich wohl zu Recht, denn so sehr ich die Bilder in den vergitterten Kästen, »Juden sehen dich an«, niederhielt, kam mir doch die Angst, auch Papa müsse in solch dunkle Geschäfte verwickelt sein. Nicht schön, den Verrat zu gestehen, Golem. Bleiben wir lieber noch in der Schule. Vor dem Rollschrank im Büro saß also mütterlich dräuend, kann man sagen, Frau Leßler, die Aufsicht über den Schulbetrieb überließ sie ihrer beweglichen Schwester, das war Fräulein Heine. Weniger klein als geballt, das Gesicht schrumpelig wie ein Winterapfel, gab die uns in den ersten Jahren Französisch und Latein, dieses nur soso, da es Auswanderern nicht weiterhalf, doch was *omnipräsent* bedeutete, zeigte sie uns auch so; es gab buchstäblich nichts in der Schule, was ihr entging. Der eigentliche *Direx*, Herr Dr. Landsberg, trat erst in den oberen Klassen auf. Irgendwer hatte verbreitet, daß er den Müttern, na, vielleicht nicht jeder, die Hand küsse, wir gingen ihm deshalb aus dem Weg. Er trug eine Brille passend zur Haarfarbe, bernstein, dazu blaue Anzüge mit Weste; wer ihn auf der Straße traf, hätte ihn mindestens für einen Schulrat halten können, obwohl er das nur noch bei uns spielen konnte. Also auch er. Der Zeichenlehrer hieß Herr Goldstaub, der Name ist zu schön, als daß ich ihn auslassen könnte. Er kleidete sich sportlich, graue Tweedjacke, das volle Haar war nach Art der Kinohelden immer etwas verweht. Was haben wir bei ihm gelernt? Kein Museumsbesuch, kein Wort von alten Meistern (»About suffering they were never wrong«, Auden, ›Musée des Beaux Arts‹; dazu waren wir zu jung, wenn auch nicht in den Augen der Welt). Einmal, zu Purim, haben wir im Unterricht Masken zu Ehren der Königin Esther gemacht, die unser Volk rettete, immer brauchten wir so ein Wunder, indem sie den allmächtigen Haman überlistete. Es roch nach Leim, wenn man die rauhe Hohlform aufsetzte. Der Mund war zu tief geraten oder die Augen zu eng beieinander, was machte das, wo einem dieses Gefühl von Undurchdringlichkeit zuteil wurde. Schnell noch Herrn Nathan, den Turnlehrer; die Nebenfächer haben's mir angetan. Sein Gesicht bis unter das rötliche, schüttere Haar war immer rot angelaufen – zu hoher Blutdruck bei einem Turnlehrer? Eher wohl Schmisse von Mensuren; wer da behauptete, die Juden seien nicht *satisfaktionsfähig*, Herr Nathan hätte ihn eines Besseren belehrt. Er lief meistens im blauen Trainingsanzug herum, immer auf dem Qui vive, da konnten die anderen Lehrer sich in Hemd und Schlips noch so wichtig tun. Ich glaube, er taxierte jeden von uns auf eine Zehntelsekunde genau, und wer das einhielt, dem sah er im Winter schon mal eine Hängepartie am Reck nach. Sein Element war der Wettkampf, je david-und-goliathhafter, desto besser, am liebsten hätte er uns wohl gegen irgendeine Hermann-Goering-Schule geführt, und wenn man ihm, wie es in Berlin so üblich war, beiderseits des Zauns den Vogel zeigte. Doch an Gegnern war schließlich kein Mangel. Jenseits des Hohenzollerndamms, also schon halb im Ausland, lag die [...]schule, ein »jüdisches Lehrinstitut«. Diesen Namen fanden wir affig, das übertrug sich auch auf die dortigen Zöglinge, und wie das so geht, kamen sie uns, auf halbem Weg sozusagen, mit Spott oder auch handgreiflich entgegen. Was lag da näher, wenn's schon nicht auf der Straße sein sollte, als daß wir nach Art großer Herren unsere Kräfte auf einem Turnier, einem Sportfest maßen? Herr Nathan und sein dortiger Kollege sahen ihre Chance, einmal im Mittelpunkt des Interesses zu stehen; das Lehrinstitut verfügte nämlich, so unglaubhaft das war, über einen Sportplatz mit allem Drum und Dran am Rand des Grunewalds. Erst letzten Sommer hatten wir Jesse Owens' Triumphe im Olympiastadion verfolgt, nur am Radio freilich, jetzt konnten wir selber auf einer richtigen Aschenbahn uns bewähren. Ein paar Wochen gab es in den Pausen und darüber hinaus keinen anderen Gesprächsstoff in der Schule, gleichviel, ob Jungen oder Mädchen, als das Training am Nachmittag, die Ausscheidungskämpfe, vor allem die Frage der *Spikes*, denen wir die Macht von Flügelschuhen zuschrieben; was, wenn die Eltern das nicht einsähen? »Dann borg' ich dir meine.« Nathan, das war offensichtlich, wäre am liebsten selber im Trainingsanzug mit an den Start gegangen; auch so war er unermüdlich auf den Beinen, hier mit Stoppuhr oder Meterband, da mit Verbandszeug, und selbst die Nachricht, daß die [...] in einem richtigen Schultrikot antreten würden, blau mit weißem Davidsstern, schüchterte ihn nicht ein: »Laßt euch zwei blaue Streifen rechts und links auf die Turnhose nähen, das genügt. Hauptsache, ihr seid am Montag in Form.«

An dem Montag wachte ich viel zu früh auf und sah im Fenster die Wolken festlich, so empfand ich's, auf blankem Grund segeln. Endlich kam unsere Stunde. Die Mannschaften beider Schulen, blauweiß und weißschwarz mit blauen Streifen, marschierten in der Mitte zwischen den Toren auf, da, wo man noch von Rasen sprechen konnte, und sangen »Aus grauer Städte Mauern«, ohne daran etwas komisch zu finden. Am Rand der Aschenbahn, die Arme auf einen Querbalken gestützt, stand unser Publikum, leider nicht »wie ein Mann«, sondern aus Mitschülern und Lehrern so spärlich zusammengesetzt, daß die beiden Fremden in Staubmänteln dazwischen gleich auffielen; »Polizei«, sagte jemand. Ja, selbst so ein Sportfest mußte den Behörden gemeldet werden. Es war still ringsum, daß ich mein Herz klopfen hörte; die Kiefern am Waldrand trugen wahre Flederwische von Kronen, so heftig mußte der Wind in ihnen gehaust haben. Dann hob Herr Nathan im frischgebügelten Trainingsanzug die Pistole zum ersten Startschuß, dann stieß ein Blauweißer, von dem man noch nie gehört hatte, die Kugel so weit, daß es auf der Tribüne, wenn man die zwei Stufen so nennen darf, unruhig wurde. Die den Eltern abgebettelten Spikes drückten mich so, daß ich einen Moment versucht war, barfuß zu starten, doch sie trugen mich dann in den Endlauf über 50 m, sogar auf den 3. Platz. Das Lorbeerblatt mit Sicherheitsnadel, das ich bei der Siegerehrung bekam, habe ich lange aufbewahrt, ich glaube, bis wir auswanderten; es zerbröselte schon, roch aber bis zum Schluß würzig. Sieger wurde übrigens das Lehrinstitut trotz seines affigen Namens. »Das nächste Mal schlagen wir sie«, sagte Nathan, das Gesicht womöglich noch röter als sonst, in der ersten Turnstunde danach. Zum nächsten Mal ist es so wenig gekommen, wie Juden noch einen Sportplatz betreten durften. Es gab Schlimmeres, weiß Gott, doch als ich das mit dem Sportplatz hörte, bestätigte sich mir, was ich ja insgeheim schon wußte: uns gab es nicht, wir liefen außer Konkurrenz, und das nicht nur auf dem Sportplatz.

Einen Freund habe ich auch in der neuen Schule bald gefunden, Georg mit Namen, was aber nur für die Lehrer galt, sonst rief ihn jeder Kulli. Das paßte auf ihn, weil er so durchs Leben zu kullern schien, ohne anzuecken. Dick war er nicht, gerade richtig, um beim Hinfallen weich zu landen. Mit zwölf lacht jeder gern, doch Kulli brachte es auch fertig, wenn man ihn aufzog, meistens wegen des Sabberns. Seine sehr rote Unterlippe war etwas vorgestülpt, da kam, sowie er sich beim Erzählen echauffierte, mehr durch als Wörter. Mich hätte das gepeinigt, bei ihm war's nur komisch, nach einer Weile nicht mal mehr das. Zu meinen bisherigen Freunden in der Kastanienallee hatte ich aufgesehen oder zumindest geschielt, sagen wir, ich hatte sie um ihre Alltäglichkeit beneidet, Kulli dagegen war mein Vertrauter. Eine Wärme hüllte uns ein, wenn wir nach der Schule die Straße heruntergingen, vorbei an der einmal gefürchteten Abzweigung nach Hundekehle, der ersten, der zweiten Haltestelle, soviel hatten wir uns zu sagen. Die Schule natürlich, die Kameraden, die Mädchen. Von seinem Zutrauen beflügelt, vergaß ich da schon mal den Boden unter den Füßen, dieses Mosaik aus hunderterlei Grau, und erging mich in Phantasien, aus denen mich Kulli mit Zureden (wovon seine

Lippe überfloß) wieder herunterholte, ohne mich zu beschämen. Nein, wir lachten, jeder über die eigene Schwäche. Ihm sagten die Klassenkameraden schon mal, was sie von mir hielten, ich wollte es natürlich haarklein wissen, tat aber so, als wenn ich ihm nur zerstreut zuhörte. Kulli war sowas wie mein Komplize im täglichen Leben. Was er an mir hatte ... ich kann ihn nicht mehr fragen; unter Freunden rechnet man nicht auf.

Seit ich in der Quinta endlich ein Rad bekommen hatte, warteten wir aufeinander, wenn einer noch in der Schule aufgehalten war, um gemeinsam zurückzufahren. Kulli bog in Halensee in den dicht befahrenen Kurfürstendamm ein, während ich, den Kopf links und rechts wie ein Huhn ruckend, die Kreuzung überquerte und im Freilauf die neue Schnellstraße herunterschoß, um für die Steigung zur Avus noch Schwung zu haben. Funkturm, Bahnhof Witzleben, dann sah ich schon die Bäume des Lietzensees. Man sollte nicht nebeneinander fahren, hieß es in der Zeitung, neuerdings gab's auch Warnschilder an den Straßen; doch gerade so Schulter an Schulter, leicht zurückgelehnt, eine Hand an der Lenkstange, die andere in den Fahrtwind gehängt, unterhielten wir uns gern, die Einfälle kamen beim Treten. An einem der ersten warmen Tage in der Quarta, es roch schon aus den Gärten der Hubertusallee, überquerten wir so einträchtig ein Rondell, da kam von hinten (»plötzlich«, ich hatte eine Vorliebe für das Wort in Schulaufsätzen) ein Motorrad mit Beiwagen gefahren, Polizei, schnitt uns den Weg ab und hielt. Das Rad hinschmeißen, über den Zaun in den Garten ... indessen standen wir auf Zehenspitzen, einen Fuß auf dem Pedal, und erwarteten das Strafgericht. Ein Schupo mit weißen Ärmelschonern, der machte uns nicht bange, kletterte aus dem Beiwagen und hielt uns eine Standpauke, ich probierte schon ein reumütiges Aussehen, da zog er eine Kladde aus dem Jakkenausschnitt: »Also los, Namen und Adresse!« Daß er sich in Positur stellte, den Kopf zum Schreiben gesenkt, die Beine gespreizt, erlaubte Kulli und mir, schnell einen Blick aus den Augenwinkeln zu tauschen: »Israel!« Seit kurzem war jedem von uns, sofern wir keinen jüdischen Vornamen mehr hatten, dieser als Erkennungszeichen auferlegt worden; die Mädchen und Frauen mußten sich Sara nennen. »Wir lassen ihn einfach weg«, sagte der Blick. In der Tat, einfacher war nichts. Und doch wich mir das Blut aus dem Kopf, sobald ich die Unterlassung begangen hatte, ich verstand von dem Nachgrollen des Schupo kein Wort und sah ihm blöde nach, wie er sich umdrehte und staksig zu dem Motorrad zurückging. Schluß, Vorhang, nein, es fing ja erst richtig an. Wir fuhren zwar nun im vorschriftsmäßigen Abstand, etwas benommen auf die Straße guckend, doch welche Instanz wollten wir damit noch täuschen. *Juden und Radfahrer,* so ging der Witz, seien an allem schuld, uns traf das doppelt. Sobald, was wir verschwiegen hatten, herauskam, würden andere kommen als die Verkehrspolizei. Seit den Tagen, als Mimi mich ins Bett brachte, hatte ich nicht mehr gebetet. Die Eltern waren verreist, nach Baden-Baden, hieß es mit geheimnisvollem Unterton, ich hatte bald heraus, daß sie nach Straßburg gefahren waren, um eine neue Bleibe für uns zu suchen. Was hätte ich tun sollen? Ich wußte mir keinen Rat, als die Luft anzuhalten, wenn es draußen klingelte. Wie lange konnte das helfen, Stunden, Tage? Sie mußten es doch gemerkt haben.

Kulli und ich fuhren jetzt getrennt nach Hause, ansonsten fühlte ich mich in der Schule noch einigermaßen sicher. Goldstaub war von einer Stunde zur andern ausgewandert, nach England, hieß es, ihn hätten wir gern behalten. Herr Misch, der Deutschlehrer, hatte nicht nur das Aussehen – er trug einen Haarkranz um die eiförmige

Glatze – eines Bacchanten, er vermochte beides, Amt und Neigung, unter einen Hut, sozusagen, zu bringen, wenn er Wandervogellieder mit uns sang. Ganz ernst konnte ich ihn nicht mehr nehmen, seit er meine Nacherzählung von Raabes ›Schwarzer Galeere‹ gelobt hatte, obwohl doch selbst mir nicht verborgen blieb, wie sehr ich der Manier des Verfassers unterlegen war (»Schwarz stand die Silhouette der schwedischen Wache gegen den Nachthimmel«, ich weiß es noch wörtlich). Von den Balladen, für die er eine Vorliebe hatte, ist mir nur eine hängengeblieben, das auch nur wegen des Refrains. Sie war aus dem Jiddischen übersetzt, glaube ich, dem Poeten gelang es, im Tumult seiner Darstellung anonym zu werden. Ein Auswandererschiff ist nach Amerika unterwegs, ein wahrer Seelenverkäufer. Kinder weinen, die Mutter liegt krank im Zwischendeck, dazu kommt Sturm auf, Wellen, »haushoch«, bedrängen das Schiff usw., so ging es von Strophe zu Strophe bergab, sofern das auf See möglich ist, dazu der Durst vom ständigen Hering, genug, am Schluß jeder Strophe hallte der Refrain »Und dennoch!« Berliner Kinder, die wir nun mal waren, fanden wir das übertrieben und gebrauchten die trotzigen Worte, wo immer es danebenging, etwa vor Klassenarbeiten, als eine Losung, statt die Warnung vor dem Kommenden, die darin liegen mochte, zu beherzigen. Da war der Unterricht von dem Nachfolger des etwas hausbackenen Fräulein Heine schon ergiebiger für unsere Zukunft. Bisher hatten wir Französisch als eine Art Hindernislauf über unregelmäßige Verben u. dgl. gelernt, der neue Mann eröffnete uns nun, daß die Sprache zum Sprechen gedacht sei, nichts weniger als das. Er hieß Lesser, war etwa Mitte dreißig, braunes, glatt anliegendes Haar, wie manche französische Filmschauspieler es trugen; wenn er einen ansah, auch die Augen waren braun, spürte man sowohl Wärme wie Festigkeit. Er trug mit Vorliebe helle

Anzüge, was mich darauf bringt, daß es in seinem Unterricht sommerlich zuging, ich meine ungezwungen. Die Klasse war vollauf beschäftigt, im Wohllaut der Sätze, die er uns vorsprach, den Sinn zu verstehen, da konnte er ruhig mal aus dem Fenster gucken. »In Frankreich«, schien er mit dem Empfindsamen Reisenden sagen zu wollen, »versteht man sich besser darauf.« Auf die Liaison z. B., also den Umgang der Wörter miteinander beim Sprechen, schon der Begriff klang zärtlich. Statt die Vokabeln einzeln aufzusagen, sollten wir sie verbinden, wo immer es anging, noch das unhörbare s einer Pluralendung konnte zur Girlande taugen – »aber Achtung vor der Barriere des h, etwa in [...]!« Nicht nur die Zunge kostete das einige Mühe; dann löste sich ein geschmeidiger, rhythmisch bewegter Satz von den Lippen, an dem ich in aller Unwissenheit etwas Wohlgeratenes empfand, um nicht zu sagen Eleganz. Vor solchen Wörtern scheute ich mich natürlich, wie mir auch zur Lektüre selbst der *Bibliothèque Rose* die Kenntnisse gefehlt hätten, von der Ausdauer zu schweigen; doch vielleicht hat dieser Französisch-Unterricht, sagen wir ruhig der Lehrer, mich frühzeitig gegen das Belfern empfindlich gemacht, dem alles in Deutschland nachzog. Gut, außer uns, doch bleibt es ein Unterschied, ob man etwas Verbotenes verschmäht oder heimlich begehrt. Herr Lesser ist nicht lange bei uns geblieben, vielleicht ein Jahr, ich habe ihm länger nachgeeifert. Und zwar auf der Straße, flüsternd, versteht sich, wenn Mimi mich einkaufen schickte; da übte ich die Liaison erst langsam, dann schneller, wie's Herr Lesser uns gezeigt hatte, noch schneller, bis ich ins Stottern geriet.

Es wird Zeit, von den Mädchen zu reden. Lange gab es nur Evelyn und ein paar Cousinen, das waren Spielkameraden zweiter Wahl, nichts anderes. In der Schule blieb die Klasse auch nach der Versetzung in zwei Lager geteilt, die Mädchen am Fenster, zur Wand hin die Jungen, allenfalls in den Pausen änderte sich das zentimeterweise. Kam es zu Gesprächen, beschränkte sich das auf den Austausch von Mitteilungen, Resultate einer Klassenarbeit u. ä. Die *Mieken*, so nannten wir sie, waren unberechenbar wie Schmetterlinge, mal beleidigt wegen nichts, mal konnten sie sich an Tuscheln und Kichern nicht genugtun, am besten achtete man nicht auf sie. Onkel Fritz heuchelte Kollegialität, in Wahrheit wollte er mich natürlich hänseln: »Was machen die Mieken?« rief er schon in der Tür, daß jeder es hören konnte. Warum brachte mich das in Verlegenheit? Ich war unterderhand (so zu sprechen) in ein Augenverhältnis mit einem Geschöpf namens Mädi geraten, ja doch, in der Fensterreihe, vorletzter Tisch; ein dunkler Bubikopf, die Augen ein bißchen schräg geschnitten, genug, mich zu blenden, wenn ich angestrengt nicht hinsah. Das war schon alles. Und die Fahrt nach Sacrow? Aus buchstäblich heiterem Himmel, allerdings war schulfrei, hatte ich mich aufs Rad geschwungen, den mütterlichen Einwand »wir fahren doch vielleicht am Wochenende zusammen hin« in den Fahrtwind zu schlagen. Unsere Freunde, die Stahls, zogen jeden Sommer mit Kind und Kegel hinaus, warum sollte ich sie nicht auch mal allein besuchen? Bei denen war immer was los, der Garten senkte sich zur Havel, auf der anderen Straßenseite ging's auf die Felder. Alte Leute klagten schon mal, daß mit jeder neuen Villa ein Stück dörfliches Sacrow verlorenging, für uns Stadtkinder blieb genug, um barfuß zu laufen, ich meine als Lebenshaltung; das spröde Gras auf den Wegen, Gerumpel des Leiterwagens, gegen Abend, wenn wir bereits die Schuhe anhatten, das Klirren und Stampfen aus dem Stall. Eins nach dem andern. So dicht die Hecken und großblättrige Bäume, Linden, Ahorn, die Villa zur Straße hin abschirmten, so wenig redete man bei Stahls von

Geld. Nein, Golem, auch nicht von Gott, soviel ich weiß. Was Felix Stahl, kein richtiger Onkel, wir nannten ihn nur so, die Woche über *for a living* tat, wie man so hübsch auf englisch sagt, das spielte sich hinter dem Wasser ab, in Berlin. Vielleicht Kommerzienrat, fällt mir ein, wie Van der Straaten in Fontanes ›L'Adultera‹, mit dem ihn nicht nur die Vorliebe für »drastische Sprichwörter« verband, auch das jüdische Aussehen. Damit ist schon gesagt, daß der Titel, falls er denn einen trug, inzwischen nichts mehr galt. Onkel Felix, so imposant er daherkam, war zu unternehmenslustig, um dem nachzutrauern; solange er dem Tagesgeschehen noch Bonmots abgewann, konnte es ihm und den Seinen wohl nichts anhaben, dachten seine Gäste; jedenfalls glaubte ich sowas auf ihren Gesichtern zu lesen, ohne daß ich verstand, worüber sie lachten. Das wird ihnen bald genug vergangen sein, vermutlich schon auf der Rückfahrt, mich zieht es immerhin noch einmal nach Sacrow, als Onkel Felix dort Hof hielt. *Ihre* Gäste, muß es übrigens heißen, denn ohne seine Frau hätte er das Haus kaum so offen halten können. Ihn habe ich immer von unten gesehen, ein Mund voll Gold wie die Höhle des Ali Baba, der blaue Schatten von der Rasur. Mehr habe ich nicht behalten. Tante Lotte stand ihm zwar an Größe nicht viel nach, wirkte aber, wenn sie den Kopf vorschob, eher zart wie ein exotisches Tier, das machte die Kurzsichtigkeit. Eine Gabe oder, altmodisch gesprochen, Tugend gewann ihr die Menschen, welchen Standes auch immer, das war ihr Freimut. Mir gefiel auch, wie wenig Aufwand, im Vergleich zu anderen *Damen*, sie mit ihrer Person trieb; kurzgeschnittene Haare, ein Leinenkleid, Sandalen, so ähnlich wie ihre Kinder. Lore und ich, Peter und Evelyn, wir bildeten jeweils Paare, nicht nur der Größe nach. Daß meine Mutter so mit den Augen geflattert hatte, als sie mich zurückhalten wollte, war wohl ein Hinweis, immerhin taktvoll, auf die Lore.

Für gewöhnlich fuhren wir an einem Sonntag mit dem Bus nach Gatow. Schon der Geruch des Wassers, leicht faulig, enthob mich des Alltäglichen, das Schiff, ein Loch im blauen Horizont, dann immer schwanenhafter sich nähernd, tat ein übriges. Statt an Deck der Aussicht zu frönen, verdrückte ich mich bei der ersten Gelegenheit nach unten zu den Bootsleuten. Einer von ihnen könnte doch ins Wasser fallen oder sowas, dann griff *ich* beim Ausschieben des Landestegs zu, ja wenig fehlte, daß ich auch das Tau, diesen dicken, fettigen Zopf, der eingerollt zu meinen Füßen lag, dem Kollegen mit der weißen Mütze am Ufer hinübergeworfen hätte. Falls ich bei solchen Träumereien Flecken auf meinem Sonntagsstaat davontrug, nahm ich die Szene, die Mama unweigerlich mir machte, in Kauf, das waren Auszeichnungen. Im Vergleich zu jetzt, auf der Landstraße nach Sacrow und in Alltagskleidern, kam mir das freilich albern vor, bloße Kraftmeierei. Wozu taugte meine Kraft? Das hätte ich ziemlich genau bestimmen können. Auf eigene Faust nach Sacrow zu fahren, Einwände hin oder her, dazu ja; weiter dachte ich auch nicht. Unter dem Laubdach im Dorf war die Straße feucht, es hatte doch gar nicht geregnet. Vor dem Zaun stand Lore, ich hätte sie vor Freude beinah umgefahren. Sie ging mir bis zu den Augen, schwamm gut, war auf den Bäumen mehr zuhause als ich, kutschierte mit den Pferden – sie war eben keine Mieke, ein Wort wie Anmut hätte mich unsicher gemacht. Wie kühl das Haus war, merkte ich, als ich ihre Mutter begrüßte, auch die Detta, die Kinderschwester, die immer noch zur Familie gehörte. »Eine Dickmilch wirst du doch nach der Fahrt essen?« Hier hätte ich sogar Spinat gegessen. Wir gingen dann, nur wir zwei, über die Straße in den Gemüsegarten und probierten, was gerade reif war, Zuckererbsen, Johannisbeeren. Wie gläsern hingen die im dichten Blattwerk. Ein Frohlocken ergriff mich da, ich kann es nicht mehr hervorrufen. Ein beerenverschmierter Mund, der helle Schopf, mehr ist mir von dem Ausflug nach Sacrow nicht geblieben. Des Meeres Wellen, sozusagen, löschten dieses Gefühl, bevor es einen Namen hatte, indem sie die Stahls unversehens davontrugen, nach Südamerika. Oder hatte ich den Mut für die Fahrt nur aufgebracht, weil es zugleich die letzte sein würde? Ich will das nicht ausschließen.

Auch für mich, bald dreizehn, wurde es nun Zeit, mich ernsthaft auf das Judentum vorzubereiten. Wenn ich an den letzten Versuch – ungern – dachte, so hatte das anscheinend immer was mit der Männlichkeit zu tun. Bevor er auswanderte, hatte Onkel Fritz den Eltern zugeredet, wohl im Zeichen der Olympiade, ich sollte Boxunterricht bekommen; immer wollte er ja »einen Mann aus mir machen«, dieweil er selbst, ich will ihm nicht unrecht tun, es gerade zum Fliegengewicht gebracht hatte, nicht nur als Boxer. Auch wenn wir hätten wählen können, aus Gründen der Selbstachtung kam nur ein jüdischer Verein in Frage. Er hieß *Makkabi* nach den Helden des biblischen Aufstandes, sie mußten jetzt sogar als eine Art Turnväter herhalten, obwohl an jüdischen Sportgrößen gerade kein Mangel war. Sowie die aber Meister wurden, Max Baer oder Helene Mayer, die blonde Fechterin, jubelten andere, Amerikaner, Deutsche, so war das nun mal. Also fuhr ich an einem klaren Tag, die Blätter hingen noch an den Bäumen, *in die Stadt*, nicht weit von der Friedrichstraße, schon das Umsteigen war gewissermaßen eine Probe auf Männlichkeit. Das Übungslokal des ›Makkabi‹ lag in einem Hinterhof, von außen sah man ihm nichts an. Drinnen empfing mich zweierlei, Geruch und ein anscheinend in Magermilch getauchtes Licht, die Lampen an der Decke, wovon alles einen Anstrich von Unwirklichkeit bekam; um so wirklicher roch es nach Turnhalle, nur, wie soll ich sagen, professioneller, dazu nach Leder und Staub. Vielleicht war da eine Remise oder Lagerhalle gewesen, jetzt hingen an den Querseiten Punchingbälle und Sandsäcke, in der Mitte stand der Ring, wo zwei große Jungen in Turnkleidung, die Gesichter hinter den Fäusten verborgen, umeinander schlichen oder tänzelten, als sei das schon alles. Den Lehrer oder Trainer hatte ich mir anders vorgestellt, als daß die weiße Hose sich über dem Bauch spannte; dafür flößte er mir keine Angst ein. »Geh erst mal an den Sandsack –«, er warf einen Blick auf meine Anmeldung, »Lutz, vielleicht findet sich nachher ein Partner für dich«. Ich wollte ihm gerade erklären, daß ich noch ein Greenhorn sei, da war er schon weg. Also schlug ich eifrig Mulden in den Sandsack, die gleich wieder verschwanden, und holte dabei, was es hier an Luft gab, in kleinen Zügen, vorsichtig, wie Medizin, bis ich nichts mehr roch. Ein kleiner Sieg, immerhin; das gab mir Haltung, als der Lehrer mich zum Ring holte. Er schnürte mir die großen Handschuhe zu, wobei er, als gelte es gar nicht mir, vor sich hin redete. »Also, die Rechte vors Gesicht, mit der Linken hältst du ihn dir vom Leib, so, und dann –« er schlug einen Haken in die Luft. »Die Beinarbeit nicht vergessen!« rief er mir noch nach, als ich durch die Seile kletterte. Ach, mein Gegner war kein Anfänger, noch dazu fast einen Kopf größer als ich. Kaum, daß wir angefangen hatten, brauchte ich beide Fäuste, um seine Schläge abzuwehren, kein Gedanke an Beinarbeit. Immerhin überstand ich auf diesen die erste Runde, so langsam sie umging, dann hatte der Lehrer ein Einsehen. »Die nächsten Stunden übst du erstmal Schattenboxen!« Zur nächsten Stunde, da konnte ich Mama einmal zustimmen, meldete ich mich ab, dann blieb ich ohne Entschuldigung weg; den Schattenboxer oder boxenden Schatten würde schon keiner vermissen. Onkel Fritz, allenfalls, könnte Einspruch erheben, der war in Haifa, weit vom Schuß, und Papa hatte andere Sorgen.

Der nächste Schritt zur Männlichkeit war die Bar-Mitzwe oder Einsegnung. Nein, vorher kam noch etwas ... Wer konnte schon alles lesen, was gegen uns in den Zeitungen stand – inzwischen, Golem, hab' ich's gelernt – *die* Nachricht oder Verfügung drang selbst durch unsere Schutzhaut, wenn man die kindliche Selbstbezogenheit so nennen darf. Juden durften weibliche Staatsangehörige »deutschen oder artverwandten Blutes« unter 45 Jahren in ihrem Haushalt nicht mehr beschäftigen, hieß es da unter Androhung einer Gefängnisstrafe »bis zu einem Jahr«. Mimi gehörte zur Familie, so lange ich denken konnte, niemand sah in ihr eine »Hausangestellte« – das half nichts, laut Geburtsschein war sie ein halbes Jahr zu jung, um unbeschadet bei uns bleiben zu können. Da traf es sich gut, daß sie auf ihre *alten Tage*, ich weiß nicht wo, noch einen Mann kennenlernte, Ingenieur bei der AEG – mehr erzählte sie nur Mama beim Wäschesortieren für die Auss-teuer. Der Ingenieur, Herr Göthel, kam an einem Sonntag mit Blumenstrauß für Mama zum Tee, wir gingen ins Wohnzimmer, wo das *Brautpaar* mit den Eltern saß, um Guten Tag zu sagen. Evelyn gefiel der Ingenieur, ich fand ihn etwas mickrig; da Mimi schon am Vormittag in der Küche gesungen hatte, gab ich mir einen Ruck und freute mich. Unversehens kam der letzte Tag, es mußte alles schnell gehen. »Ihr wißt ja, ich bin immer da, wenn ihr mich braucht.« Sie zog die neuen fliederfarbenen Sommerhandschuhe an und nahm ihre beiden Koffer. »Laß man, Junge.« Mama weinte ungeniert bei der Umarmung, ich stand nur daneben. Wir begleiteten Mimi wie einen Gast an die Wohnungstür und winkten, als sie, wohl zum ersten Mal, in den Fahrstuhl stieg; unten wartete schon ihr Mann, sie hieß jetzt Frau Göthel.

Ich bin von der Bar-Mitzwe abgekommen. Mit dreizehn Jahren sprach ein Jude sich gewissermaßen selber mündig, indem er vor der Gemeinde einen Abschnitt aus der Thora vorlas, den fünf Büchern Mose. Kein Hilfsschüler konnte mit größerer Scheu ein Fremdwort betrachten als ich die Synagoge. Jemand aus der weiteren Familie schenkte mir zur Einstimmung ›Wir Juden‹, ein Buch des Rabbiners Joachim Prinz, der im Ruf stand, aufgeschlossen zu sein, jung, dynamisch – fast wie ein Sportler. Nach ein paar Seiten, daß ich's gestehe, wandte ich mich wieder Tom Sawyer und Huckleberry Finn zu. Ein schlechtes Gewissen erübrigte sich, da der berühmte Lehrer mich in den Vorbereitungskurs gar nicht aufnahm. »Wieso nicht?« »Erklär' ich dir später!« rief die Mama im Herausgehen, so eilig war es wohl doch nicht mit der Mündigkeit. Jemand erzählte dann, daß ein paar Jungen meines Schlages, jüdisch bloß dem Namen nach, sich regelmäßig bei dem Rabbiner Swarsensky in der Mommsenstraße trafen, nicht weit von uns, da war noch Platz für mich. Auch einen Rabbiner hatte ich mir anders vorgestellt, mit Vollbart, tiefer Stimme, eine Art Nachfahren der Propheten; Herr Swarsensky war indes kaum größer als seine Schüler, neigte zur Fülligkeit, sein Haar wies schon undichte Stellen auf. Statt mit Worten zu rasseln, schloß er uns die Schrift gewissermaßen mit leichter Hand auf. Was passierte mit Joseph, als seine Brüder ihn nach Ägypten verkauften? »Und der Herr war mit Joseph«, las Swarsensky vor, »so daß er ein Mann wurde, *dem alles glückte*.« Stand ich auch erst im Begriff, einer zu werden, soviel wußte ich schon, daß es für gewöhnlich anders in der Welt zuging. Und doch fühlte ich Joseph gegenüber beinah so etwas wie Verwandtschaft, obwohl alles, was uns umgab, vom mit Urväterhausrat vollgestellten Wohnzimmer Herrn Swarsenskys bis zum kahlen Hof vor dem Fenster, dafür sprach, daß der Herr uns hier vergessen hatte. Ich weiß, was du sagen willst, Golem: wir ihn.

Es war also mehr Herrn Swarsensky zuliebe, daß wir pünktlich zum Unterricht kamen, auch schon mal »zuhause darüber nachdachten«, was immer er sich davon versprach. Hier ist wohl der Moment gekommen, ein Wort über den Schüler L. zu sagen, wozu ein lebenslanger Umgang mich wohl berechtigt. Lutz war aufgeweckt bis vorlaut, solange ihm etwas leichtfiel, doch wehe den Fächern, die nach der alten Methode aufgrund – ja, her mit dem Allzweckwort! – also *aufgrund* von Sitzfleisch zu lernen waren, Mathematik, Physik, ach! Philosophie und ihresgleichen. Hebräisch, die Sprache der Thora, machte da keine Ausnahme. Die Druckbuchstaben hatte ich immerhin schon von der Schule her drauf, doch für das Verständnis waren die Zeichen zu sperrig. »Übersetz' doch einfach Buchstaben für Buchstaben«, auf solch mitleidigen Rat meiner Mutter hatte ich bloß ein Kopfnicken, was sollte ich ihr das Herz auch schwermachen. Immerhin ein Zeichen von Mündigkeit.

Das nächste, kurz vor dem 13. Geburtstag, redete ich mir nicht ein, das gab mir Papa selber. »Hast du morgen nachmittag was vor?« fragte er beim Abendbrot. »Nein? Dann sei um 5 am Potsdamer Platz, Ausgang Bellevue. Es ist höchste Zeit, daß wir uns um das Festessen kümmern, du und ich.« Unter seinen Brauen lugte er hervor wie ein Verschwörer. Wir wollten das Essen auswärts bestellen; das war bei uns nicht vorgekommen, solange Mimi das Sagen hatte. Sah man mir nicht an, warum ich zum Potsdamer Platz fuhr? Die Leute in der U-Bahn waren mit ihrer Lektüre beschäftigt oder damit, sich auf den Beinen zu halten. Als ich die Treppe, immer zwei Stufen auf einmal, hochstieg, wartete da schon Papa mit aufgespanntem Schirm. Die spritzenden Autoreifen, Gerüche von Sträuchern und nassem Staub, alles verstärkte den Kitzel in der Brust, wenn ich Luft holte. Der *Traiteur*, so stand es mit Goldbuchstaben auf der Scheibe, empfing im Souterrain, um es vornehm auszudrücken, eines Hauses aus den Gründerjahren; vor den beiden Karyatiden, die das Portal nachdenklich stützten, ging es seitwärts ein paar Stufen herunter zu einer Glastür, hinter der schon Licht brannte. Von Speisengeruch keine Spur, dafür war der Raum wie für Konferenzen eingerichtet, Ledersessel, großer ovaler Tisch, schwere Vorhänge. Die Speise- und Weinkarten, mehrere Versionen in wattiertem Ledereinband, machten einem den Mund kaum wässerig, so vornehm ging es darin zu. Der Traiteur namens Möller, glaube ich, gebärdete sich auch eher wie ein an den Potsdamer Platz verschlagener Franzose, hob die Hand zu den Lippen, wenn er etwas anpreisen wollte, und warf einen Luftkuß auf die zusammengelegten Fingerkuppen. Noch mehr verwunderte mich, wie zuvorkommend, fast ehrerbietig, er mit Papa umging, sogar ich bekam was davon ab. Hielt er uns unserer Herkunft wegen, oder weil Papa sich auf eine *Empfehlung* berufen hatte, etwa für eine Art Könige aus dem Morgenland? Immerhin legte Papa eine Weltläufigkeit an den Tag, zumindest in dieser Materie, daß ich ihn ein paarmal von der Seite ansah. Die nach längerem Für und Wider als Hauptgang erkorene »Poularde de Bruxelles« würde gewiß jeder königlichen Tafel Ehre gemacht haben.

Ob der andere Ausflug, auf den Papa mich mitnahm, auch mit der Einsegnung zu tun hatte? Es ging nur zwei Häuser weiter am Kaiserdamm, wo das Friseurzeichen, ein blanker Teller, zur Ladentür heraushing, immerhin nicht die Fahne. Für gewöhnlich ermahnten mich Mama oder Mimi zu diesem Gang; heute schlug der Geselle das gestärkte Tuch, das er mir um die Schultern legte, mit solchem Aplomb auf, daß ich mich beinah als Herr auf dem breiten Ledersessel rekelte; wie erst, als ich im Spiegel sah, welchen Götzendienst der Meister und er um unsere gleichsam in frischem Schnee steckenden Köpfe mit

Schere und Haarschneidemaschine vollführten. Darüber vergaß ich sogar das Kribbeln im Nacken. Papa ließ sich dann zu einer Rasur einseifen – »es geht doch nichts über ein ordentliches Messer!«, wonach der Meister ihm die Härchen aus den Nasenlöchern schnipselte. Die Judennase, so preisgegeben ... Ich sah schnell zu Boden.

An einem Sabbat Anfang Oktober wurde es schließlich Ernst mit der Mündigkeit. Gleich am Morgen konnte ich sie unter Beweis stellen, da ich den Weg zum Tempel in der Fasanenstraße, ein gutes Stück vom Kaiserdamm, zu Fuß machen wollte, wie es sich am Sabbat gehörte, statt mit der Familie in einer Taxe zu fahren. »Laß den Jungen«, einmal stellte Papa sich auf meine Seite. Unterwegs, vorbei an offenen Läden und Haltestellen, an denen Leute warteten, repetierte ich nur mit den Lippen meinen Thora-Abschnitt, den ich zur Sicherheit auswendig gelernt hatte, Gott würde es schon verzeihen. Den Tempel mit den drei Kuppeln fand ich gleich, wir hatten ja eine Generalprobe dort gemacht, freilich vor leeren Bankreihen. Jetzt saß dort Hut an Hut oder Käppchen, wie es aussah, die ganze männliche Gemeinde, viele in den *Talles* gehüllt, den seidenen Gebetsschal, weiß mit schwarzen Streifen, in dem fast bedrohlich reich ausgeschmückten Tempel – man mußte sich schon ermannen, um den Mittelgang zu betreten, noch dazu gewissermaßen als Hauptdarsteller. Unser Häufchen, sonst keineswegs schüchtern, saß in der ersten Reihe. Ich guckte nicht rechts noch links, schon gar nicht nach hinten, wo mein Vater, oder zur Empore, wo die Frauen saßen; wie hinter einer Glasscheibe nahm ich wahr, daß der Vorbeter oder Älteste die – mit Swarsensky zu sprechen – wie Bräute geschmückten Thorarollen aus dem Schrein hob, da waren wir schon an der Reihe. Einer nach dem andern stellte sich, das Gesicht nach Osten, nach Jerusalem gerichtet, vor das Lesepult und las mit mehr oder minder fester Stimme vor, was der Vorbeter Wort für Wort mit der silbernen, an einem Stab befestigten Hand anzeigte, d. h. ich tat so, als folge ich ihr. Meinetwegen, wie ich dann in der Bank mich verkroch, hätte Swarsensky die Predigt auch auf Hebräisch halten können, soviel bekam ich davon mit. Was ich selber, als mir am Schluß ein paar Männer gratulierten, zur Antwort gab, ging wohl im allgemeinen Scharren unter. Auf der Straße holte ich Luft. Der Himmel jetzt am Mittag, diese schiere Blässe und Alltäglichkeit, als reiche Berlin bis zu ihm, tat mir nach all dem Erhabenen wohl. Etwas abseits vom Tempel, vor dem sich die letzten Beter gerade durch Lüften der Hüte verabschiedeten, warteten mit kleinen Blumensträußen in den Händen zwei Frauen, dunkel, wenn auch nicht festlich angezogen; erst jetzt merkte ich, auf wen. Detta, die Stahlsche Kinderschwester, und Mimi, mein lieber alter *Schakal* – tatsächlich, so hatte ich sie in einer Aufwallung einmal genannt, längst vergessen, warum, die Familie, nicht faul, machte einen Kosenamen daraus. »Wir wollten dir doch zu deinem Ehrentag gratulieren«, sagte sie etwas verlegen und mußte dann wie in der Küche den Kneifer putzen. »Heute abend komme ich zum Servieren!« Das war schöner als die Blumen, die sie mir in die Hand gedrückt hatte. Die Familie kam hinzu, Evelyn mit ihrem Hahnenkamm voran, als wenn Mimi nur Ferien gehabt hätte. Ecke Kantstraße, in einigem Abstand von der Synagoge, winkte Papa einer Taxe, und ehe ich mich nochmal zu einem Protest aufraffen konnte, war ich schon mit eingestiegen.

Der Abend kam, auf den seit Wochen alles zulief, ich hätte mich am liebsten in mein Zimmer verkrochen, so oft es klingelte. Der Grund war nicht etwa Bescheidenheit, vielmehr fühlte ich der Rolle als Hauptperson, die jedermann mir zusprach, und sei es lächelnd, mich so wenig gewachsen, daß die vielen Geschenke mir beinah bedrohlich vorkamen; vielleicht auch, weil sie unsichtbar das Markenzeichen »Fürs Leben« trugen. Nichts Sakrales, der Glanz des Praktischen war es, der von dem eigens im Wohnzimmer aufgestellten Tisch ausging, doch ehe es zu der vielberufenen Praxis kam, war schon alles perdü, verschwunden, ich hab's nicht einmal gemerkt. Ein paar Bücher waren dabei, das *Philo-Lexikon*, Wörterbücher für die in Frage kommenden Länder, zum Schmökern wenig. Ich war eben mündig geworden. Allein das dunkelgrüne Lederetui zur Nagelpflege, was ein Bekannter aus dem Rheinland mitbrachte, die Feilen usw. mit Horngriff, ein wahres Operationsbesteck, hat sich über ein halbes Jahrhundert erhalten und liegt als Relikt des *Ancien régime* auf unserem Badezimmerschränkchen, abgewetzt freilich und bis auf eine Nagelzange, die ich trotz ihrer Verbogenheit aus Pietät oder Aberglauben immer noch benutze, gänzlich ausgeweidet. Nichts als die Goldzähne habe ich von dem pädagogisch veranlagten Spender im Gedächtnis behalten, ja, vielleicht noch, daß er etwas zu kurze Beine hatte. Wie er hieß, ob er davonkam – nichts. Es war ein Fest für die Erwachsenen, viele Anlässe hatten sie nicht mehr, da kam ihnen meine Bar-Mitzwe wohl gerade recht. Ein paar Verwandte zweiten Grades, die nächsten wie Onkel Fritz waren schon ausgewandert, und Geschäftsfreunde von Papa, sofern sie im Geschäft noch gelitten waren. An diesem Fest meiner Mündigkeit ist mir wohl zum ersten Mal aufgegangen, was eine Gesellschaft unserer Art zusammenhielt, wenigstens für die Dauer des Abends. Es war, wenn ich so (aus gehörigem Abstand) sagen darf, die Schonung, die Dilettanten einander angedeihen lassen. Jeder sucht etwas vorzustellen, einen Zyniker oder steuerzahlenden Bürger, Spielarten des Duweißtschon, des Jüdischen (man könnte auch des Menschlichen sagen), und die andern, toi-toi-toi, bestätigen ihn darin, vielleicht augenzwinkernd; ja, Golem, auch das Jüdische wollte gelernt sein, so laut man's uns nachrief. Die Gesellschaft hielt sich denn doch im Rahmen, fünfzehn, höchstens zwanzig, mehr hatten an dem zum Oval ausgezogenen Tisch gar nicht Platz. Einmal kam aus der Tiefe der Anrichte das Silberbesteck zum Vorschein, auf Hochglanz geriebene Gläser, steife Servietten – die Tafel konnte es schon eine Weile mit der Welt aufnehmen. Auch das Essen schmeckte *comme il faut*, Herr Möller hatte nicht übertrieben; freilich, die Angst, einer meiner Nachbarn könnte das Wort an mich richten, ließ mir wenig Gaumenfreiheit – vom Verzicht auf den schönen Brauch des Knochenabnagens zu schweigen. Papa stand nach der Suppe auf und entwickelte aus einem kleinen Zettel in seiner Hand wahrhaftig eine Ansprache,Tenor »Der Ernst des Lebens«, begleitet von einer Knabenstimme, sozusagen, ich meine ein paar Anekdoten harmloser Art aus meinem bisherigen Unernst. Statt Peinlichkeit empfand ich eher Stolz auf meinen Vater, ich hatte ihn als Redner ja noch nie erlebt (es blieb auch das einzige Mal), sodaß ich ihm, als es ans Anstoßen ging, aus meinem Glas, halb Wein, halb Wasser, aus vollem Herzen zuprostete. In dem schmalen Bereich zwischen Anrichte und der Tür zum Küchenflur, die sie zuhielt, stand Mimi, als wenn sie mit offenen Augen schliefe, ich guckte sie umsonst an; sonst hatte sie als wahrer *Profi*, wie man heute sagen würde, zwischen Küche und Tafel natürlich alles im Blick, Kellner wie Gäste, und blieb dabei im *Kleinen Schwarzen*, das obligate weiße Schürzchen vorgebunden, so gut wie unsichtbar. Ach, wieviel lieber hätte ich mit ihr gefeiert – nicht nur, weil mich dann nichts gehindert hätte, die Knochen abzunagen. Selbst einer Hauptperson konnte nicht verborgen bleiben, daß die Gesellschaft, wie soll ich sagen, an den Rändern ausfranste; nach Tisch verteilte sie sich auf Wohn- und Herrenzimmer, da trank man Kaffee, da Kognak und rauchte, alles war vergnügt, ich bekam soviel Glückwünsche, daß ich davon hätte abgeben können – standen aber zwei beiseite, sah ich schon an den Gesichtern, daß sie beim Thema waren, der Auswanderung.

Ein uferloses Thema, fürwahr. Es kam immer wieder hoch, selbst bei einem Fest wie heute, gerade dann; da waren irgendwo Sperren errichtet worden, da gab es neue Bestimmungen; fast wie bei einem Gesellschaftsspiel. Du kannst mich ruhig frivol nennen, Golem, ihr wart ja schon lange auf dem Trip, du und deine Leute; was eure Verwandten (das hörten sie nicht gerne) anging, die deutschen Juden, die *brauchten* Bestimmungen, anders wären sie sich nackt vorgekommen. Nein, wie sollte ich darüber lachen. An ein Gesellschaftsspiel erinnerte das auch, wenn sie, wirklich oder am Telefon, die Köpfe zusammensteckten, weil so wenig dabei herauskam, ich meine, so wenige – wer gleich seine Arbeit verloren hatte wie Onkel Fritz, der war, wenn man so will, fein raus; denn »was mit Politik« hatte kaum einer zu tun, der bei uns verkehrte. Politik, das neue Fremdwort! Als es aufkam, ich ging noch in die Volksschule, sagte ich in der Badewanne zu Mimi, die mir den Rücken einseifte: »Ob's wohl *polititisch* was Neues gibt?« Nein, der Wasserspiegel blieb glatt, so fern war das alles. Dank ihr, dank Fräulein Pohl auch und meinen Eltern. Ob sie uns Kindern damit, daß sie die Aufmärsche und Schilder – gleich am Anfang: »Kauft nicht bei Juden!« – mit ihrer Person verstellten, einen Gefallen getan haben? Ich glaube, sie schämten sich, so wie später ich, als es nur ums Erzählen ging, mich vor meinen Kindern geschämt habe. Und doch habe ich aus Eigenem, keine Eva war schuld, von der Baumattrappe genascht – zwei dürre Stämme, dazwischen der vergitterte Aushang –, daß die Erkenntnis bitter schmeckte, ist kaum eine Entschuldigung. Zuhause redete man nicht von solchen Dingen. Freilich hatte ich bald heraus, ob Papa nur geschäftlich verreist war oder eine Bleibe für uns suchte, mal in England – Manchester, da verstanden sie was vom Weben –, mal, der Sprache halber, im Elsaß; als sich das zerschlug, hatte er's auf einmal mit Arnheim, das lag am ..., ich müßte im Atlas nachsehen, das Wasser jedenfalls war so zusammengesetzt wie in Halle, woher ›Wimpel‹ die Stoffe bezog, und dann waren es bis zur Grenze nur ... Und so fort, wenn man das nicht zu wörtlich nimmt. Ich muß wohl einräumen, daß mein Vater an Deutschland hing, trotz allem. Nichts Großartiges, Heimat und so, das nahm er nicht in den Mund. Es war wohl das Gewöhnliche, Unscheinbare, vom Brotgeruch angefangen bis zum althergebrachten Gruß, z. B. im Tabakladen nebenan, wenn er allein mit dem Inhaber war, was ihn festhielt. Jetzt, wo ich älter bin, kann ich ihn verstehen. Als sein Bote – »zwei Schachteln R 6, bitte« – hatte ich mehr Sinn für die Ausdünstung von Orientzigaretten, die immer in dem kleinen Laden hing – wie Schleier von Huris vielleicht, darunter konnte ich mir natürlich noch nichts vorstellen. Es muß ein schönes Stück Arbeit gewesen sein, diesem Familienvater mit fünfzig Jahren selbst noch das Gewohnte zu verleiden, so fügsam, anscheinend, nahm er alles hin, was man zu seiner Demütigung ersann. *Man;* der war allgegenwärtig, verzeih, wie es von Gott hieß. Ich erfuhr davon in Bruchstücken, denn wie bei Unregelmäßigkeiten im Familienkreis blieb das Gespräch, wenn *les enfants* in der Nähe waren, stecken. Meistens drehte es sich um ›Wimpel‹, »unsere« Firma, wie er aus Gewohnheit noch sagte, obwohl er dort mehr und mehr an den Rand gedrückt wurde. »Ich kann noch froh sein, daß sie mich brauchen.« Das hörte sich eher traurig hinter der halboffenen Tür an. An seinem Schreibtisch saß jetzt ein *Strohmann,* Arier natürlich, dem hatte er seine Anteile übertragen; auf Treu und Glauben, auch das klang anders, als es war. Wer aus Bremen kam, s-t und alles, wie dieser Herr Lahusen, dem mußte mein Vater einfach trauen. Armer Papa! Ich fürchte, ich habe das von dir geerbt. Wie ein Strohmann sah Lahusen trotz der rotblonden Haare beileibe nicht aus, eher wie ein Seemann, dachte ich, der seinen Brustkasten im Salon mit einem Tüchlein ziert. Komisch, wenn ich das Bild am Ende des Tunnels, sozusagen, – winzig, aber scharf – ins Auge fasse, wie er bei uns im Herrenzimmer mit übereinandergeschlagenen Beinen im Sessel lag und, den Cognacschwenker in der großen weißen Hand, irgendein Döntje erzählte, über das er gleich selber lachte, so spüre ich eine Art Zwinkern – woher denn? Da, das Knopfloch im Revers seiner englischen Jacke, wo sonst vermutlich das Parteiabzeichen stak. Vielleicht tue ich ihm Unrecht, wir sahen ja überall Parteiabzeichen. Es dauerte indes nicht mehr lange, bis jemand aus der Familie von *Man* Papa ein Blatt aus dem ›Schwarzen Korps‹ hinlegte, der Wochenschrift der SS. War der ›Stürmer‹ eine Art Volksvergnügen, so behauptete das ›Korps‹, für die Elite zu sprechen; da wurden einzelne Fälle, freilich mit dem Drohblick aufs Ganze, nach allen Regeln der Verleumdungskunst präpariert. Auch dieser Artikel befaßte sich mit einem Skandal, und zwar bei der ›Nordwolle‹, was ging meinen Vater das an? Lahusen, gleich im ersten Absatz, der spielte die Hauptrolle darin. Nicht genug damit, war der anonyme Verfasser ihm offenbar bis nach Berlin, in die Firma Wimpel hinein auf den Fersen gefolgt; und ich spüre, wie meines Vaters Brauen sich sträubten, als er, gesperrt gedruckt, seinen Namen sah: »... während der Jude Greve ungestraft weiter im Hintergrund wirkt.« So dem Sinn nach, wer will, kann den Wortlaut nachschlagen, ›Das Schwarze Korps‹, vermutlich 1938. Ich habe es behalten, so gut ich's verstand. Diesmal nahmen die Eltern, als wäre schon alles egal, sich vor mir nicht in Acht; ja, vielleicht fanden sie in meiner Unwissenheit gar etwas wie Trost. Und ich, bei aller Besorgnis um Papa, war auch ein bißchen stolz, daß er in der Zeitung stand ... Immerhin hat *Man* ihn noch eine Weile in Ruhe gelassen, mehr als einen Aufschub konnte er nicht verlangen. Er kaufte sogar ein Auto, um seine Kunden zu besuchen, einen Peugeot, »untere Mittelklasse«, auch darauf war ich stolz; vermutlich wollte er Züge und Hotels meiden, um nicht alte Kollegen zu treffen. Das Thema der Auswanderung kam jetzt wieder öfter zur Sprache.

Das Männchen mit breitkrempigem Hut, das an einem Herbstabend bei uns klingelte, hatte sich wohl in der Tür geirrt. Nein, es wurde erwartet. Ein Erfinder, sagte Papa. Wenn man dabei so verschrumpelt aussah, konnte das kaum sehr einträglich sein. Aber ja, gerade darin bestand die Erfindung: Gemüse aller Art, Kartoffeln, Mohrrüben, Bohnen, in Streifen geschnitten zu dörren, bis sie japanischen Papierblumen glichen. »Hier«, das Männchen holte mit zwei Fingern ein Tütchen aus der Westentasche und schüttete eine Handvoll, nein, weniger, bunte Schnipsel auf ein Blatt Papier, »das ist alles, man brüht es auf und hat eine komplette Mahlzeit, sehr schmackhaft.« Es schmatzte richtig dabei. Sollten wir, einmal ausgewandert, uns nur noch von solchem Zeug ernähren? Nein, es ging um das Patent für die Erfindung, soviel bekam ich nach einigem Fragen heraus. Wie mein Vater derlei ernstnehmen konnte, ohne selber als Phantast dazustehen, läßt sich ohne weiteres durch die Bedingungen erklären, denen jeder Auswanderer unterworfen war. Pro Kopf durfte er 10 Mark in Devisen mitnehmen, war also in der Fremde vom ersten Tag an auf Unterstützung angewiesen. Da war es jeden Versuch wert, den Rest des Ersparten, viel wird es nach den verschiedenen *Judenabgaben* nicht gewesen sein, in etwas zu riskieren, meinetwegen schwindelhaft, wenn man nur draußen das Leben damit bestreiten konnte. Der Erfinder saß indessen mit den Eltern beim Abendbrot, das gewiß besser mundete, auf dem Balkon. Warum auf dem Balkon? Es wurde schon früh dunkel. Ich nehme an, sie wollten vor Zuhörern sicher sein, dabei dachten sie weniger an die Nachbarn, denen es ohnehin wohl zu herbstlich war, als an mich, und der Balkon entsprach auch am besten ihrem Vorhaben, du könntest es, Golem, ein *Luftgescheft* nennen. Den italienischen Salat gab es nur bei besonderen Anlässen, hoffentlich ließ der Erfinder was übrig. Nicht allein deshalb machte ich mir auf Zehenspitzen im dunklen Wohnzimmer zu schaffen (näher heran traute ich mich nicht), auch aus Neugier. Ein Flügel der Balkontür stand offen. »Überlegen Sie nicht zu lange«, das war, der raschelnden Stimme nach, der Erfinder, »mit Krieg ist eher früher als später zu rechnen. Das Ministerium für...« – wofür, ging im Flüstern unter – »in London hat schon Interesse an dem *straw food* bekundet. Ja, durch einen Mittelsmann. Die Armee... Eiserne Ration...« Mehr war nicht zu verstehen. Ich wartete ein paar Tage darauf, daß Mama die Erfindung, diese, wie er gesagt hatte, *todsichere Sache*, zubereiten würde, und wie sie schmeckte. Nichts geschah; als wenn ich das Ganze geträumt hätte. Die Frist, die den Eltern zum Überlegen blieb, war noch kürzer bemessen, als der auf Abschluß drängende Erfinder selbst es voraussehen konnte.

Das Tütchen, aus dem er die Zutaten für die Phantasiemahlzeit geschüttet hatte, war mir gleich bekannt vorgekommen. In solchen Zellophantütchen verwahrte ich die Doppelstücke, und was sonst für den Tausch in Frage kam, meiner Briefmarkensammlung. Auch Marken wohnte etwas inne, ich meine *hinter* den Büffeln und gravitätischen Staatsmännern, die sie zur Schau trugen, was einen halbwegs nach Amerika oder, noch weiter,

Schanghai entführen konnte, so wenig gastfreundlich es da in Wirklichkeit zuging. Damit ist schon gesagt, daß mich eher der Posteingang zum Sammeln anregte als etwa Leidenschaft. Anfangs hob ich alles auf, wenn es nur bunt war, und lernte dabei, daß die Schönheit der Marken oft in umgekehrtem Verhältnis zur Geltung des Herkunftlandes stand. Das Deutsche Reich schied aus begreiflichen Gründen aus, zumal ich auf ältere Bestände, also bevor der Hitlerkopf alles verdrängte, nicht zurückgreifen konnte. Von Palästina und Nordamerika hatte ich vieles doppelt und dreifach, ohne es recht verwerten zu können, denn meinen Tauschpartnern in der Schule ging es ebenso. Vor allem ein Mr. Willcox oder vielmehr Wilkoff aus Pittsburgh, Pa. schrieb öfter an Papa, ich fragte mich, wie der sich ihm verständlich machte; da Mr. Wilkoffs Vorfahren jedoch auch nicht auf der ›Mayflower‹ gesegelt waren, mag ihn das Schulenglisch von Papa vielleicht sogar gerührt haben. Worum es in dem Briefwechsel ging, ist mit einem Wort gesagt, übrigens lateinisch, mittellat., um genau zu sein, obwohl alle Welt es amerikanisch aussprach: Affidavit. Das heißt soviel (ich habe mich erkundigt) wie »er hat bezeugt«, nämlich ein Bürger der Vereinigten Staaten, für einen Einwanderer zu bürgen. Ohne »Äffidévit« ließen sie nicht mal einen Tellerwäscher ein. In ganz Deutschland und allem, was es an sich riß, dürfte kaum eine jüdische Familie gewesen sein, die nicht die Suche nach einem Verwandten *drüben* (sagte man, um die Entfernung zu verringern) umtrieb. War er selber ein Habenichts, konnte er sich doch nach einem Dritten umtun – meinten die Wartenden. Uns stand tatsächlich so einer bei, kein *Onkel aus Amerika*, und der Fürsprecher, der, kaum eingewandert, sich für uns verwandte, tat es aus Freundlichkeit, nichts sonst. Um das etwas glaubhafter zu machen, unterbreche ich die Geschichte meiner Briefmarkensammlung einen Moment, sie wird schon nicht davonflattern. Von Mr. Wilkoff gab es ein abgegriffenes Paßfoto, gesehen hat ihn keiner von uns: ein kleiner amerikanischer Geschäftsmann, rundlich von der Glatze bis zum Kinn, die Augen guckten erstaunt durch die Hornbrille. Wie es sein Vater getan hatte, ging er jeden *Schabbes* in den Tempel, und dort wird er mit dem o-beinigen Rheinländer ins Gespräch gekommen sein, der mir das grüne Nageletui zur Bar-Mitzwe geschenkt hatte. Daß ich nicht mal seinen Namen weiß, ist vielleicht entschuldbar, da ich ihn nur an jenem Abend gesehen habe. Wie kam er auf uns zu sprechen? Aus einer Art Scham vielleicht, der eigenen Bedürftigkeit zum Trotz. Mein Vater war nicht strebsamer und *bekóved* (rechtschaffen, ehrbar) als andere Familienväter, da hätte das Mitgefühl von tausend Bürgen nicht gereicht. Doch obwohl Mr. Wilkoff von *Ostjuden* abstammte, auf die unsere Leute herabzusehen pflegten, schien er willens, uns »eine Hand zu reichen«, wie er sagte. Man stelle sich das vor, der berühmte graue Ozean, die Hand ... Zudem hatte er mit der andern bereits sein Geld für eine Familie verpfändet, die mußte also, bevor wir drankamen, erst drüben Fuß fassen. Trotzdem dankten ihm meine Eltern überschwenglich, und zwar immer wieder, aus Angst, er könne uns vergessen, sowie sich ein Anlaß bot, mal Kinderfotos, mal jüdische Feiertage – und er, ganz korrekter Geschäftsmann, bestätigte ihnen den Empfang, nehme ich an, mit immer den gleichen Worten. Immerhin warteten wir alle ständig auf einen Brief von ihm, ich freilich wegen der Marken; da war es leider das nämliche, Mr. Wilkoff hatte sicher ein gutes Herz, aber wenig Phantasie; immer der Adler oder Präsident Lincoln, seine Sekretärin mußte Bögen davon auf Vorrat gekauft haben.

Indessen nahm meine Sammlung in dem Maß zu, in dem der Verwandten- und Freundeskreis sich lichtete, selbst ich bekam schon Post aus Ländern, die ich erst im Atlas nachschlagen mußte. Dennoch blieben ganze Seiten in meinem Album – etwa Japan und China mit der einzigen Ausnahme von Schanghai – unberührt. Den umgekehrten Weg zu gehen, also nicht gewissermaßen barfuß aufs Ganze, dazu fehlte mir die Abgeklärtheit der Sekundaner, die während der Pausen, in Gesprächen über ihre *Spezialsammlungen* versunken, promenierten, als wären wir andern Luft. Na, wenn nicht das, so Luftikusse. Ich hatte ja Vergnügen an dem, was mir zuflog, ob hübsch oder selten, eine Spezialsammlung jedoch erforderte Kenntnisse, strategisches Vorgehen, mit einem Wort, Sitzfleisch. Dagegen strebte ich, sobald ich in die Nähe kam, zum Schaufenster eines Briefmarkenhändlers in der Reichsstraße und weidete mich, ungeachtet des gelben Sonnenschutzes, an kompletten Sätzen, gestempelt, ungestempelt, oder an den Umschlägen mit Sondermarken und »Ersttagsstempel«, Anlässe zum Feiern gab es ja genug. Weiter vorne lagen bunte, nach Ländern geordnete Konvolute, doppelt verführerisch durch die milchige Transparenz der Umschläge; dafür hätte sogar mein Taschengeld nach und nach gereicht. Warum habe ich mich die drei Stufen zu dem kleinen Laden nie hochgetraut? Einmal scheute ich den fremden, gewissermaßen verwunschenen Bezirk, und dann fielen Marken zweifellos in die Kategorie des Überflüssigen, das in unserer Familie – außer an Geburtstagen – verpönt war. Wozu bekam man dann Taschengeld! Buntstifte, Geschenke für die Familie, so ein Musterknabe war ich nicht. In einem winzigen Laden an der Kaiserdammbrücke, der nach Schmierseife und Hering roch, gab es für 5 Pf. *Nappos*, mit Schokolade überzogene Rhomben, so eines reichte gerade bis zu unserer Ecke; aber die klebrige Süße ist mir bis heute, wenn nicht im Mund, so im Gedächtnis haften geblieben. Die Briefmarkensammlung nahm mich in Anspruch, sowie ich ihr nur den kleinen Finger bot: wenn sich die Marken im warmen Wasser vom Papier gelöst hatten, trocknete ich sie auf Löschpapier; dann ging es ans Sortieren und Prüfen, ob auch nichts lädiert war, je nach Laune schlug ich auch mal was im *Michel* nach, dem großen Katalog, dann erst konnte ich das Beutestück mittels Falzes an sein Konterfei im Album heften. Unterdessen wuchs die Menge des Unsortierten, ja nicht mal Abgelösten, schneller an, als ich mit dem Wünschen nachkam; da bot sich das Pult als Speicher, geräumig und dunkel genug selbst für ein heikles Gewissen. An Vorgängen draußen, die mich ablenkten, war auch kein Mangel, ob Jesse Owens eine Goldmedaille nach der andern ersprang oder die Stadt Berlin ihr siebenhundertjähriges Bestehn feierte – von weniger harmlosen Feiern abgesehen. Davon bekam ich ohnehin nur den Ausschnitt in *Fox' tönender Wochenschau* mit, sonntags, wenn ich mit meiner Cousine Ingrid ins *Splendid* ging, Ecke Soorstraße, oder ins *Witzleben-Kino* schräg gegenüber von uns.

Warum hatte Ingrid bei meiner Bar-Mitzwe eigentlich gefehlt? Ja, die ganze Familie von Onkel Carl, Papas einzigem Bruder*, wo sie's doch so nah hatten vom Lietzensee-Ufer herüber. Am Abend hatte ich's vor Aufregung nicht gemerkt, und später bot sich einfach kein Anlaß, danach zu fragen. Strenggenommen, gehörte Ingrid natürlich in die Kategorie der Mädchen, das bewies schon der rötliche Schimmer in ihrem Haar, auch wenn sie's kurzgeschnitten trug, doch beim Spielen stand sie keinem Jungen nach. Die Straße war unser Spielfeld, Lietzensee-Ufer, da, wo die Häuser aufhörten und unsere Unabhängigkeit begann. Warum wir es in der Regel wa-

* Dieser Bruder, Ernst Greve, auf Seite 49 unter seinem richtigen Namen eingeführt, erscheint fortan durchweg als Carl, später auch als Paul.

ren, die zu den *Carlgreves* hinübergingen, weiß ich nicht; es war eben so, und Ingrid zuliebe nahm ich den Rest der Familie in Kauf. Sobald in dem Kaffeegespräch eine Pause eintrat, das dauerte nicht lange, nutzte sie den Platzvorteil und behauptete, meine Hilfe für irgendwas, Französisch, Latein, in Anspruch nehmen zu müssen; wir gingen zwar beide in die Leßlerschule, sie aber eine Klasse über mir, was keinerlei Argwohn zu erregen schien; die Familie war viel zu sehr damit beschäftigt, das Gespräch – unter Vermeidung strittiger Themen – in Gang zu halten. Es ist noch wie damals, ich muß, um auf die Straße zu kommen, mich der Reihe nach von ihnen verabschieden; nur daß wir nicht mehr auf der Treppe in Lachen ausbrechen.

Onkel Carl war ein Jahr älter als Papa; die Ähnlichkeit sprang einem, hier trifft das Wort, mit den Nasen ins Gesicht, auch die Brauen und schweren Unterkiefer, wenn schon nichts anderes, wiesen sie als Brüder aus. Sie waren beide in der *Hemdenbranche* tätig und kleideten sich entsprechend, Grundton grau; Papa gutbürgerlich, Onkel Carl mit einem Stich ins Herrenmäßige, Elegante, soweit sein Umfang es zuließ. Das setzte sich in einer gewissen Ungemütlichkeit des Wohnzimmers fort, wo wir Kaffee tranken; alles in rötlichem Mahagoni, blankpoliert, daß man jeden Finger sah. Tante Anna hatte wenig Mütterliches an sich, oder was ich darunter verstand, den Hang zum Dramatischen etwa, Anteilnahme bis hin zur Neugier, mit einem Wort, Mangel an Distanz. Sie war so hager, daß die Kleider, gewiß aus den ersten Geschäften, an ihr herunterhingen, und von der Berührung der Perlenkette schien ihr Hals zu frieren. Von der Seite gesehen, hatte sie Ähnlichkeit mit Pferden, besonders die Nase, doch vielleicht habe ich das mit dem Beruf ihres Vaters verwechselt, der laut Ingrid mit Pferden handelte. Das sollte ich nicht weitersagen, warum, verstand ich um so weniger, als Ingrid sich auf dem Hof ihrer Großeltern in Westfalen mehr zuhause fühlte als irgendwo sonst. Tante Anna nahm höchstens einsilbig an der Unterhaltung teil – es sei denn, ihr Mann behauptete etwas Unhaltbares –, um so eifriger sah sie darauf, daß nachgeschenkt wurde usw. Das Mädchen, so genannt, obwohl es natürlich über 45 war, kam aus Westfalen und hatte nun unzweifelhaft ein Pferdegesicht. Warum Tante Anna und Mama immer mit der Förmlichkeit gestärkter Servietten sich begrüßten, hatte Gründe, die mich nichts angingen. Anders war es mit der Atmosphäre, in die man gleich in der Wohnungstür tauchte, oder sage ich Unglück? Das hatte ich sonst, von den Bettlern in der Reichsstraßenzeit abgesehen, nur in Büchern wahrgenommen, wo es gewissermaßen zur Erhöhung der Spannung diente. Das wirkliche Unglück hält sich gerne im Hintergrund. Auf den Familienfotos, für die man nicht nur zusammenrücken, auch noch lächeln mußte, sieht man ihn dennoch gleich, so schmächtig er war; Hanns-Günther, Ingrids großer Bruder. Er war so schnell hochgeschossen, daß er schon Anzüge für Erwachsene tragen mußte, doch der Windsorknoten, vorschriftsmäßig geschlungen, auch das zur Seite gekämmte Haar verriet eine fremde Hand. »Vergiß nicht, deinen Diener zu machen«, hieß es, wenn Besuch kam. Wie sehr die braunen Augen sich um Verständnis bemühten... Dann wieder Leere, nein, Unendlichkeit. Seine Klassenkameraden, er ging in eine Privatschule, wurden von Jahr zu Jahr kleiner, nur er blieb auf seiner Bank sitzen. »Der Junge gehört in eine Lehre«, hörte ich Papa einmal sagen, es klang gewissermaßen vorwurfsvoll, freilich nur bei uns zuhause. Manchmal versuchte Hanns-Günther, sich am Gespräch zu beteiligen, dann kam mit der tiefen Stimme, die er schon als Zwölf-, Dreizehnjähriger hatte, etwas wie aus der Zeitung heraus, was zudem kurz vorher Onkel Carl schon geäußert hatte. Derweil saß

Evelyn, meine Schwester, »ein Bild von einem Kind«, als die jüngste der Familie neben der Oma Lina und nahm die Küsse, die zu dieser Auszeichnung gehörten, einen zur Begrüßung, einen zum Abschied, ohne sonderliches Sträuben hin; ihre Backen waren derlei gewöhnt. Gegen Ingrid war das nichts, die sollte der Oma, die im selben Haus ein Stockwerk höher wohnte, täglich den Gutenachtkuß geben; weigerte sie sich, so hatte Onkel Carl *ein für allemal* die Strafe festgelegt, nämlich Verbannung auf die Hintertreppe zu den Mahlzeiten. Gruselte sie's auch ein bißchen, hatte sie dort immerhin ihre Ruhe, doch erzählt hat sie davon selbst mir erst lange, nachdem wir unsere Eltern verloren hatten. Verloren, Golem... Nur meine Mutter hat, armselig genug, einen natürlichen Tod sterben dürfen. Die Oma war wie aus Seidenpapier, zerknittert, wieder glattgestrichen, und sprach so tonlos, daß man sich ganz nah an ihren Mund beugen mußte. Viel habe ich nicht behalten, altmodische Formen wie »er kömmt«, oder daß sie den amerikanischen Präsidenten unbelehrbar *Rosenfeld* nannte, vermutlich weil sie ihn wie der Goebbels, freilich mit anderen Vorzeichen, für einen Juden hielt. Wozu hätte sie übrigens auch deutlicher reden sollen, Papa und Onkel Carl lasen ihr jeden Wunsch von den blassen Lippen ab. »Ich habe gute Söhne«, pflegte sie gerne im Beisein ihrer Schwiegertöchter zu sagen. Die werden sich von Anfang an, jede auf ihre Art, gegen diese Hausgenossin gewehrt haben; als die jüngere hatte meine Mutter obsiegt.

Gleich geht's auf die Straße, nur noch ein Wort zugunsten von Mama. Von Haus aus an Enge gewöhnt, hat sie die Freiheit, oder sagen wir die neue Würde als Ehefrau, gewiß auskosten wollen, ohne daß die Schwiegermutter ihr dazwischenredete. Ihr Vater Ludwig, der mit dem Napoleontick, hinterließ seiner Witwe und den sechs Kindern, als er 1913, nicht mal fünfzigjährig, starb, kaum mehr als die Sammlung heroischer Büsten. Ein Bankier, ein Wäschefabrikant, ganz entfernte Verwandte, sorgten für das Notdürftigste im Rahmen des Brauches. Als 15-, 16-jähriger, so Onkel Fritz, mußte er des öfteren am Portal des Bankhauses eine Visitenkarte abgeben: »Darf ich bitten, meinem Sohn Fritz *schon vor Ultimo* die M 100. – übergeben zu wollen? Unvorhergesehene Ausgaben, Krankheit usw.« Bei Tisch, sagte er, setzte die Mutter die Suppenterrine immer so dicht an ihren Teller, daß keiner sah, wie wenig sie sich auftat. Nicht nur das, sie selbst wird dahinter kaum sichtbar gewesen sein. Ein kleiner grauer Vogel mit *Dutt*, noch dazu mit einem Buckel beladen, so ist mir die Oma Trude im Gedächtnis geblieben. Für eine Sphinx waren ihre Augen indes nicht teilnahmslos genug. Als Schulkind war sie im Spalier gestanden, um dem alten Kaiser Wilhelm, der Königsberg besuchte, einen Blumenstrauß zu reichen. Er soll sich zu ihr herabgebeugt und »Kind, wo hast du die schönen Augen her?« gefragt haben. So eine Legende gibt es wohl in vielen Familien, wer weiß, man denke nur an unsere *Liedermacher*, diese Popkaiser, vielleicht hat er's ja wirklich gesagt. Jedenfalls war es lange her, uns Kindern erschienen Oma Trudes Augen eher streng als schön, und ihr Mund, sehr rot in dem gelblichen Gesicht, arbeitete immer wie an etwas Bitterem, wenn die andern am Tisch sich unterhielten. Auch sie wohnte, als ich klein war, am Lietzensee-Ufer, freilich anders als die Carlgreves. Selbst an dem Sommertag, als wir, Mama und ich, ihr das neue Schwesterchen vorführten, blieb die Wohnung dunkel. Wie das alte Gesicht mit der schnabelartigen Nase näher kam, erschrak das Kind und schrie; vielleicht war es auch Hunger. Im Gegensatz zu Mama blieb die Oma gelassen: »Geht man nach Hause. Nächstes Mal wird sie besser aufgelegt sein.«

Noch auf der Straße, im Sonnenschein, schrie das

Baby, bis Mama die Kontenance verlor und es ihrerseits anschrie. Ich fühlte mich zum Ritter aufgerufen und ging, vier Jahre groß, mit Fäusten auf sie los. Einmal genügte, sie scheute wohl das Aufsehen, ließ von meiner Schwester ab und schob den Wagen, starr vor sich hin sehend, die Masurenallee herunter, daß ich kaum Schritt halten konnte. Am Reichskanzlerplatz meditierte ein älterer Schupo, die Hände auf dem Rücken, am Rand des Bürgersteigs, auf den steuerte sie zu. »Herr Wachtmeister, sehen Sie sich diesen Lümmel an: er hat die Hand gegen seine Mutter erhoben. Was für eine Strafe hat er verdient?« »Erhoben«, das sagte sie wörtlich. Und der Wachtmeister? Es war noch vor Hitler, sie hat es mir später, als sie selber darüber lachen konnte, wiedererzählt. »Sie dumme Frau Sie«, herrschte er die Dame im Schneiderkostüm an, »was machen Sie dem Jungen Angst vor uns? Wenn er mal Hilfe braucht, an wen soll er sich dann wenden?« Er zwinkerte mir unmerklich zu. »Nehmen Sie Ihre Kinder und gehen nach Hause!« Zum Glück waren es nur ein paar Schritte bis zur Reichsstraße 2, wir gingen sie wortlos, auch das Baby war endlich eingeschlafen.

Die Oma Trude trug schwarze Kleider, solange ich sie kannte. Unter dem schiefen Buckel ging sie »schleichend wie ein Pfau«, um Walther zu zitieren, den von der Vogelweide, mit vorgestrecktem Kopf. Mehr als dieses äußere Merkmal prägte sie die Anspruchslosigkeit, die ihr wohl schon als Kind zu eigen gewesen war; um so mehr spricht es für den alten Kaiser, daß er einen Blick für sie hatte. Die Oma Lina lockte die Enkel mit Süßigkeiten, Oma Trude, ohne Latein gelernt zu haben, hörte sie die Vokabeln ab und saß unfehlbar bei Masern und Ziegenpeter mit Grimms Märchen am Bett. Noch meinen in Haifa geborenen Cousins hat sie daraus vorgelesen, in Königsberger Aussprache natürlich. Ja, sie war, schon an die siebzig, ihrem Sohn Fritz nach Haifa gefolgt, 3. Klasse, wie's sich gehört, mit gerade soviel Gepäck, fällt mir ein, als ein Vogel im Schnabel tragen kann. So eine große altmodische Tasche aus rissigem Leder. »Denk dir«, sagte sie zu ihm an einem Novembertag 1941, »morgen fällt der 25. wieder auf einen Freitag – wie damals, als dein Vater starb.« Das war 1913 gewesen. Auch an diesem Freitag, es war wieder Krieg, Frankreich, wo meine Familie gestrandet war, lag unter feldgrauer Decke begraben, auch an diesem Freitag kam von *Hanni*, meiner Mutter, keine Post. Als Fritz und Lore, die Enkel dürften im Kindergarten gewesen sein, mittags aus der Stadt nach Hause kamen, lag Oma Trude, die Küchenschürze noch umgebunden, leblos im Wohnzimmer. Der Untermieter, von Beruf Kellner, der deshalb lange schlief, hatte einen Aufprall gehört. »Sie rief *Ludwig*, zweimal. Wer ist das?«

Zurück zum Lietzensee-Ufer. Die Böschung fällt dort unversehens ab. Dem Kaffeklatsch entronnen, balancierten Ingrid und ich erstmal auf der knöchelhohen Stange, die die Natur, ich meine die *Anlagen*, vor den Bürgern schützen soll; einen Fuß vor den andern, egal wohin, das Gespräch lief so nebenher. Oder wir warfen den Ball hoch an eine Brandmauer und fingen ihn wieder auf, mal sie, mal ich. Wovon redeten wir? Von allem, was zwischen Familie und Schule sich abspielte, man kann auch sagen, in der Welt. Jedes Thema war uns recht – ohne Kunst- und Verlegenheitspausen, wie sie die Kaffeerunde oben sich einräumte, oder fast jedes; den eigenen Eltern fiel man nicht gern in den Rücken. Ingrid war um einiges selbständiger als die anderthalb Jahre, die sie mir voraushatte. Als Beispiel dafür – falls Wahrzeichen zu doll klingt – führe ich die saure Gurke an, die sie regelmäßig in der Großen Pause erstand und, ohne sich auch nur umzugucken, gleich auf der Straße verzehrte. Einmal bin ich zu dem kleinen düsteren Geschäft am Hohenzollerndamm, das nach Hering und Schmierseife roch, mitgegangen, nur so zum Spaß, und habe auch, wie's im Buche steht, abgebissen... Nichts erfolgte. Mimi beschützte mich, kann man sagen, ihre Schulbrote, Griebenschmalz mit Äpfeln und Zwiebeln, hör weg, Golem, schmeckten besser als die kalte Frucht der Unabhängigkeit. Noch mehr imponierte mir an meiner Cousine, daß sie Filme aller Art ansehen ging, nicht nur die jugendfreien mit mir an Sonntagnachmittagen. Mir fehlte dazu, abgesehen vom Taschengeld, die Statur, meinte ich, dabei war es Kaltschnäuzigkeit. An der Kasse zur Rede gestellt, hätte ich kaum »vierzehn« herausgebracht, geschweige denn achtzehn. Ich rechnete es ihr hoch an, daß sie mir öfters den Inhalt erzählte, d. h. soweit sie ihn verstanden hatte; etwas Ruchloses haftete ihm eigentlich nicht an. Vielleicht wollte sie mich auch schonen. Sollte sie überhaupt *schlechten Einfluß*, wie meine Mutter argwöhnte, auf mich ausgeübt haben, so besten- oder schlimmstenfalls durch das bißchen mehr Freiheit, das sie zuhause genoß, wenn man's so nennen kann; freilich auch nur, solange sie sich an die Konventionen hielt. Ist Freiheit das richtige Wort? Auf sich gestellt, das war sie. Eine Mimi gab es am Lietzensee-Ufer nicht, da lief alles seinen Gang, Haushalt, Geschäft, Gesellschaften, die Sorge um Hanns-Günther. Blieb Oma Lina mit dem Gutenachtkuß. Immerhin, eine Freundin hatte Ingrid gehabt, sogar im Haus, ein Stockwerk höher; von einem Tag auf den andern hatte das aufhören müssen, das Spielen im Hof, ab und zu ein Kinobesuch, alles. »Warum?« »Ihr Vater ist Beamter.« »Und?« »Nichts und, es könnte ihm schaden.« Mehr nicht. Wenn die Freundinnen sich trotz des Verbotes auf der Treppe begegneten, widmeten sie alle Aufmerksamkeit den Stufen.

Das hat Ingrid bis ins Alter für sich behalten, es war zu sperrig. Dafür fragte sie mich so nachdrücklich über das Chanukkafest aus, daß es mich etwas genierte; denn ganz freiwillig hatte ich diese Neuerung ja nicht angenommen. Ich machte die Geschichte der Makkabäer so spannend wie möglich und beschrieb ihr, auf der Straße, versteht sich, den achtarmigen Leuchter und wie man ihn anzündet. »Aber sonst ist alles wie Weihnachten.« Ich wollte sie nicht vor den Kopf stoßen. Wir einigten uns dann auf halbem Weg, kann man sagen, auf den Namen *Weihnukka*, das entsprach unserer Stellung und war noch dazu komisch. In Onkel Carls Haus hatte Jüdisches keinen Platz, »das macht nur Risches«, sagte er, die Brauen vorgestülpt, mit einem jüdischen Wort, denn das, was er meinte, Antisemitismus, nahm er noch weniger in den Mund. War er ganz frei davon, oder Papa? Ach, Golem. Du weißt inzwischen, wie gemischt die Gefühle waren, mit denen ich zu dir hinübersah, damals in der Linie 5. Wie soll es meinen Vorfahren, ja den *deutschen Staatsbürgern jüdischen Glaubens* mehr oder minder insgesamt, anders gegangen sein, als man sie mit deines-, ich meine mit unseresgleichen in einen Topf, redensartlich gesprochen, warf? Sie sahen weg, solange sie konnten. Bei Onkel Carl im Herrenzimmer hing die Reproduktion eines Wappens an der Wand, »Greve 1492« mit einem von allerlei Blattwerk umrankten Posthorn; das hatte ihm einer der Ahnenforscher, die man jetzt aufsuchte wie Ärzte, samt dem Nachweis verkauft, daß unsere Familie spanischen Ursprungs sei. Spanien, immerhin. Was Ingrid nicht durfte, mit *Ariern* verkehren, nahm Onkel Carl für sich in Anspruch. Einer seiner Freunde, so ein Blonder mit rotem Gesicht, die ihr Lebtag wie Jünglinge aussehen, trug sogar den Titel Baron und war Mitglied des Olympischen Komitees. Wenn der sich ansagte, überwachte Tante Anna persönlich den Hausputz, und Onkel Carl vertauschte die Brille mit einem Monokel. In meinem Beisein sogar, freilich am Kaiserdamm, in den eigenen Wänden, machte Papa sich Luft: »Er sollte sich schämen.« Immerhin bekam Ingrid dank dem Baron Karten zu den Olympischen Spielen, zwar für Nebenschauplätze, Polo, Hockey, ich beneidete sie darum nicht minder. Habe ich schon gesagt, daß meine Cousine, wie man's nur wünschen konnte, aussah, blond, schlank, *nichtjüdisch?* Mit dreizehn, ob's ihr Spaß machte oder nicht, bekam sie Tennisstunden, ging auch im Winter vorschriftsmäßig in Breeches oder hohen Stiefeln zum Reiten. Sollte sie nach Onkel Carls Vorstellung in der Halle am Funkturm Anschluß an die Gesellschaft, die richtige, finden, sie langweilte sich bloß: »Immer im Kreis herum wie kleine Kinder!«

Was ich »die Welt« genannt habe durchzuhecheln, benötigten wir jeweils kaum länger als einen Nachmittag. Sie nahm auch ständig ab; Lehrer, Schulkameraden verschwanden mitten im Schuljahr, ein paar Tage, dann hatte man sich schon daran gewöhnt, daß ein anderer ihren Platz einnahm. Redeten wir stattdessen von fremden Ländern, sei es aus Abenteuerlust oder gar, weil wir die Zeichen verstanden? Ach, wir waren nicht klüger als unsere Eltern. Dabei konnten wir bald nicht mehr ins Kino gehen, und selbst im Winter, obwohl sich niemand auf eine Bank setzte, hieß es in Parks und Anlagen *Juden unerwünscht.* Der Lietzensee war noch zugefroren, am Ufer wenigstens, lange konnte es nicht dauern, bis auch das Eislaufen verboten wurde, ich meine für jedermann. Das war unser Wetter, fanden wir, da paßt keiner mehr richtig auf. Wenn es dunkel wurde, mußten die kleinen Läufer mit ihren eisverschmierten Pos und Knien nach Hause, und bis die andern auftraten, Kunst- und Langläufer, holländernde Liebespaare, hatten wir vielleicht freie Bahn. Fast wäre das Eislaufen hier zu kurz gekommen, obwohl die umgewidmeten Tennisplätze am Hildegard-Krankenhaus mir so ans Herz ... gefroren waren, daß ich aus eigner Kraft mich schwerlich davon hätte lösen können. Zweimal die Woche, Schularbeiten hin oder her, hatte ich da mit heißen Backen das Abstoßen, Gleiten, Schwingen von einem Fuß auf den andern geübt – die Ungebundenheit. Niemand fragte, woher und wohin, wenn ich der Meute Jungens mich anschloß, die mit dampfenden Mündern dem Puck nachjagte; ein gebrauchter Eishockeyschläger, liebevoll mit Isolierband umwickelt, genügte als Ausweis. Jetzt half nur noch Unverfrorenheit, wörtlich verstanden. Im Schutz von Trauerweiden und kahlem Gebüsch tauchte Ingrid fast gleichzeitig mit mir vor dem Pfahlbau auf, einem primitiven Schuppen, wo man sich umzog, für uns freilich Waage unseres Glücks. Drinnen war es wie überall, der kleine Ofen bullerte, es roch nach Holz und nassem Leder, die Funzel an der Decke gab gerade soviel Licht, daß man das Geld zählen konnte, so abgezählt es schon war ... nur die Aufsicht fehlte, der Mann mit den Billetts. »Der kommt heute nicht mehr«, sagte träge eine Stimme aus dem Halbdunkel, wo ein paar Läufer sich aufwärmten. Wir setzten uns dazu, vornübergebeugt, etwas tiefer als nötig, um die Kufen an unsern Stiefeln festzuschrauben; noch ein paar staksige Schritte auf dem Bretterboden, drei Stufen, und wir waren im Freien. Stille, Wind; das Grollen am Kaiserdamm drüben kam dagegen nicht an. Vom Ufer her, wo die Lampen brannten, hörten wir's rufen, das galt nicht uns. Der See, dieser atmende Spiegel, war blindgeworden, ein stumpfer, über und über zerkratzter Schild. Wir fuhren bis an die Pfähle hinaus, die die Absperrung markierten, in den Schutz der Dunkelheit. Hatten wir uns nicht doppelt schuldig gemacht? Nicht genug, uns hier einzuschleichen, taten wir's ohne Billett ... Das Eis hier draußen sah schwärzlich aus, fast schon wie Wasser. Dafür hatten wir Auslauf, mehr als wir brauchten, denn mit dem Schwung war es heute nicht weit her; selbst meine bewährte Nummer, auf ein Mädchen losfahren und knapp vor dem Zusammenstoß bremsen, daß es sprühte, geriet etwas kläglich. Es war ja auch nur Ingrid. »Du?« »Ja?« »Wollen wir nicht lieber zurücklaufen? Vielleicht kommt der Billettmann doch nochmal.«

Das war unser letzter Ausflug zu zweit. Bald darauf, vor ihrem 15. Geburtstag, wurde Ingrid mit einem Kindertransport nach Glasgow geschickt, weit weg in Schottland. Nichts Geringeres als ein Engel, vielleicht mit Tante Annas Stimme, muß sich da eingemischt haben, daß Onkel Carl für einen Augenblick, sagen wir, das Monokel abnahm, um die Welt um sich herum zu mustern. Ingrid kam in eine Familie von *Ostjuden*, wahrhaftig, noch dazu streng koscher; andere – ohne dir schmeicheln zu wollen, Golem – hätten sich eines fremden Mädchens auch kaum angenommen. Wollte sie bitte oder danke sagen, hatte sie nichts als ihr Schulenglisch, allenfalls sprach die Familie noch Jiddisch. Das Leben in Glasgow fing damit an, daß sie mit der etwas jüngeren Tochter des Hauses in einem Bett schlafen sollte; entweder gab's nur das, oder die Gastgeber meinten, sie würde sich so schneller eingewöhnen. Nachts wachte Ingrid auf; sie lag bei einer Bettnässerin. Zu sagen traute sie sich nichts; sie stand leise auf und rollte sich auf dem Boden zusammen, so hatte sie immerhin etwas für sich, wenn auch mehr, als ihr lieb war.

Es mußte schon allerhand passieren, damit ich einen Brief von ihr bekam. Das Private, war es auch nur ein Abfall der großen Geschichte, ging einem noch näher, bis auf weiteres. Anderthalb Jahre nach unserer Trennung wurde auch ich endlich fünfzehn, und zwar in einem Kinderheim unweit von Paris, wo meine, inzwischen auch Ingrids Eltern Wohnung gefunden hatten; auf welchen Umwegen wir dahingelangt waren, tut hier noch nichts zur Sache. In einer Zeitung mit roter Überschrift las ich, daß Hitlers Außenminister Ribbentrop einen Nichtangriffspakt – *pacte de non-agression*, hieß das – ausgerechnet mit Stalin, Hitlers bevorzugter *bête noire*, geschlossen hatte. Daraufhin, wer hätte dem Wort solche Kraft zugetraut, daraufhin überfiel Hitler Polen; Frankreich und England erklärten Hitler den Krieg. Soweit der Stand der Geschichte an meinem Geburtstag, dem 23. September 39; dennoch traf Ingrids Brief pünktlich ein. Vielleicht hatten ja ihre Eltern, wie Eltern so sind, aus Paris gemahnt: »Denk an Lutzens Geburtstag!« Sowas merkte ich dem Brief gewiß nicht an. Zwar stand so wenig Persönliches drin, daß es auch eine Glückwunschkarte, wenn's das in Glasgow gab, getan hätte, in englischer Schreibschrift ... Ihre eigene mit den runden Buchstaben jedoch brachte sie selbst mir nahe, und den Anfangssatz weiß ich heute noch auswendig: »Auch wenn ich diesmal ohne ein Franz Schneider-Buch zu Dir komme ...« Sie hatte mit sicherem Griff etwas aus unserer Herkunft gewählt, ein Erkennungszeichen. Diese Abenteuerbücher mit flott illustriertem Umschlag las man mit fünfzehn nur noch mit schlechtem Gewissen, das war es nicht; nein, was sie wirklich beklagte, lief ungesagt mit, die heruntergeschluckten Tränen und alles, was uns verband, auch die Kinobesuche, ja sag ruhig Heimat, es hört uns keiner.

Selbst der Abschied von Ingrid hatte das Alltägliche nicht stocken lassen, im Gegenteil; es beschleunigte sich, als sei auf seinen Fortgang kein Verlaß mehr, unter Abspielung von Marschmusik. Was galt da noch unsere Versetzung von Quarta nach Untertertia im Vergleich mit den Wellen, die, so ich die Redensart beim Wort nehmen darf, der *Anschluß* in Fahnentuch schlug? Immerhin, da alle Welt, das ist nicht übertrieben, nach Österreich sah, gewannen Kulli und ich etwas Spielraum für ein anderes, nicht minder aufregendes Unternehmen. Seit dem Sportfest stak mir der Anblick eines Mädchens aus unserer

Parallelklasse im Kopf oder sonstwo, das sich dem Weitsprung mit solchem Ernst, gar nicht nach Miekenart, gewidmet hatte ... das Hüpfen der kleinen Wölbungen unter dem Turnhemd nahm ich dabei nicht ungern in Kauf. Auch daß es die ohnehin kurzen Hosen wie alle Mädchen noch hochrollte, sprach gewiß nur für sportlichen Eifer. Der Name mit dem Anklang an eine berühmte Vorgängerin, mir freilich noch unbekannt, machte mich ihr vollends untertan, Lili Wohlgemut, er paßte zu ihr. Ich kannte ihre Stimme, ihr Lachen, ohne hinzusehen, geschweige denn ein Wort mit ihr geredet zu haben. Wie sollte ich das fertigbringen, Aug in Auge? Halb glaubte ich selber, was ich dem treuen Kulli einredete, daß wir nämlich beim Eintritt in die Untertertia noch eine Art Bewährungsprobe auf diesem Feld bestehen müßten, jeder von uns. »Versuch's doch mal mit der Gerda –« Auf Bande spielen, nennt man das beim Billard. Gerda, ein ruhiges, etwas glanzloses Mädchen, hatte ich erst wahrgenommen, seit Lili sich ihr in den Pausen zuwandte. Kulli, so wenig er sich etwa beim Turnen wehtat, mochte bei ihr etwas Verwandtes finden, ob man's nun Bescheidenheit oder Phlegma nannte. Ich meine, der Abstand zwischen ihnen war nicht so groß, daß sie gewissermaßen hätten Anlauf nehmen müssen; da sie zu zweit sich indessen nicht getrauten, vor aller Welt nach der Schule zu promenieren, zogen sie Lili und mich quasi als Anstandspersonen hinzu, und wir ließen uns nicht lange bitten. In der Tat lief die Unterhaltung viel munterer, wenn man sich übereck verständigte, also dem Freund an der anderen Flanke der Reihe etwas zurief, was der Freundin galt usw. Ja, wir glaubten bald wirklich, eine höhere Form des Zusammenseins als unsere Eltern gefunden zu haben, das wollten wir entsprechend feiern; und zwar im Freien, nicht in Kaffee- und Kuchen-Abhängigkeit. »Was macht ihr in den Osterferien?« Keine der Familien dachte in diesen Tagen an Verreisen. Also verabredeten wir uns gleich für Dienstag nach dem Essen, U-Bahn Reichssportfeld, zu einem Ausflug zu viert. Warum gerade dort und nicht, sagen wir, Hundekehle? Da spielte der Bann mit, in dem das Olympiastadion für uns lag, ganz abgesehen von dem, was die Mädchen vielleicht im Wald von uns erwarteten; von solchen Usancen hatten wir schon läuten hören.

Ein ganzer Nachmittag für uns, blau, wolkenbeflaggt. Jetzt in der Woche stand das Stadion undurchdringlich da, fast drohend. Kein Kontrolleur weit und breit, in der schon erwärmten Luft kein Hurra. Wir hätten ohne weiteres in Viererreihe auf dem Fahrdamm laufen können, so still war es, die preußischen Alleen forderten gleichwohl ihren Tribut; Paar hinter Paar, spazierten wir ordentlich die Bäume entlang, mal Pappeln, mal Rüstern, die mit verschränkten Füßen gleichsam auf den Einsatz zum Ballett warteten. Trotz ihres hellen Kleides wirkte Lili heute ernster als sonst, ich guckte sie von der Seite an – »Wir haben die Papiere für Amerika bekommen«, sagte sie mit gesenkter Stirn. Für die Erwachsenen war das ein Grund zum Feiern. »Was wirst du dort machen?« »Erstmal Schneidern lernen, dann werde ich vielleicht Modezeichnerin.« Das Schlimmste hatte sie noch aufgespart, sie kam nach den Ferien nicht mehr in die Schule. »Die kurze Zeit lohnt nicht mehr, sagt mein Vater, ich muß auch zuhause helfen.« »Wirst du mir schreiben?« »Immer, wenn ich Post von dir bekomme!« Da konnten wir einmal lachen. Um sechs brachten Kulli und ich, wie es sich gehörte, die Mädchen nach Hause, Gerda, das ergab sich so, dann Lili. Er wartete an der Ecke, bis ich ihr Glück gewünscht hatte, noch einmal Glück, so lange konnte ich ihre Hand noch festhalten. Es war nicht weit bis zur Brandenburgischen Straße, wir standen vor Kullis Haustür und redeten, gingen redend die Straße wieder zurück bis zu meiner Haltestelle und sahen die Bahnen eine nach der andern halten und abfahren, ohne daß ich einstieg.

Kaum ein Vierteljahr später war's auch für Kulli soweit – Amerika, Nord oder Süd, ins Ungewisse allemal. Trotzdem wollten seine Eltern richtig Abschied feiern, bevor sie das Sommerhaus am Müggelsee räumten, mit Picknick und allem Drum und Dran. »Natürlich bist du eingeladen«, sagte Kulli fast ungeduldig, als wir uns am Morgen vor der Schule trafen. Warum stellte ich mich ungläubig? Einmal wollte ich die Überraschung noch etwas auskosten, und dann hatten mich seine Eltern noch nie eingeladen; kannten sie mich überhaupt? Doch, einmal hatte seine Mutter, als ich ihn abholen kam, mir die Tür aufgemacht; sie war im Straßenkostüm, das Hütchen und der Fuchs, der mit Glasaugen über ihre Schultern lugte, hätten meine Eltern in der Meinung bestärkt, daß die Anwohner des Kurfürstendamms *mondän* seien. Den Mund, das sah ich gleich, hatte Kulli von ihr, nur daß sie geschminkt war und nicht sabberte. Wie leer auch immer die Zukunft nach seiner Abfahrt aussah, auf den nächsten Sonntag, wenn's zum Müggelsee ging, wartete ich gewissermaßen mit roten Backen. Und was selten passiert, die Wirklichkeit hielt dem stand. Der Garten war groß genug zum Herumtollen, das Wasser blinkte; es war wie im Sommer. Auch unter den Bäumen, wo die Gäste Kaffee tranken, ging es aufgeräumt zu, gar nicht wie bei einem Abschied. Kullis Vater stand gerade auf, er war nicht groß, und lud alle ein, es sich bequem zu machen, indem er als erster die Jacke auszog; er mußte dabei so herumalbern, daß ich das Lachen unten am Wasser hörte. Kulli und zwei seiner Vettern mit hellen Oberkörpern standen schon drin und bespritzten sich, gleich würden sie eintauchen. »Was wartest du, es ist ganz warm!« Ich zeigte unglücklich auf meine Sonntagssachen. »Ach was«, Kullis Stimme gickste, »geh nach oben ins Haus. Meine Mutter wird dir was geben.« Ich rannte schon. Drei Stufen, die Diele im Halbdunkel. Ich machte eine Tür auf und stand einer jungen Frau gegenüber, die sich gerade aus- oder anzog; durch die Fensterläden drang das Licht in gelben Streifen. Sie hob schnell den Kopf, daß die dunklen Haare zurückfielen – Kullis Mutter. So zwanghaft, wie ich rotwurde, starrte ich sie an. Schultern und Arme, das exotische Gekräusel darunter, die von hellblauem Frottéstoff einzeln modellierten Brüste... Nur einen Moment, dann stammelte ich irgendwas und zog die Tür leise zu; das Gefühl des weißen Porzellanknaufs blieb in der Hand.

Das bietet sich als Schluß des ganzen Kapitels an, vorläufig jedenfalls, ich kann nichts dafür, daß es so fragmentarisch geworden ist. Ich war ja erst dreizehn. Indessen kam ich anläßlich des 40. Geburtstags von Mama ins Nachdenken, wenn das nicht zu hochgegriffen ist, über das Älterwerden, es war eher eine Trübung. Gab es kein Mittel dagegen, daß sie von einem Tag zum andern ins Lager der Alten wechselte? Ich merkte, daß es mir schmeichelte, eine junge Mutter zu haben. Ansehen tat man ihr nichts, das Haar blieb ungemischt braun, das um den Mund kam vom Lachen. Sie trug weiter mit Vorliebe den dunkelblauen Rock mit bunt getupftem Oberteil, wie um mir zu gefallen, und daß sie weniger oft ausging, hatte wohl eher mit den äußeren Zeitläuften zu tun. Ich hielt mich also nicht lange mit Zählen auf. Aus der Hand lesen, das konnte bei Geburtstagen oder auf dem Jahrmarkt vergnüglich sein, wer glaubte schon daran. Dabei hätte der Anblick ihres blassen Handrückens genügt, ihr, wenn nicht großes Leid, so die Anlage dazu vorauszusagen; die Adern dunkelten so schutzlos unter der Haut. Sie wollte zwar von einem richtigen Fest nichts wissen – »wir haben ja eben erst Lutzens Bar-Mitzwe gefeiert!« –, das entband mich freilich nicht davon, ein Geschenk für sie zu finden. Sagte sie auch gerne, daß Liebe und Gehorsam ihr genug seien, so ließ sich das schlecht überreichen, ganz abgesehen davon, daß ich mich ungern für ein ganzes Jahr festlegte. Andere Söhne in meiner Lage hätten vermutlich zu Laubsäge und Leimtopf gegriffen, die »zwei linken Hände«, die sogar Mimi mir vorzuhalten pflegte, hinderten mich daran. Ob es wirklich Ungeschick, wenn mir was mißlang, oder bloß Ungeduld war (die freilich saß tiefer), ich fand mich jedenfalls damit ab. Was hätte Mama auch mit einem mehr oder minder windschiefen, sagen wir, Nähkästchen angefangen? Das paßte nicht zu ihr. Blieb also der traditionelle Blumenstrauß; mehr gab der Zigarrenkasten, der mir als Kasse diente, wie es einem Erbteil von Onkel Fritz angemessen war, bei allem Wohlgeruch nicht her, um die Wahrheit zu sagen. Ich bekam zwar seit der Bar-Mitzwe mehr Taschengeld, sollte damit freilich auch für die laufenden Kosten der Schule aufkommen, also Hefte u. dgl., und gegen die bittersüßen Düfte, die sommers, wenn die Tür offenstand, aus dem Schokoladengeschäft Wilczek nebenan drangen, war ich noch immer nicht gefeit. Die Blumenmadam am Sophie-Charlotte-Platz kannte mich schon. »Rosa Nelken wie letztes Jahr, junger Mann?« Die gefüllte Sorte, die wie onduliert aussah; eigentlich rochen sie mir zu süß, beinah faulig, doch Mama zuliebe ... Erst als sie wirklich alt war, hat sie mir gestanden, daß sie Nelken nie leiden konnte.

Kurz danach passierte die Sache mit dem Knie. Im Winter, beim Turnen in der Halle, tat ich mich immer schwer, auch nur eine Drei zu erzielen, besonders an Reck und Barren. Auch an der Kletterstange hing ich unglücklich und suchte mit verschränkten Füßen, was meine Hände ihr zentimeterweise abrangen, festzuhalten. Beim Kastenspringen dagegen galten andere Tugenden als Beharrlichkeit, sagen wir, mehr zirzensische. Ich kam zum soundsovielten Mal gut rüber, beim Aufprall auf der Matte versagte das linke Knie. Es schwoll dann so an, daß Nathan, der Turnlehrer, mich selbst zum Arzt brachte, der drückte ein bißchen daran herum und schickte mich zum Orthopäden. Ja, der Befund, eine Zerrung des Meniskus, stellte mich gewissermaßen auf eine Stufe mit meinen Vorbildern, Hanne Sobek et al., zumindest mit einem Bein. Solange ich im Gips herumstelzte, brachte Papa mich mit dem Auto zur Schule, d.h. bis knapp vor das Roseneck, ich wollte beidem aus dem Weg gehen, Mitleid und Spott. Das ist schon alles, eine Sportverletzung, wie sie fast schon Mode war, kaum erwähnenswert. Da sie jedoch Folgen hatte, tue ich's, wenn auch nur andeutungsweise, um dich bei der Stange zu halten, Leser. Meniskus, dieser Knorpel, machte sich also selbständig und rumorte unter der Kniescheibe, falls er sich übergangen fühlte. Anfangs unterdrückte ich diese Umtriebe, und zwar wörtlich verstanden, mit dem Daumen, nachdem ich im Sitzen das Bein vorsichtig so angewinkelt hatte, daß er sich gleichsam in seine Falle locken ließ. Das tat ein bißchen weh, dafür gewann ich die Bewegungsfreiheit wieder, von der ja nicht zuletzt abhing, ob ich bei meinen Schulkameraden was galt. Später, im Kinderheim in Frankreich, ließ der Eifer, überall mitzuhalten, etwas nach, es kam vor, daß ich mich der Schwerkraft ergab, wie immer sie auch heißen mochte, Kleinmut, Unlust oder sonstwas Beschämendes, womit umzugehen ich nicht geübt war. In dieser Zeit, so mit fünfzehn, sechzehn, lernte ich, daß der Meniskus noch anders zu brauchen war. Stand mir irgendwas *bis hier,* Frühsport oder die Lehre in kalter Werkstatt, ließ ich ihn schnöde ausrasten und konnte dann, mehr oder minder guten Gewissens, den Kranken spielen. Meine Lehrer, Emigranten, keine Profis, drückten auch dann ein Auge zu, wenn sie meine Nummer durchschauten. Ein, zwei Tage gewonnen, was machte ich damit in dem Zimmerchen, das ich mit drei andern, ich konnte sie ruhig Freunde nennen, teilte? Nicht viel, die Wahrheit zu sagen. Lesen, Träumen; Alleinsein, das war's. Draußen wechselte Sonne mit Wolken, der Krieg war beständiger, und ich machte mich in meinem Schlupfwinkel klein. Mit etwas Übermut könnte ich behaupten, daß mir der vagierende Knorpel im linken Knie zu einer ganz andern Lockerung verhalf, nennen wir's Leichtsinn oder gar Anarchie, wofür mein Vater nur ein Wort gehabt hätte, »unverantwortlich«. Ich sehe, wie er es ausstößt und dabei die Brauen vorstülpt, und kann's ihm nicht verwehren. Übrigens war ich gewiß nicht der einzige, der sich damals in der Stille des besetzten Europa solchem Trug hingab; das soll keine Entschuldigung sein. Das brave Knie indes, anders als bei Chr. Morgenstern, ließ mich, wenn es nottat, nicht im Stich; im Rennen und Klettern war ich den Gendarmen allemal über.

Zurück nach Berlin. In Untertertia zum ersten Mal sollte ich mit Evelyn allein, obschon nicht auf eigene Faust, verreisen. Ein jüngerer Mann, ehemals Turnlehrer, das *ehemals* machte ihn vertrauenswürdig, fuhr mit einer Schar jüdischer Kinder nach Kärnten, wo es noch zugehen sollte wie vor dem *Anschluß*, der nahm uns mit. Die Eltern blieben in Berlin, warum, fragte man besser nicht; in Spindlermühle, hieß es, unserem letzten Ferienort, randalierten die Sudetendeutschen. Am 1. Juli feierten wir den 10. Geburtstag meiner Schwester – so wie sie aussah, konnte der nur auf einen Sonntag fallen. Ach, Kind, verzeih mir das bißchen Sarkasmus (zu dem ich beileibe noch nicht befähigt war), wie oft bist du mir als Vorbild hingestellt worden... Auf ihren Wunschzettel hatte sie mit Buchstaben, die ihren Backen so ähnlich sahen, geschrieben: »Bitte, von heute an nennt mich nicht mehr Baby!« Sie hatte recht, schon Anfang August machten wir am Anhalter Bahnhof, freilich noch in Begleitung von Mama, die ersten Schritte in die Selbständigkeit; das Hallen unter der Kuppel, das mich immer so feierlich gestimmt hatte, klang heute anders, fremder; vielleicht auch, weil wir diesmal abends abfuhren. Ja, sogar im Schlafwagen, eigentlich Papas Domäne; das enge Abteil, das dadurch noch höher wirkte, nahm mich so in Anspruch, daß ich fast das Winken vergaß. Anders Evelyn; der Zug setzte sich gerade in Bewegung, da verzog sie schon die Mundwinkel, ich wußte mir keinen Rat, als den großen Bruder herauszukehren: »Wenn du zu heulen anfängst, nenn' ich dich wieder Baby!« Unsere Reisegefährten, etliche Geschwister darunter, waren so wenig in Konversation geübt wie wir; so mußten der Turnleher – »nennt mich einfach Kurt« – und seine Helferin im Dirndlkleid die Rolle von Ersatzeltern spielen, hier den Reiseweg erklären, da ein Pflaster erneuern, bis alles – dreistöckig übereinander – im Bett lag. Durch die Nacht, so hörte es sich an, trugen uns rüttelnde Flügel. Am Morgen glänzte Österreich draußen, d. h. jetzt Ostmark, wie nach einem Gewitter; Wasser und Bergwald, Kirchen, Maisfelder. In Villach stiegen wir in einen altmodischen Omnibus um, da saßen sehr aufrecht Bauern mit schwarzen Hüten, eine alte Frau dazwischen hielt auf dem Schoß etwas Rundes, Bauchiges, in eine Serviette eingewickelt, vielleicht eine Suppenterrine.

Unser Dorf hieß Obervellach. Der Gasthof mit dem Schieferdach und ehemals grünen Fensterläden sah etwas windschief aus, dafür begrüßte uns die Wirtin, das Gesicht vom Kochen gerötet, um so herzlicher, dem Tonfall nach zu schließen. Sie hatte den langen Tisch vor dem Haus gedeckt, eine verwitterte Holzplatte, die auf Böcken lag, wir brauchten uns nur noch auf die Bänke zu setzen. Es gab einen sämigen, stark gewürzten Eintopf. Ein kleines Mädchen am Tischende fing an zu weinen, ihm ging wohl erst jetzt die Entfernung von Zuhause auf. »Wart', gleich kommt der Palatschinken!« rief die Wirtin. Was für Schinken? Nach dem ersten – wörtlich verstanden – Bißchen lachte alles über den komischen Namen. Später aßen wir dann, wohl der Nachbarn wegen, in der Wirtsstube, die Augen mußten sich erst daran gewöhnen, wenn man von draußen kam. Die Zimmer im Obergeschoß, wo wir schliefen, waren dagegen hell, um nicht zu sagen, kahl, nur das Nötigste; Geschwister konnten zusammenbleiben, mehr brauchten wir nicht. Oder doch? Der uns zugewiesene Garten bestand aus Küchenbeeten oben, Johannisbeersträuchern, leider schon gepflückt, und der großen, von Löwenzahn und Maulwurfshügeln durchsetzten Wiese, die mehrmals am Tag eine Gänseschar in strenger Ordnung durchquerte. An Auslauf fehlte es uns also nicht, eher an Zutrauen. Als wir paar größeren Jungen, fünf oder sechs, trotz der Unebenheit ein Spiel auf die Beine bringen wollten – Fußball natürlich, ein zusammengelegter Trainingsanzug hier, das Apfelbäumchen dort bildeten das Tor –, erschien sogleich im Fenster oben der Kurt und schüttelte den Zeigefinger gegen uns: kein Lärm, zum Donnerwetter! Aus demselben Grund vermutlich sollten wir auch den Teich unten, falls das Schilf uns nicht sowieso abhielt, meiden; es stimmte freilich, man sah es beim Stochern, daß der Boden morastig war. Ein reichliches Dutzend Kinder, zusammengewürfelt nach Alter und Schulen, wußten wir auch bei dem Ferienwetter, das unentwegt herrschte, nichts Rechtes mit uns anzufangen; über das einzige, was uns verband, ich meine, zusammenband, die Herkunft, sprach man nicht gerne. Kurt und seine Helferin oblagen indessen dem Sonnenbad und zogen sich gleich nach dem Essen in ihr Zimmer zurück. Dann traute sich der eine oder andere von uns hinunter ins Dorf, wo selbst die

Hunde Mittagsschlaf hielten; die Straße sah wie gepudert aus. Drei Stufen erhöht, dämmerte hinter der Kirche der einzige Laden, der Greißler, sagte man hier; wer die Tür aufstieß, wurde von dem scheppernden Alarm erschreckt, den er selber auslöste. Drinnen war kunterbunt soviel aufgestapelt, daß man erst nur die Gerüche wahrnahm: Schmierseife, Käse, Wollknäuel, alles Mögliche. Dazwischen war gerade noch Platz für die kleine alte Greißlerin und die Fliegen, beide in Schwarz. Die Drops, die ich regelmäßig dort kaufte, saure oder mit Himbeergeschmack, taugten als Mittel gegen Heimweh ebenso wie als Spielgeld. Neben der Tür draußen hing ein Reklameschild aus Email, das Waschpulver habe ich vergessen, nicht aber die Frau, die darauf tanzte, daß ihr weißes Kleid sie umwehte. Weniger die Fliegen- und Rostflekken als ihr weißes, tief in die Stirn gezogenes Hütchen zeigte an, wie lange die Zeit hier schon stillstand; so ein Hütchen hatte Mama in dem summenden Glasschrank getragen, unserem Aufzug in der Reichsstraße. Dennoch hatte unzweifelhaft jeder Bauer hier teil an der Welt, so sehr die Höfe sich auch von der Straße abwandten. Das war es wohl, was ich verstohlen an den Gängen ins Dorf genoß, ich meine nicht nur die Drops. Zu uns oben drang die Welt nur einmal am Tag, wenn die Briefträgerin kam, auch das nur gerüchtweise; freilich, der Hitler auf den Marken war kein Gerücht. In den Briefen der Eltern stand eigentlich immer dasselbe, nichts zum Beißen; das mußte man ihnen ja auch zuhause erst entlocken, und hier scheuten sie sich zudem wohl, daß die Briefe geöffnet würden. Mama schrieb in lockeren Voluten und Schleifen, ganz das Abbild ihres Plaudertons, mit derselben *königsblauen* Tinte, die auch ich noch immer vorziehe, Papas Anschriften kamen schräg aus der Hand wie ein gezückter Degen. Fragen nach unserem Ergehen, Familienklatsch, zärtliche Ermahnungen; davon, daß sie aus Angst vor nächtlichen Besuchern oft nicht zuhause schliefen, kein Wort, ich kam durch einen Versprecher erst später darauf.

Hatte ich einmal geglaubt, die Wirklichkeit sei Betrug? Inzwischen sah ich ein, daß sie, allen Verdächtigungen zum Trotz, standhielt, mit *eherner Stirn*, im damaligen Ton gesprochen, während wir uns, wenn's hochkam, gerade noch am Rand aufhalten konnten, unter unseresgleichen. Vielleicht hatte ein Mitschüler, der unverhofft ausgewandert war, noch daran gedacht, eine Karte für den ›Barbier von Sevilla‹ in der Schule zu hinterlassen, so kam ich zu meinem ersten Theaterbesuch. ›Das weiße Rößl am Wolfgangsee‹ zählte nicht, das lag zu lange zurück. Mama hatte noch tagelang den Titelwalzer gesungen, etwas falsch, wie es ihre Art war, und ich machte den Pikkolo nach, sogar den Namen des Schauspielers habe ich behalten, Gustl Gstettenbauer – eine Nebenrolle, gewiß, doch wie er das Tablett voller Teller durch die Aufbauten im Zirkus Schumann balanciert hatte, dabei noch singend ... bis Mimi die Teller wegschloß. »Tempi passati«, hätte Onkel Fritz gesagt. Jetzt fuhr ich also allein, etwas von Papa entlehnte Brillantine im Haar, zum Theater des Jüdischen Kulturbundes in der Kommandantenstraße; ein Viertel, von dem ich nicht mal den Namen wußte, der ihm anhing: Ghetto. Mein Platz war auf der Empore, eine kahle, schwach beleuchtete Treppe hinauf, die, wie es sonst nur in Träumen vorkommt, zum Nachbarhaus gehörte; von hier oben sah ich alles. Ein Teil der Zuschauer saß schon, andere begrüßten sich mit gespielter Überraschung, als wenn auch sie zum Theater gehörten. Es klingelte wie in der Schule, dreimal, die letzten drängelten sich, während es langsam dunkel wurde, unter Entschuldigungen zu ihren Plätzen. Jetzt brannten nur noch vorne, im Orchestergraben, Lämpchen. Von seitwärts tauchte dort der Dirigent auf und verbeugte sich irgendwohin, wo zaghaft geklatscht wurde; wie er nun das Orchester, so dicht gedrängt es auch saß, in Wellen von Klang bewegte, das verfolgte ich, sagen wir, als einen sublimen Ringkampf. Ich ließ mich von der Ouvertüre, als wenn sie mein Element wäre, leicht nach Sevilla tragen, wo es wirklich spanisch aussah, weiß und grün, daß im Dunkeln, als der Vorhang aufging, ein Raunen ertönte.

Wer kennt nicht den ›Barbier von Sevilla‹! Ob Figaro schon etwas Bauch hatte, die Rosine mehr, als einem Mündel anstand, ihre Stimme strapazierte, wenigstens für einen im Saal spielten und sangen sie unvergleichlich. Ich klatschte in den Schlußakkord hinein und weiter, dringlicher, um die ersten Zuschauer am Aufbruch zu hindern. Was hatten es die Banausen so eilig! Draußen empfing uns ... das Altbekannte, vielleicht noch ein bißchen schäbiger als sonst. Auch das kennt jeder, er muß nur mal ins Kino gegangen sein. Die Gesellschaft hatte sich mehr oder minder bereits in der Garderobe unkenntlich gemacht, zum Abschied genügte eine Verbeugung, ähnlich der des Dirigenten am Anfang, reihum. Selbst das Theater verbarg sich hinter einer alltäglichen Fassade. Hier in der Kommandantenstraße, irgendwo stritten sich zwei, war mir zumute, als hätte ich einem doppelten Schauspiel beigewohnt; auch das Publikum machte sich etwas vor. Ich versuchte erst gar nicht zu ergründen, was, so undeutlich war es, gemessen an den Vorgängen auf der Bühne. Probieren wir's also jetzt. Jeder hatte sein Bestes gegeben, Sänger wie Musiker, ja selbst wir, indem wir uns feinmachten, nur an der rechten Spannung fehlte es, die paar Novizen wie mich ausgenommen. Es gab für unsereins in ganz Berlin nur noch dieses Theater, wir blieben gewissermaßen in der Familie; da schont man einander ... das Gran Geringschätzung nicht zu vergessen. Zudem waren wir nicht mal ganz unter uns: die

SS-Männer in der Pause, so unauffällig sie in der Ecke standen... Zwei solcher Aufpasser in der ersten Reihe, da mochten der Graf, Rosine *e tutti quanti* singen, was die Musik hergab, ja ihr Mut – die Übermacht im Saal blieb zerstreut.

Sogar zuhause gab es Anzeichen, daß etwas nicht stimmte. Wie jedes Jahr bereitete ich mich im Herbst auf die fällige Auseinandersetzung vor, bei der ich bisher immer den kürzeren gezogen hatte, doch, je früher es abends dunkel wurde, Mama schien die langen Strümpfe, um die ging es, einfach vergessen zu haben. So sehr ich frohlockte, letztlich war ich doch enttäuscht. Irgendwas mußte draußen, jenseits des Lietzensees, passiert sein, es klang... nein, zu hören war nichts, nur daß die Wohnung, wie sage ich, den Atem anhielt. Papa saß ohne Krawatte beim Frühstück, schon das war ungewöhnlich, und auch ich sollte trotz Klassenarbeit zuhause bleiben. Komisch, ich wehrte mich dagegen nicht nur zum Schein. Nebenan, im Herrenzimmer, klingelte das Telefon, die Tür war nicht ganz zugeschoben, so bekam ich durch den Spalt alles mit; die brennenden Synagogen, die eingeschlagenen Schaufenster, die Plünderungen. Ich suchte mir vorzustellen, daß es auf den Straßen wie nach einer Silvesterfeier aussah, handlicher wurde der Schrecken dadurch nicht. Ein Jude (»Judenjunge«, hieß es wohl in der einschlägigen Presse) mit unaussprechlichem Namen sollte einen deutschen Botschaftsattaché in Paris, adlig noch dazu, erschossen haben. Noch vor Mittag kam Mimi aus Pankow, als sei das ein Katzensprung, »mal nach dem Rechten sehn.« Nur ihr Ausgehkleid war ungewohnt, und daß sie wie ein Besuch im Eßzimmer saß; Evelyn, die jüngste, wußte am besten, was da zu tun war, sie setzte sich ihr zu Füßen. Ich schützte Hausaufgaben vor. Draußen wurde es schon dunkel. Es klingelte. Eine Männerstimme. Dann Mimi wie früher, wenn Hausierer kamen, nur noch förmlicher. Ich hörte die Tür zum Wohnzimmer zuklappen, dann, so sehr ich das Herzklopfen zu bändigen suchte, nichts mehr. Schließlich stand ich vom Pult auf und schlich in die dunkle Garderobe, der Spiegel schnitt mir eine Geisterfratze. Langsam drückte ich die nächste Klinke herunter. Das Wohnzimmer lag in einem Licht, wie ich es nie gesehen hatte, kahl. Von der Stehlampe in der Ecke kam das nicht, eher vom Gesicht meines Vaters, der seltsam entkräftet daneben auf der Couch saß. Vor ihm, nur von dem niedrigen Teetisch aufgehalten, standen zwei Männer in hellen Regenmänteln, auch davon konnte das Licht ausgehen. Eben wandte sich der kleinere, der den Hut aufbehalten hatte, nach mir um: »Da ist ja noch ein junger Jude!« Es klang eher interessiert als bedrohlich. »Das Kind!« schrie Mama, »lassen Sie das Kind« – und stieß mich, ehe ich den Mund aufmachen konnte, aus dem Zimmer. Ich sah gerade noch, wie Mimi den kleinen Koffer brachte, den mit dem Flecken von Eau de Cologne im Futter, dann fiel die Tür zu.

Sie haben meinen Vater weggeführt. Ich habe sie nicht aufgehalten. In der engen Garderobe, Mann gegen Mann, hätte sich's erweisen können, ob ich noch ein Kind war. Nicht mal die Kraft, aus dem Fenster zu lugen, so nah mein Pult stand. Da sind sie dann auf den Kaiserdamm getreten, die hellen Mäntel, er mit grauem Hut dazwischen, er wird auch das Köfferchen getragen haben. Hat sie von den Nachbarn wer gesehen? Ich saß vor dem unterbrochenen lateinischen Satz und schrieb nicht weiter.

Alle Welt huldigt Daten, gar historischen, weil sie dem, was wir so zusammenleben, eine Art Legitimität verleihen. An diesem 10. November 1938 ist mir in der Tat die Kindheit abhanden gekommen, so wenig ich gleich was anderes fand. Ich sah zum ersten Mal meines Vaters Hilflosigkeit. Nicht mal das stand ihm zu in dem großen Heer, das zusammengetrieben wurde, wohin, wußte jedermann. Selbst die Kurzform des allgegenwärtigen Begriffs, von den einen aus Furcht, von andern in einer Art von Vertraulichkeit benutzt, kam uns nicht über die Lippen, als wenn das *unsern Vater* (so nannte Mimi ihn, die jetzt öfter kam) davor hätte bewahren können. Mama besprach jetzt oft, was zu tun war, mit mir, vielmehr hörte ich zu und stand noch am Fenster, wenn es auf ihren Bittgängen spät wurde. Sie bekam bald heraus, in welches Lager sie ihn gebracht hatten; Sachsenhausen oder Oranienburg, ein Schauder begleitete die Namen. Auf der Postkarte, die er schließlich schreiben durfte, stand freilich nur Allgemeines nach Art von Feriengrüßen; wir lasen daraus, Mama wohl deutlicher als ich, daß es bei der Frist von »ein paar Tagen«, mit der sie auf den Ämtern immer vertröstet wurde, nicht bleiben würde.

Es dauerte fast auf den Tag einen Monat. Evelyn malte auf eine Postkarte unser Haus, sogar mit Schornstein, dafür hatte es nur drei Fenster, aus denen jeweils eins von uns nach ihm Ausschau hielt, ich fügte auf der Rückseite Grüße in Sonntagsschrift hinzu, einmal ohne seine Ermahnung. »Ist Post gekommen?« Die Frage unterließ ich bald. Der Schulbetrieb ging weiter, obwohl auf den Stundenplan kein Verlaß mehr war; das bedrückte die Untertertia weniger als der Grund dafür, den Fräulein Heine uns nicht vorenthalten konnte; auch unsere Lehrer waren abgeholt worden, in *Schutzhaft*, wie die amtliche Bezeichnung lautete. Nur die Mathestunde, ausgerechnet, fand wieder regelmäßig statt, weil Knullchen Neufeld als Kriegsversehrter bald entlassen wurde. Selbst ihm hatten sie die grauen Haare abgeschoren. Uns stand der Sinn sowieso nicht mehr nach Streichen.

Ich frage mich, ob ich die Spuren dessen, was wir nicht

zu benennen wagten (fast wie die Frommen den Namen Gottes), überhaupt wahrgenommen habe. Nichts, so wenig wie ein Täter. Auf den Kurfürstendamm, wo *sie* am schlimmsten gehaust haben sollten, führte mich seit Kullis Wegzug nichts, an der Strecke zum Roseneck gab's nur wenig Geschäfte. Auch wenig Verkehr übrigens, was mein Glück war, so achtlos, wie ich das Rad lenkte.

Oft, wenn wir von der Schule nach Hause kamen, lag in der Garderobe nur ein Zettel von Mama, wann sie zurück sein würde – »voraussichtlich«. Eine Behörde hatte sie an die nächste verwiesen, oder es kannte jemand einen in dem und dem Ministerium, der vielleicht ... Mehr bedurfte es nicht, daß sie sich auf den Weg machte, wo sie doch früher ohne Mittagsschlaf »gar kein Mensch« sein zu können erklärte. In der Küche stand das Essen für uns, Eintopf oder was Schnelles wie Bauernfrühstück, das Aufwärmen überließ ich Evelyn, das verstand sie schon besser als ich. Wir aßen gleich in der Küche, wo wir uns Mimi nahe fühlten, der Tisch im Eßzimmer hatte trotz gehäkeltem Deckchen rundum etwas Abweisendes. Wenn am Nachmittag sich der Schlüssel in der Wohnungstür drehte, war ich anfangs gleich hingelaufen, dann bezähmte ich mich und wartete, bis Mama von sich aus kam. Selbst die Enttäuschung, so traurig das ist, wurde uns zur Gewohnheit, das Kopfheben und der gesenkte Blick.

Dann kamen Gerüchte von Entlassungen auf. Bis Ende der Woche, hieß es; an keinem Sonntag zuvor hatten wir so auf jedes Knarren des Parketts gehorcht. Am Montag nahm ich die letzte Schulstunde frei, früher undenkbar, und fuhr nach Hause. Unterwegs kein Zeichen, Hubertusallee, Halensee, nichts. Aber in der Garderobe hingen sein Hut und Mantel. Nur noch ein paar Schritte ... die wurden mir schwer. Das Wohnzimmer bekam Licht vom Freien, weil die Schiebetür geöffnet war, und da saß er, das Fenster im Rücken, am Schreibtisch, in dem Mama, vornübergebeugt, irgendwas suchte. »Komm doch, Junge ...« Und ich kam.

Das Gefühl seiner Bartstoppeln, gerade weil ich ihn noch nie so erlebt hatte, brachte mir die Gewißheit, daß er es war, kein Trug. Freilich, als er aufstand, dachte ich einen Moment, sie hätten den Anzug bei der Rückgabe vertauscht, so weit war er ihm geworden. Nein, es war der Anzug, auf dem es in Fäden zu regnen schien. Anstelle des Doppelkinns hing lappige Haut. Ich war darauf gefaßt, daß er wie alle Entlassenen aussehen würde, ich meine das geschorene Haar –: »Das wächst nach«, sagte er begütigend, als er meinen Blick sah. Das Gespräch ging mühsam vonstatten. Er fragte auf einmal nach der Schule, obwohl es gar keine Zeugnisse gegeben hatte; meine Schwester rannte gleich nach ihrem Heft, er setzte die Brille auf und studierte die runden, geradezu pausbäckigen Schriftzüge, die wie auf eine Schnur gereiht waren, mit solcher Hingabe, daß mir schon bange wurde. »Schön schreibst du, Kind.« Einmal empfand ich darin keinen Vorwurf gegen mich.

Wovon redeten wir. Von Alltäglichem, soweit sich was aufbieten ließ. Das, worüber mein Vater schwieg, hatte den Alltag abgelöst. Erst später, ich glaube, schon auf dem Schiff, fing er zu reden an – nur dieses eine Mal. Eine harmlose Episode, vergleichsweise, soll ich die nacherzählen? Wo doch das Unheil längst keine Fratze mehr, sondern ein Allerweltsgesicht trägt ... Meinem Enkel zuliebe, wertes Publikum; er wird es brauchen können.

Die erste Nacht im Lager, es war November, hatten sie, so mein Vater, im Freien zubringen müssen, bewacht von SS-Leuten mit Hunden (Schäferhunde, ich gebe zu, daß ich was gegen diese Tiere habe, obwohl sie doch nur ihren Herren gehorchen). Keiner der Gefangenen wußte, wohin man sie gebracht hatte, es herrschte Redeverbot. Morgens erschienen die höheren Chargen zum Appell und schritten die Reihen ab, viele tausend barhäuptige Männer. »Was warst du, Jude?« Da mochte einer antworten, was er wollte, Kaufmann, Arzt, Journalist, er wurde wüst beschimpft, wenn nichts Schlimmeres. Das verschwieg mein Vater. Als die Reihe an ihn kam, er hatte Zeit zum Überlegen gehabt, sagte er: »Vertreter.« Der litzengeschmückte Peiniger wiederholte das Wort etwas ratlos, es fiel ihm wohl nichts Beleidigendes dazu ein. Da trat ein weißhaariger Mann vor, großgewachsen, »in einem Ledermantel wie ein Goj«, und sagte mit fester Stimme: »Bankier.« »Bankier!« Die Wiederholung sollte ihn fällen, »sag lieber, du hast das deutsche Volk um seine Ersparnisse gebracht!« »Nein, vier Jahre im Krieg mit Kanonenkugeln gespielt!« Ich war vierzehn, da behält man so eine Antwort.

Zu einem auch nur halbwegs geregelten Alltag haben wir's dann nicht mehr gebracht, dazu fehlte nicht nur der Rahmen, Pflichten, Gewohnheiten usw., auch der Inhalt, gewissermaßen, das Zutrauen. Wollte mein Vater, das hatte er unterschreiben müssen, einer neuerlichen Verhaftung entgehen, mußten wir schleunigst auswandern. Wieder scheue ich davor, das allseits Bekannte noch einmal zu wiederholen, für wen denn! Inzwischen kann man die Völker zählen, die keine Fluchtwelle erfaßte. Die Juden indes werden immer wieder an ihr Schicksal gemahnt – nicht zuletzt durch die, die es bestreiten –, wie sollte ich davon absehen? Nur ein Umriß mit spröder Feder, Arnon, du kannst ihn ausmalen, später, wenn du groß bist.

Um die Jahreswende 38/39 war kaum mehr ein Land in Sicht, weder Eiland noch Wüstenei, das Juden aus Deutschland – ausgenommen die paar, die mächtige Fürsprecher hatten – aufnahm; kein Wort hörte man häufiger als »Beziehungen«. Eine internationale Konferenz, ich glaube, am Genfer See, wo es schöne Hotels gibt, beriet über Schritte zu unserer Rettung und vertagte sich dann mit allgemeinen Ausdrücken guten Willens. Die deutschen Behörden, dieselben, die Druck auf uns ausübten, nahmen das als Ermutigung für verstärkte Raubzüge. »Judenabgabe«, »Reichsfluchtsteuer«, das waren ein paar der Vokabeln, die ich bei Tisch aufschnappte. Da gab es ein Für und Wider wohl allenfalls darüber, welches Ministerium die Sache in die Hand nahm: was Juden besaßen, war jedenfalls unrecht Gut, also her damit, solange noch Zeit war. Ein Haus, Grund und Boden hatten meine Eltern nie besessen, ›Wimpel‹, die Fabrik, war längst »arisiert«, die Ersparnisse abgeliefert, dann also noch Silber und Schmuck. Was sie davon abzweigen konnten, bekam Mimi zur Erinnerung; Teelöffel aus der Gründerzeit, Fotos im Silberrahmen, sie hat alles getreulich über den Krieg bewahrt. Sogar der Serviettenring von Oma Trude kam wieder zum Vorschein, etwas zerbeult, ich benutze ihn darum um so lieber. Er trägt die verschlungenen Initialen ihres Mädchennamens, über und über mit Wiesenblumen und Gräsern verziert. Waren da nicht ihre Erwartungen eingraviert? Dann die Kinder, sieben, zwei starben früh, auch Freuden, beständiger die Sorgen. Genug, genug.

Was Mama, als unser Vater zurückkam, in seinem Schreibtisch gesucht hatte – oder gab sie's nur vor, um die Tränen zu verbergen? – war die Korrespondenz mit Mr. Wilkoff in Pittsburgh. Dem galt jetzt der erste Hilferuf, bei dessen Abfassung sogar ich konsultiert wurde, obwohl meine zwei Jahre Schulenglisch uns noch lange nicht Amerika näherbrachten. Wenn Papa von seinen Gängen zu Konsulaten und Ämtern nach Hause kam, hatte er so einen Blick ... als wenn er zu lange auf den leeren Horizont gestarrt hätte. Die meisten, mit denen er vor den verschiedenen Schaltern anstand, kannte er schon beim Namen. Blieb einer mal aus, hieß es: »Der hat's geschafft«, wohin auch immer, Schanghai, Bolivien. Dieses Warten und Drängeln stellte ich mir als eine Art *Reise nach Jerusalem* vor, jenes auf Kindergeburtstagen beliebte Spiel, nur daß es hier unter den Vätern wohl nicht so wild zuging. Eine Weile sah es so aus, als böte sich auch uns ein Stuhl, um im Bild zu bleiben, in Bolivien; Hauptstadt La Paz, auf einem Hochplateau gelegen, das Klima trocken und kalt. Mama ging schon warme Sachen besorgen, während ich meiner Schwester, um sie zum Lachen zu bringen, die Namen aus dem Schulatlas vorsagte: »Titicacasee, Lago de Poopó!« Da die Indios auf dem Hochplateau vermutlich keine Hemden benötigten, wollte Mama die Familie so lange ernähren, bis Papa sich dort zurechtfand; ein Mittagstisch für Einwanderer vielleicht. Wie in ihrer Mädchenzeit besuchte sie noch einmal einen Kochkurs, übte sogar zuhause dafür; das Prüfungsgericht war eine Hammelkeule, in deren Saft die Kartoffeln schmorten, dazu dicke rote Bohnen. Die ganze Wohnung duftete nach Bolivien.

Das Haar meines Vaters war schon fast nachgewachsen, da eröffnete er uns eines Mittags, daß wir nun doch nicht nach Bolivien auswandern könnten; das neue Ziel hieß Kuba, Havanna auf Kuba. »Das ist viel besser, da haben wir's näher nach Amerika.« Damit war immer Nordamerika gemeint, New York, was meine Mutter unweigerlich als »Ju Jork« aussprach. Peu à peu bekam ich heraus, was unserem Kompaß – um nicht Herz zu sagen – diesen Ausschlag in Richtung Karibik gegeben hatte: ein Angestellter des Konsulats, ob nun auf eigene Rechnung oder *im Auftrag*, trieb mit den Einreisevermerken – je nach Land hießen sie Visa oder Permits – diskret Handel, und zwar in Dollars, ich glaube, 250 pro Kopf. Damals viel Geld, zudem nur unterderhand zu beschaffen; ein deutscher Staatsbürger – wie sehr war mein Vater das immer noch – riskierte dabei schon einiges, ein Jude entsprechend mehr. Ihm blieb keine Wahl. Nach Zahlung der Zwangsabgaben wird das übrige Geld gerade für den Mann im Konsulat – »man muß schon froh sein, wenn einer Geld nimmt« – und die Schiffsüberfahrt gereicht haben. Auch da hatten die eifrigen Behörden eine Schikane ersonnen: da es vorgekommen war, daß Auswanderer am Bestimmungshafen abgewiesen wurden, mußten jetzt einfach alle von vornherein die Hin- und Rückfahrt nach Hamburg bezahlen; es kam schon nicht mehr darauf an. »Im Mai s-techen wir in See«, sagte Papa, als er uns die Schiffskarten zeigte; Hamburg-Amerika-Linie, Touristenklasse. Wenn er ins Hamburgische fiel, war's immer ein Zeichen von guter Laune, etwas gezwungen hörte es sich gleichwohl an.

Inzwischen ging ich weiter in die Schule; die Villa am Roseneck, der leicht ansteigende Garten, das war alles noch beim alten. Fräulein Heine, ein wahrer *rocher de bronze*, hielt den Stundenplan zusammen, obwohl immer häufiger ein Lehrer ausfiel. Ausgewandert, »über die grüne Grenze«, geduckt, wie wir waren, fragten wir nicht viel. Nach den Weihnachts-, vielmehr Chanukkaferien, griff sie wahrhaftig zu dem letzten Mittel, wenigstens die Schulordnung zu retten, sie verschickte Blaue Briefe. Auch an meine Eltern: »Die Versetzung Ihres Sohnes ... in die Obertertia ist gefährdet, falls seine Leistungen ...« Ich schaffte es dann gerade noch so mit ein paar häßlichen Vieren, aber da nahm schon niemand mehr so recht Notiz davon. Uns stand ja eine Versetzung anderer Art bevor.

Seit Papas Rückkehr, muß ich das betonen, galt wieder *sein* Wort in der Familie. Wenn er's nur gesagt hätte ... Er hörte Evelyn oder mir wohl zu, doch was immer wir zu erzählen hatten, erreichte ihn offenbar nicht. Vielleicht redeten wir ja auch leiser als sonst. Das bevorstehende Chanukkafest hätte ich dafür gegeben, daß er zu uns zurückfinde, was gab es sonst zu feiern. Dann überraschten mich die Eltern mit einem Geschenk, an das nichts, was ich mir vielleicht trotz allem, sozusagen hinterrücks, gewünscht hatte, herankam. Als wollten sie den Einsturz der Gegenwart damit verdecken, so war das. Bisher hatte für die Ferienphotos, sofern das Objekt stillhielt, meine alte Box ausgereicht; nun hielt ich ein Gerät in Händen, das ich mir noch gar nicht zutraute, eine Rolleicord. »Damit kannst du *draußen* vielleicht schon etwas Geld verdienen«, sagte Papa mit einem Anflug von Lächeln, »bevor ich soweit bin.« So hatte er noch nie mit mir geredet. Inzwischen nahm ich das Geschenk mit allen Sinnen in Besitz, das ging bis zum Geruch der Ledertasche. Die Kamera mit ihren zwei Objektiven, das obere zum Einstellen der Entfernung, das untere für die Aufnahme; auf Knopfdruck sprang oben der Verschluß auf und bildete einen Schacht, auf dessen Grund ich das künftige Bild gewissermaßen vorgespiegelt sah. Es atmete noch, wenn ich's, am seitlichen Knauf langsam drehend, aus seinem wolkigen Zustand in die Nähe holte.

Gleich im Januar ging ich, das Handwerk zu lernen, in die Schlüterstraße zu einer Photographin, zwei Nachmittage in der Woche. Fräulein Möller, so hieß sie, trug das kurze Haar nach Männerart gescheitelt und sprach mit rauher Stimme, das kam sicher vom Rauchen. Ich hatte mir beim ersten Besuch die Kamera nach Art von Globetrottern über die Schulter gehängt, aber weit gefehlt, die Lehrerin empfing mich im Arbeitskittel. »Erst mußt du in der Dunkelkammer firm sein.« Meine Enttäuschung war zumindest etwas voreilig; nachdem die Augen sich an die bläuliche Dämmerung gewöhnt hatten, fand ich mich in dem engen Raum, ursprünglich wohl das Badezimmer, bald zurecht. Der Vergrößerungsapparat zeigte ein fremdes, gewissermaßen entleibtes Bild, dafür traten die Strukturen hervor. »Knipsen«, grollte die Lehrerin, »kann jeder, hier entscheidet sich's erst.« Mit einer Gummischürze angetan, griff ich, wie sie's mir gezeigt hatte, mittels einer Art Wäscheklammer das belichtete Papier am Rand und schob es waagrecht, mit sanftem Schwung, daß es gleichmäßig bedeckt war, in das Entwicklerbad ein. Waren die Bilder fixiert und schwammen in der Wasserschüssel, konnte nichts mehr passieren. Sie wellten und rollten sich zwar, daß es eine Art war, während des Trocknens auf Löschpapier, die Lehrerin, Zigarette zwischen den Lippen, faßte indes oben und unten den Rand und zog sie über die Tischkante straff: »Da!« Die Gerüche der verschiedenen Lösungen, dazu der Rauch von Orientzigaretten – davon ließ die Möller selbst in der Dunkelkammer nicht ab – vermittelten mir bald eine Art Heimatgefühl. Ja, in einer Dunkelkammer unterzukriechen, habe ich mir später manchmal gewünscht, mit wechselndem Erfolg.

Ins Freie ging's noch immer nicht. Aufnahmen mit der Plattenkamera, die auf einem Stativ aus massivem Holz stand, im Atelier, links und rechts mit Gazetüchern verhängte Lampen, das gefiel mir schon, das Retuschieren dagegen ... Wenn ich auch einsah, daß Flecken und Warzen unschön waren, die Prozedur mit Federmesser und spitzem Bleistift erforderte jedes Mal Überwindung, da Ungeduld mir die Hand führte. Es wurde März, bis ich zu Außenaufnahmen kam. Am Funkturm, ganz in der Nähe des Kaiserdamms, gab's eine große Ausstellung, Autos, Lastwagen mit allem Drum und Dran, dort, meinte die Lehrerin, sollte ich mir ein Motiv suchen. Freilich, das meiste war in den Hallen zu sehen, das versuchte ich lieber nicht, zumal auf dem breiten Bürgersteig draußen noch genug herumstand. Die Stadt war wieder einmal voll beflaggt, man feierte den Einmarsch in Prag. Wer achtete da schon auf einen ordentlich gekämmten Jungen in Knickerbockern (meinen ersten), auch wenn er nicht mal ein Abzeichen trug? Im Schutz der *Rollei*, die mir vor der Brust hing, fühlte ich mich sicher. Da ragte ein Auto, ein schnittiges Kabriolett, auf einem mannshohen Wagenheber dramatisch in den Himmel. Ich ging um das Monument herum, prüfte das Licht, den Ausschnitt; ja, Schönwetterwolken im Blau, das versprach einen guten Hintergrund. Nun das Stativ aus Leichtmetall aufgestellt, auch das zum ersten Mal; die Sonne nicht ganz im Rücken, ein bißchen seitwärts, fixierte ich im Schacht meine Beute, stellte sie mittels der dort angebrachten Lupe scharf, jetzt... Als ich den Kopf hob, kam ein Herr im Sportanzug näher, er hatte mir wohl schon eine Weile zugesehen. Der Aussteller. »Guten Morgen.« Sagte er das? Den *Deutschen Gruß* hätte ich nicht erwidern können. »Wir freuen uns über Ihr Interesse. Vielleicht können wir die Aufnahmen für die Werbung brauchen... Hier meine Karte.« Für voll genommen zu werden, was gab es Schöneres, und doch wurde mir kalt vor Schreck. Durfte ich denn mir nichts, dir nichts so einen Wagenheber *made in Germany* aufnehmen? Bestimmt nicht Handel damit treiben. »Ich muß erst meine Lehrerin fragen«, stammelte ich, »es ist nämlich für eine Prüfung.« Aus dem Hintergrund, wo ich sie mit den Augen suchte, kam Fräulein Möller heran. »Erst mal sehn, wie's geworden ist«, sagte sie beruhigend. Damit war der Angriff fürs erste abgeschlagen. Sie sind übrigens »geworden«, die Photos vom Wagenheber, kein Wunder bei dem Märzlicht. Eine Vergrößerung, 13x18, nahm ich nach Hause, für die Eltern, und um sie in meinem Zimmer an die Wand zu heften. Dann bekam ich's doch mit der Angst: der Raub an der Wirklichkeit war allzu offensichtlich.

Die ›Neue Foto-Schule‹, noch ein Geschenk der Eltern, begleitete mich dann sogar auf die Große Reise, obwohl ich sie wenig gebraucht habe. Immer dasselbe, bis ins Alter; statt mit der Theorie mich aufzuhalten, probier' ich's auf gut Glück. Ungeduld. Die Beschreibung war mir zu flächig, eine Wüste mit Kakteen, ich meine die Fachausdrücke, selbst die Abbildungen, ob Häuser, Aufmärsche oder Bauern beim Pflügen, boten der Phantasie wenig Nahrung. Doch, eine, hinten im 2. Teil, die entdeckte ich erst als *Fortgeschrittener*, freilich auf anderem Gebiet. Ein Photo rechts oben auf der Seite wie eine Briefmarke, ich find's auch ohne das Buch: da lag eine junge Frau, nichts Besonderes, im Bett, das aufgelöste Haar (blond natürlich, falls das Blond natürlich war) auf dem Kissen. Auch das Gesicht mit der kurzen Nase, von links durch eine Schirmlampe beleuchtet, sah gelöst aus (Weichzeichner!), dieweil das züchtig verrutschte Nachthemd gerade den Brustansatz freiließ, nur die zarteste Andeutung, das genügte mir. Bald darauf kam der Krieg, doch so leicht mein Gepäck auch wurde, das Buch war lange dabei, wenn nicht als ›Foto-‹, so als Liebesschule.

Noch sind wir aber in Berlin. Die Eltern, ausgeplündert, wie sie waren, schien kurz vor der Auswanderung ein wahrer Kaufrausch zu erfassen. Sie gingen indes aus Vorsorge ans Werk, denn außer den *Gegenständen für den persönlichen Gebrauch* durften Auswanderer nur zehn Mark pro Kopf in Devisen mitnehmen. Mama fuhr wie in alten Zeiten – klingt das altklug? Aber von der Reichsstraßenzeit trennten uns mehr als ein paar Jahre – wieder regelmäßig »in die Stadt«, einen Tag um den andern klingelten Lieferanten, und zwar ungeniert an der Vordertür, als werde da ein Hausstand gegründet, nicht aufgelöst. Das Herrenzimmer, längst nicht mehr der Ort geheimnisvoller Konferenzen, diente als Zwischenlager, da stapelten sich Bett- und Tischwäsche auf Vorrat neben einem mannshohen Eisschrank, einer Reisenähmaschine usw. Mich zogen mehr die exotischen Sachen an, Moskitonetze oder ein Kleiderschrank aus Blech, der das Ungeziefer abhalten sollte. Den Anproben von Kleidern »auf Zuwachs« unterzog ich mich weniger gern, obwohl die mit Nadeln festgesteckten Ärmel auch etwas von Flügeln hatten. Evelyn wurde bald elf, in dem Alter gingen die Mädchen drüben wohl schon als Señoritas. Ich bekam zwei Anzüge, richtig mit langen Hosen, weiß und dunkelblau, für Gott weiß was für Anlässe. Der Schneider, eine Bekanntschaft, die Papa beim Anstehen gemacht hatte, war nicht so sehr mürrisch, als daß er der Nadeln wegen die Lippen zusammenpreßte. Das Leinen kratzte mich an den nackten Beinen. Dies als Momentaufnahme von unseren Vorbereitungen; schneller, als ich in sie hineinwachsen konnte, sind die Anzüge verschwunden; der Vergleich mit den Flügeln war nicht so weit hergeholt.

Indessen hatten die Zurüstungen doch ihr Gutes, man war beschäftigt und kam nicht zum Nachdenken; alles besser, als darauf zu warten, was etwa noch über uns verhängt wurde. Das ereilte den Onkel Paul.* Auch ihn hatten im November die Männer in hellen Mänteln geholt, doch kam er dank seinen Verbindungen – der Baron vom Olympischen Komitee! – schneller frei als Papa. Falls auch er ans Auswandern dachte, so behielt er das für sich; er traf sich weiter, als sei nichts geschehen, mit seinen Freunden, wie ich Papa einmal sagen hörte, »vom andern Ufer«. Jüngere Herren, dem Auftreten nach; sah man ihnen ins Gesicht, waren sie gar nicht so jung, nur das Haar, gelb oder fahl, glänzte noch metallisch. In ihrem Kreis galt es wohl als schick, Witze, auch der bedenklichen Art, zu erzählen, da hat er mithalten wollen, der arme Kindskopf. Glaubte er, durch Unbedachtheit Eindruck auf sie zu machen? »Wände haben Ohren«, das wußte damals jeder. Eines

* Vgl. die Anmerkung auf Seite 93.

Morgens, es roch schon nach Frühling, stand die Tante Anna vor unserer Tür, allein. Das war schon ungewöhnlich genug, doch »Paul –« sagte sie mit verzerrtem Gesicht, und auf die heisere Frage meines Vaters: »Heute früh. Gestapo.« Was für ein Hohn mit dem Namen *Buchenwald*. Von da kam selten einer frei.

Mein Vater stand seinem Bruder nicht sehr nah, das ist wahr. In den wenigen Wochen, die uns bis zur Ausreise blieben, verkämpfte er sich um so mehr für seine Freilassung, wenngleich es an der Zeitspanne nicht lag, daß er erfolglos blieb. So nahm die Ausreise für ihn immer mehr Züge einer Rettungsfahrt an, ob da nun Hoffnung im Spiel war, schlechtes Gewissen oder beides. »Sobald wir draußen sind«, sagte er zu Tante Anna, »schreibe ich dem Grafen Polignac (er betonte immer die erste Silbe), der *muß* ihn herausbringen.« Ich gebe zu, daß der Graf mit dem stolzen Namen wie eine von Onkel Pauls Erfindungen klang; er gehörte indes zu den Kriegsgefangenen, die dem Onkel, *Feldwebelleutnant* seines Zeichens, worauf er sich gerne berief, 1917/18 im Sennelager unterstellt gewesen waren. Wie kam es dazu? Er muß englisch und französisch immerhin so gesprochen haben, daß er für sprachkundig gelten konnte. Die Gefangenen, lauter Offiziere, behandelte er nach eigener Aussage »anständig« – auch mein Vater hatte eine Schwäche für das Wort –, und als ein paar vor Kriegsende flohen, darunter der junge Polignac, drückte er mindestens ein Auge zu. Der sollte jetzt Kabinettchef in einem Ministerium in Paris sein, mein Vater maß ihm, wie man's in solchen Lagen eben tut, mehr Einfluß zu, als er vermutlich hatte, falls er sich denn an den Bewacher von damals erinnern mochte.

Schwankte den Eltern gewisser-, ungewissermaßen derart der Boden unter den Füßen, als hätte die Seefahrt schon begonnen, so fielen für uns Kinder dabei paradoxerweise Momente ab, sagen wir, der Wind- oder Zeitstille. Früher, in der Reichsstraße, hatte ich mir mitten im Großreinemachen einen Platz auf der Arche gesucht, dem von allen Seiten umgeschlagenen Teppich unter dem Eßzimmertisch, jetzt verdrückte ich mich gleich nach den Mahlzeiten – die nun tatsächlich, obwohl keine Tür offenstand, »wie auf dem Bahnhof« stattfanden – in mein nicht minder umgewendetes Zimmer. Ich zog ein Buch aus dem Regal, auch eine Art von Auswanderung. Nur ein paar Seiten, solange der Zustand der Überwachheit anhielt – war es der Klang der Wörter, ihre Einwirkung aufeinander, ich spürte da auf einmal eine andere Art von Spannung als in den Abenteuerbüchern, denen ich bislang den Vorzug gegeben hatte. Der kleine Vorrat an *Sonstigem*, der seit der Bar-Mitzwe im unteren Fach sein Dasein fristete, gab sich freilich auch jetzt nur bruchstückhaft preis, die Stifter hatten's mit Visionärem (›Altneuland‹), Populärwissenschaft oder gar, ach, mit Philosophie wohl doch zu gut gemeint. Ein Band mit ›schönsten Erzählungen‹ aus dem vorigen Jahrhundert las sich schon leichter, auch wenn es ausdrücklich hieß: ›deutsche‹. Ein paar Namen behielt ich im Kopf, E. T. A. Hoffmann, Brentano, sodaß mir vor den Fenstern einer Buchhandlung in der Joachimsthaler Straße, die Eltern hatten mich kurz vor der Ausreise noch einmal in die Stadt geschickt, der Auftrag beinah abhanden kam. Gerade ging eine Kundin durch die Tür, so einen Pelz mit Fuchsschwänzen um den Hals, wo doch schon die ersten Blätter an den Bäumen klebten, und an ihr vorbei, gewissermaßen hinterrücks, warf ich einen Blick in das Ladeninnere. Bücher, Rücken an Rücken in den Regalen, auch auf dem breiten Tisch gestapelt ... damit konnte sich unser Papiergeschäft mit Leihbücherei im Westend nicht messen. Früher, wenn wir Mama hierher begleiten durften, ins *Kadewe* oder zu *Arnold Müller*, dem feinen Geschäft für

Kinderkleidung, hatte nicht nur sie sich besonders zurecht gemacht, auch wir stiegen die U-Bahntreppe herauf, als ginge es in eine andere Welt, wo die Geschäfte Salons, die Verkäufer Priester höherer Lebensart waren. Ich kehrte Gesicht und Schultern von der Auslage hinter der blanken Scheibe wieder der Straße zu, meinem Auftrag, doch kaum war ich ihn los, trieb es mich wieder vor die Buchhandlung, als hätte ich da was verloren. Mich, mein Herkommen vielleicht; mit einem Fuß war ich schon über die Schwelle, der Rest ging wie von selbst. Drinnen empfing mich ein Geruch – eher schon Atmosphäre, etwas zwischen Tempel und Gärtnerei, nur ohne Blumen oder Feierlichkeit; grob gesagt, ich befand mich am andern Ende einer Skala, die irgendwo unten, wo ich manchmal für Papa Bier geholt hatte, im Kneipenbrodem sich verlor. Ein paar Herren, einer mit zur Stirn hochgeschobener Brille, blätterten in den Büchern am Tisch, das war also erlaubt; ich stellte mich halb neben, halb hinter sie, als gehörte ich dazu, freilich in einigem Abstand. Da nahm eine Verkäuferin, eher schon Dame zu nennen, sich meiner an. »Kann ich dir helfen?« »Bitte, was haben Sie von Brentano?« fragte ich mit gerunzelter Stirn – »Clemens«, dabei sah ich sie an – »oder von Kleist«, mit dessen Vornamen hätte ich mich als Kenner ausweisen sollen, aber von Ewald v. K. wußte ich noch nichts. Ach, sie ging auf das Spiel ein, fragte nicht nach meiner Herkunft, noch, ob ich Geld habe, sie führte mich nur tiefer in Verwirrung. »Hier die Werkausgabe, ein bemerkenswertes Nachwort, da hast du ›Des Knaben Wunderhorn‹« – ich schlug einen Band auf, wie ich's gesehen hatte, und fragte mit gesenkter Stirn nach dem Preis. Der brachte mich freilich auf den »Boden der Tatsachen«, ein Lieblingswort meines Vaters, zurück, so wenig Heimatrecht ich da haben mochte. Selbst die erbärmliche Ausrede, mit der ich den Rückzug einleitete, machte die Dame in ihrer

Freundlichkeit nicht irre, »bis zum nächsten Mal«, schien ihr Kopfnicken zu sagen. Zum nächsten Mal ... Als ich an der Kantstraße wartete, daß der Schupo den Übergang freigab, ging mir erst auf, wie nah es bis zur Synagoge war, wo Mimi mit dem Blumenstrauß auf mich gewartet hatte, nur ein paar Ecken. Nachzusehen, wie es da jetzt aussah, nach der bewußten Nacht, dafür langte die Zeit nicht, geschweige denn der Mut.

Das blieb vorläufig mein letzter Ausflug ins Freie, das Naheliegende hatte den Vorzug der Unvermeidlichkeit. Zwar beschränkte das tägliche Hin und Her sich zusehends auf einen Radius zwischen Korridor, also den Wäsche- und Kleiderschränken, und Herrenzimmer, nahm an Intensität jedoch zu, es ging ja auch in ungewöhnlich große Ferien, nur die Stimmung war nicht danach. Im Herrenzimmer hielt jetzt ein Zollbeamter, kann man sagen, Hof, die Ecke zwischen Bücherschrank und Fenster bot noch ein bißchen Platz. Das mit dem Hofhalten spielte sich so ab, daß Mimi und Mama in einer Art Gewänder, wenn's auch nur Arbeitskittel waren, ihm Stück für Stück unser Umzugsgut vorführten; er blätterte umständlich in den Akten auf dem Tisch vor ihm – Papas Schreibtisch – und machte, wenn er's gefunden hatte, sein Zeichen dahinter, nicht ohne vorher mit Amtsmiene am Tintenstift geleckt zu haben. »Das nächste.« Es klang eher geschäftsmäßig als wie bei Hofe. Ja, Mimi war gleich morgens aus Pankow gekommen, unsere Mimi, auch wenn sie jetzt Frau Göthel hieß. »In den Schubladen weiß ich doch besser Bescheid als die gnä' Frau«, begütigte sie Mama. Auch im Umgang mit Herrn Kruse, dem Zöllner, fand sie gleich den richtigen Ton zwischen Respekt und Vertraulichkeit. Nein, zum Fürchten sah er nicht aus, wie er da in einem vor Abgeschabtheit glänzenden braunen Anzug – Zivil, wahrhaftig – auf dem Stuhl unseres Vaters saß und, wenn jemand ins Zimmer kam, schnell die Füße in schwarzen Schnürstiefeln nach dem Boden ausstreckte. Ach ja, der Teppich war aufgerollt.

Es muß doch inmitten all der Appelle und Aufmärsche so etwas wie leere Stellen gegeben haben, selbst im staatlichen Bereich, anders hätte ein Herr Kruse sich kaum halten können. Sein Glück war, daß er so alltäglich aussah, geradezu lachhaft, das eingeschrumpelte Gesicht, porös um die Nase, die Augen je nach Beleuchtung fast durchsichtig. Das Auffälligste an ihm war gewiß das leere Knopfloch im Revers, ganz gleich, ob er auf das ominöse Abzeichen verzichtet oder es nur unsertwegen abgenommen hatte. Die Erleichterung der Eltern, als er seinen Namen sagte, verriet, wie sehr ihnen gerade an diesem Beamten gelegen war, obwohl sie natürlich für jeden, den die Zollbehörde ihnen ins Haus schickte, gegen Bezahlung, versteht sich, dankbar sein mußten. Daß Herr Kruse den Parteivogel nicht trug, hatte sich natürlich herumgesprochen, es kam noch etwas hinzu; er sei »einem Gläschen nicht abgeneigt«, hieß es. Sie hatten ihn deshalb aus Angst vor einer Kontrolle, man wußte ja nie, gleich in die hinterste Ecke des Zimmers gesetzt, da verschwand er fast im Durcheinander des aufgelösten Haushalts. Der Bücherschrank stand noch an der Wand zum Nachbarhaus wie sein Vorgänger, ein wahres Bollwerk, von dem er den Namen, die Funktion jedoch nur teilweise übernommen hatte, da er zu vielerlei taugen sollte, zum Rückhalt in wer weiß was für Verhältnissen wie auch – in bescheidenem Maß – zur Repräsentation. Die Eltern hatten ihn zusammen mit der Couch im Wohnzimmer gekauft – ich glaube sogar, anfertigen lassen –, wer ein Auge dafür hatte, konnte ihre Unschlüssigkeit zwischen Auswandern und Hierbleiben an ihm ablesen. Drei schmale Schränke, die einzeln oder als Block aufgestellt werden konnten, die Modernität gemildert durch Türfüllungen und Nußbaumfurnier; links der Bildungsteil, also die Bücher, rechts das Geschäftliche in Ordnern; in der Mitte hinter einem Butzenscheibenfenster dämmerten Flaschen verschiedener Couleur, goldbraun der Cognac, der Slivovitz (»Slibowitz«, sagte Papa, das habe ich behalten) wie Bergwasser. Auch dieser Teil diente vor allem der Repräsentation, mein Vater – ich weiß nicht, warum ich Wert auf die Feststellung lege – trank selten davon, allenfalls mal mit Gästen. Ein Fensterflügel der »Hausbar«, wie sie manchmal zum Spaß genannt wurde, stand jetzt offen, ich sah es gleich. Wann da der Schlüssel steckte, wann nicht, hatte ich nie beachtet, Ingrid schon eher. »Was ist denn da drin?« und schon hatte sie die Hand an dem Messingschlüssel. Es muß kurz vor ihrer Abfahrt gewesen sein, wer sollte ihr noch was anhaben, zudem waren wir an dem Nachmittag eine halbe Stunde allein in der Wohnung. »Guck mal, sogar Eierlikör! Hast du nie probiert?« Nur ein kleines Glas jeder – so eifrig wir sie vor der Toilette gespült und blankgerieben hatten, etwas von der Süße blieb mir kleben, im Gewissen oder auch Ungewissen. Herrn Kruses Glas neben den Akten stand die Tage über, drei, glaube ich, nie leer, dafür sorgte Mimi, er bevorzugte freilich »klare Sachen«. Ich kannte Betrunkene nur aus den Karikaturen in den Illustrierten, aber nichts dergleichen, kein Allotria noch Gesang, er blieb tagein, tagaus derselbe, eine Motte aus dem Kleiderschrank.

Ich weiß nicht mehr, ob der Gedanke mir gekommen ist oder ob Mama – aber sollte sie gerade jetzt für derlei Sinn gehabt haben? – mich anstieß. Die Briefmarkensammlung. Herr Kruse bekam, soweit ich vom Wohnzimmer aus sehen konnte, ein bißchen Farbe in die schütteren Backen, als er die Seiten von meinem Album umwendete, vielleicht sprach es seine Ordnungsliebe an. Da hielt ich mich für befugt, aus meinem Hinterhalt vor den Tisch zu treten. »Wollen Sie's behalten? Bitte. Ich komme jetzt sowieso nicht mehr dazu.« Er lächelte sogar, es sah durch die Goldzähne irgendwie künstlich aus, sicher zu Unrecht. »Ich werde es in Ehren halten«, sagte er schlicht. Die Großmut machte mich so leicht, daß ich keinen Verlust empfand. Auch ist das Album auf diesem Weg dem Schicksal unserer Sachen entgangen, auf die die Eltern zuviel Hoffnung setzten. So habe ich auch den *Lift*, heute sagt man Container, nie zu sehen bekommen, vor dem Abtransport ging alles so schnell, fast heimlich vor sich, ich wußte nicht mal, wo er stand, im Hof oder wo. Stand er auf Rädern, hatte er eine Tür? Was fragst du noch.

Herr Kruse war der letzte Abgesandte aus der Welt, dann blieben wir allein. Als alles verpackt war und er sich verabschiedete, überwog auch bei meinen Eltern, glaube ich, das Gefühl, einen Hausgenossen zu verlieren, die Erleichterung. Immerhin blieben noch Möbel zurück, die dunklen, sperrigen vor allem, wir mußten nicht auf dem Boden kampieren, wenngleich ein Schlüsselumdrehen genügte, daß es überall in der Wohnung hallte. Worauf warteten wir noch? Papa, woher hätte ich das sonst, hatte alle Steuern, Abgaben usw. gewiß pünktlich bezahlt, an Belegen war kein Mangel; nur einer stand noch aus, *Unbedenklichkeitsbescheinigung* oder ähnlich, was in aller Gewundenheit uns doch eine Art Leben zusprach, da wir denn Anlaß zu Bedenken gaben. Aber Spaß, zumal so verspätet, beiseite, die Eltern lebten nur so von Post zu Post – sie kam damals zwei-, wenn nicht dreimal am Tag –, zum Vertrösten blieb Anfang Mai, am 13. fuhr in Hamburg unser Schiff ab, immer weniger Platz. »Wir können nicht mehr warten!« Und was immer mein Vater sich davon versprach, er nahm mich auf den Gang zur Auswandererstelle mit. Nach dem waltenden Gesetz führte auch diese Aufschrift in die Irre, es ging ja in erster

Linie darum, die Auswanderer noch einmal zu filzen, welcher Aufgabe mit Akribie, dabei allen Zeichen von Hoheit, sich Finanzamt, Ministerien, nicht zu vergessen die Polizei widmeten. Da es ihnen gefiel, sogar die Jüdische Gemeinde als Handlangerin zu benutzen, saß dort auch, am Katzentisch sozusagen, ein älterer blasser Mann, der in hochgezogenen Schultern verbarg, wie ihm zumute war. Das ist alles gewiß erforscht, »aufgearbeitet« worden, ich verlasse mich indes lieber auf mein Gedächtnis, sei es auch wankelmütig. Barrieren, Schlangestehen, arrogante Amtsträger, wer kennt das nicht, es hat inzwischen Schule gemacht bis nach Hinterindien. Eine breite Steintreppe wie in der Volksschule ging es hinauf, Golem, wir betraten dein Reich, das *Nicht-Hier, Nicht-Dort*, man sah's an den Blicken – vielmehr deren Abwesenheit. Die paar Bittsteller, die sich erkannten, wahrten die Umgangsformen durch Nicken oder gar Lüften des Hutes, die andern, ob es auf- oder abwärts ging, nahmen einander so wenig wahr, wie sie ihren Gedanken folgten; ganz wie ich anfangs in der Straßenbahn Nr. 5, du erinnerst dich. Jeder von uns hielt sich für einen Einzelfall, was Besonderes, das gab *ihnen* erst recht die Oberhand. Eine Bemerkung fiel mir ein, auf die ich, zur Unzeit ins Herrenzimmer geraten, nur halb hingehört hatte, damals; da saß eine Runde in den Sesseln, »schweigend ins Gespräch vertieft« wie in dem Kindervers, nur daß es um nichts Lustiges ging; Juden polnischer Herkunft, soviel bekam ich mit, waren kurzerhand dorthin ausgewiesen worden. »Ja«, sagte ein Baß in einer Wolke Zigarrenrauch gedehnt, »so bedauernswert sie auch sind, manche haben ja ihr ganzes Leben hier verbracht, so kann das unsere Lage nur bessern.« So aromatisch es da gerochen hatte, jetzt waren wir an der Reihe.

Der Saal der Auswandererstelle war wie eine Bank oder Postamt eingerichtet, nur schäbiger; Schalter zur

Abfertigung – wie gut paßt das Wort – an der Längs- und einer Querseite, die hohen Fenster verhängt, schon am Vormittag brannte elektrisches Licht. Trotzdem wirkte der rechteckige Raum dazwischen düster vor Unruhe, als stünden die Wartenden gar nicht auf Linoleum, sondern in einer Strömung, die sie mal hier-, mal dorthin zog. Der einzige Fixpunkt war der SS-Mann, der als schwarzer Leuchtturm alles überblickte; aus Widerwillen oder Angst hatte sich um seine blanken Reitstiefel ein Hof gebildet, das war gewissermaßen sein Hügel. Um jeden Fetzen Papier stand man an, dort, wo die letzte, die endgültige Genehmigung erteilt wurde, kam die Schlange am wenigsten voran. Ein Funktionär mit ausgesucht bösem Blick schien hinter dem Schalterfenster zu sitzen, so beflissen die Leute ihm ihre Papiere unterbreiteten, gerade die wies er ab. Unvermittelt schloß er dann den Schalter ganz, »Frühstückspause«, murmelte jemand hinter uns. Ich spürte, wie mein Vater neben mir sich versteifte; um zwölf wurde geschlossen, das hatte er zweifellos im Kopf. »Bleib du hier stehn, bin gleich wieder da –«, damit ging er auf die ausgesparte Mitte zu, den SS-Mann. Ob vor Herzklopfen oder dem Geräusch von Schritten – gerade das Stumme machte die Reihen so trostlos –, ich sah mehr, *wie* er mit ihm sprach, die Schultern nach hinten gestreckt, wie er's oft von mir verlangte, als daß ich etwas mitbekam. Aber das Standbild sah zu ihm herunter, wahrhaftig, und setzte sich dann in Richtung auf uns in Bewegung. Wie er das machte, ohne den Kopf mit der schnittigen Mütze zum Fenster zu beugen – es kam jedenfalls Bewegung in die Schlange. Noch vor zwölf bekamen wir unsern letzten Stempel, und es war eine gewöhnliche Treppe, die wir hinunterliefen.

»Was hast du ihm eigentlich gesagt?« wollte ich zuhause wissen. »Ach«, mein Vater sah müde aus, »einfach das Nötige. ›Sie wollen uns doch loswerden – dann sorgen Sie bitte auch dafür, daß es hier vorangeht!‹« Seit seinem Verzicht, mich zu schlagen, weil er »der Stärkere« sei, hatte ich nicht mehr so zu ihm aufgesehen.

II Vor Havanna

»Kommst du rauf zum Pingpong?« Die Jungenstimme draußen klang in dem verwinkelten Gang, wo Tag und Nacht Licht brannte, seltsam beklommen. Unser Schiff, die *St. Louis*, steuerte auf das offene Meer zu, nachdem sie in Cherbourg noch ein Häuflein Versprengter an Bord genommen hatte, jetzt waren wir komplett, über 900 Passagiere. Was uns bei allen sonstigen Unterschieden verband, die I. mit der Touristenklasse, die Frommen mit denen, die alles aßen, hatte ich neulich einen glatzköpfigen Mann sagen hören, der sich mit den Ellbogen auf die Reling stützte: »No return«, keine Rückkehr, wobei nur sein Mund lachte. Vielleicht wollte er die alten Leute, soweit sie kein Englisch konnten, oder uns Kinder schonen, zudem stand ein bißchen weltmännische Allüre, seit die Schlepper in Hamburg beigedreht hatten, jedem gut. Hamburg *and all that* (soviel konnte ich auch) war mit seinen Masten und Brükken irgendwo hinten im Dunst versunken. Wir hatten uns, ohne nach rechts und links zu gucken, vom Hauptbahnhof durch die Kontrollen in unsere Kabine gezwängt, was oben vorging, ob da eine Bordkapelle spielte, wer weiß, vielleicht gar »Muß i denn ...«, uns ging das nichts an. Wenn ich mich auf die Zehenspitzen stellte, konnte ich durch das Bullauge auf das Stück Meer sehen, mal absinkend, mal fast zum Überlaufen; ja, wir fuhren. Einen Tisch gab's wohl nicht, oder falls doch, blieb er die meiste Zeit hochgeklappt, sonst hätten wir uns kaum umziehen können. Rechts und links je ein Etagen- oder »Kletterbett«, wie meine fast elfjährige Schwester sagte, das Waschbecken und ein Einbauschrank – »Spind«, nannte ihn der Steward –, das war für die nächsten zwei Wochen unsere Wohnung. Was ich mir hundertfach vorgestellt hatte, gewissermaßen mit Bleistift, vollzog sich nun wirklich in Tinte, wiewohl es einiger Phantasie bedurfte, die Farbe des Meers damit zu vergleichen; bisher waren wir ja auch nur den Kanal entlanggeschippert. Immerhin, wir fuhren; oben in meinem Bett konnte ich das Zittern der Maschinen spüren.

Überall roch es nach Farbe. Die *St. Louis* sollte ja, wenn sie in New York ankam, der schönen Welt zu Lustfahrten dienen, das mit uns war nur gewissermaßen ins Unreine gesprochen. Trotzdem spielte sich an Bord alles wie auf einer richtigen Generalprobe ab, da half kein Augenzwinkern; so blieb der Zugang zu den oberen Decks den Passagieren der I. Kajüte vorbehalten, wenngleich der rechte Sinn für Schwimmbad und Tennisplatz, die es da geben sollte, den meisten wohl abging, und selbst in der Touristenklasse galt es als selbstverständlich, daß man sich zu den Mahlzeiten umzog, und sei es nur, um vor den Offizieren bestehen zu können, die Tisch für Tisch mit ihrer Gegenwart beehrten. An den Berliner Schulen war damals das Lied von einer lustigen Seefahrt im Schwang, eine monotone Aufzählung der Kalamitäten, die vom Kapitän bis zum »Koch in der Kombüse« – ein Wort, das ich seither nie mehr gebraucht habe – alle an Bord befielen, vor allem natürlich die Seekrankheit. Wie alt ich geworden bin, zeigt sich schon daran, daß ich keine der vielen Strophen, die alle mit »Und« begannen, mehr zusammenkriege; nur die Melodie ist mir treugeblieben, die leiert mir geradezu den Berliner Vorfrühling vor, nicht nur für mich den letzten, asphaltgrau mit gelben Tupfen, von den Fahnen einmal abgesehen. Auch die Seefahrt, in der wir jetzt begriffen waren, hätte frei nach dem Schlager das Prädikat »lustig« wohl verdient gehabt; ging es nicht an dem Tisch, wo der 3. oder 4. Offizier gastierte, bald so ungezwungen wie auf einer gewöhnlichen Überfahrt zu? Es gab auch, wenn mir die Phantasie keinen Streich spielt, sowohl ein Kostümfest für die Kinder wie Tanzabende; und warum sollte da nicht auch ein kleiner Flirt zwischen einem Seemann und einer der schönen Jüdinnen aufgekommen sein? Deutschland mit seinen Gesetzen und Uniformen lag hinter uns; nur die paar Männer mit geschorenem Haar, so wenig sie in Erscheinung traten, erinnerten daran.

An den Wellen konnte ich mich lange nicht sattsehen. *Soothing*, ich borge mir das englische Wort, denn sowas wie Lindern, Besänftigen gehörte noch weniger zu meinem Wortschatz. Solche Übermacht bis an den Horizont, und doch keine Verwünschungen, Heilrufe, gar nichts Bedrohliches ... Ehe die Sonne unterging – wir hatten immerzu schönes Wetter –, entzündete sie auf dem Wasser eine Bahn, die genau da mündete, wo ich sie an der Reling erwartete. Meinte sie tatsächlich mich? Wieviel Bilder habe ich verknipst, um das zu erhaschen, was es nur scheinbar auf Erden gibt ... Am höchsten befriedigte mich, wenn ein anderes Schiff, jeder Mast wie ausgeschnitten, inmitten des Gegenlichts schwamm. Kraft der umgehängten *Rollei* hielten die Seeleute mich wohl für eine Art Bordfotograf, so schlüpfte ich denn bald durch die Sperre aufs Oberdeck, wenngleich es da womöglich noch langweiliger zuging als eine Treppe tiefer bei uns; Liegestuhl an Liegestuhl oblagen sie der Aussicht, die Männer rauchend, die Frauen verglichen Strickmuster oder klatschten über irgendwas, die gleichgültige Miene, mit der ich an ihnen vorbeiging, war nicht etwa aufgesetzt. Nur der Pingpongtisch am Heck lohnte den Ausflug, da galt die spielerische Klasse, sonst nichts.

»Eine Seefahrt die ist lustig ...« Der Golf von Biskaya genoß seinen Ruf zu Recht, da oblag auch ich, Strophe für Strophe gewissermaßen, der peinlichen Übung, die wir so ausdauernd oder -leiernd besungen hatten. Zu lernen brauchte ich das übrigens nicht, im Kotzen ist jeder gleich Meister. Dieses Wort erwies sich jetzt im Angesicht des Meeres allen Stubenversionen überlegen, selbst Mama nahm keinen Anstoß mehr daran. Im Gegenteil, lag ich dann einigermaßen wunschlos auf dem Bett, so tupfte sie mir wie einem Helden mit Kölnisch Wasser die Stirn, was mich um so mehr hätte rühren müssen, als es bis auf weiteres – man konnte wohl die liegende 8, das Zeichen für Unendlichkeit, dafür einsetzen – ihr letztes Fläschchen gewesen sein dürfte. Indes blieb der süßliche Geruch in allem hängen, was die Kabine etwas wohnlicher machte, Handtücher, Kleider, und rief überall, wo ich ihm später begegnete, auch auf dem Festland, das Schwanken in mir hervor, das er doch hatte besänftigen sollen. Noch etwas schwang darin, wie soll ich sagen, damals hätt' ich's bestimmt nicht vermocht; eine Unsicherheit, wie wenn mehr als die *St. Louis* ins Schwanken geraten wäre, in Bezug auf meine Eltern. Der wahre Anlaß dazu lag freilich im Dunkeln, obwohl, das soll kein Witz sein, schon Licht brannte, als sie Papa holen kamen, meinen armen König. Ob es nun Mitleid war oder Schrecken, was mich zu ihm hinzog, ich traute mich an den beiden Schergen, die in hellen Mänteln in unserm Wohnzimmer standen, nicht vorbei, im Gegenteil; und als wenn das nicht genügt hätte, widersprach ich ihm immer öfter seitdem, nicht laut, nein, nur für mich.

Mein Gehorsam hatte wohl schon seit längerem einen Sprung, ich wurde ja auch größer, nur die Eltern schienen das nicht zu merken. Vor der majestätischen Leere des Horizonts, auf den wir Tag um Tag, ohne ihm näher zu kommen, zusteuerten, wer wollte sich da behaupten! Und doch, als ich ein Photo fürs Familienalbum machte, standen sie so verloren mit Schirmmütze und Sonnenbrillen an der Reling, daß ich mich länger als nötig mit dem Drum und Dran, Einstellen, Belichtung usw., aufhielt. Das war jetzt anders als am Lietzensee, wo ich mal, um Ingrid zu imponieren, mit klopfendem Herzen mich über sie lustig gemacht hatte. Der Vergleich mit den Ephraims, unsern Nachbarn im Speisesaal, fiel zwar nicht zu ihren Ungunsten aus, aber was war das schon. Immer dieselben Themen, Bekannte von früher, etwas Schiffsklatsch, daran würde sich auch nichts ändern, wenn sie's auf Spanisch versuchten. Herbert Ephraim – sie nannten sich bald beim Vornamen – war kaum größer als Papa, neben seiner Frau wirkte er jedoch umfänglich wie ein Kaffeewärmer, nur nicht so gemütlich. Hatte sie, um im Bild zu bleiben, etwas Porzellanartiges an sich, so kam das von den Augen, in denen es zuweilen irrlichterte, und noch der Wert, den sie *Manieren* beimaß, sprach für eine gewisse Verletzbarkeit. Selbst auf ihn, den Kaffeewärmer, hatte das Einfluß gehabt, seine Haut war nämlich so weiß, daß es, so oft er sich rasierte, um den Mund immer bläulich schimmerte. Erzählte er aus seinem großen Vorrat Witze, so stieß er als richtiger Berliner mit der Zunge an die Zähne, da hatte ich auch was zum Lachen. Papa revanchierte sich mit Hamburger Geschichten oder Döntjes, das klang so nach Mimi. Unglaublich, daß wir auf dem Weg nach Kuba waren. Meer, Wind, die Elemente kamen nicht an gegen die Atmosphäre von Kölnisch Wasser und ungelüfteter Kabine, die uns umgab. Darin gedieh allerhand Trübes, Unförmiges, kaum Gedanke zu nennen: waren die Eltern, so hätte er etwa lauten können, waren wir alle nicht etwas *Besonderes*, gleichsam kursiv zu setzen? Warum sonst trieben die Andern mit uns solchen Aufwand? Wie sehr ich mich auch bemühte, in Papa etwas Ungewöhnliches zu sehen, er blieb eben das, was uns, ja, auch mich, so verächtlich machte, ein Kaufmann. Ach, und dann seine Hilflosigkeit an jenem Abend im November ... Statt ihm nun beizustehen, schmollte ich.

So wenig am Horizont sich etwas angekündigt hatte, eines Morgens lief die Kunde – auf raschelnden Füßen, fällt mir ein – durch die Schiffsgänge: »Wir kommen an –« und bevor Mama ein Tuch oder sonstwas ergriffen hatte, war ich schon an Deck gesprungen. Nur mit dem Kopf freilich war kein Durchkommen, also eins höher zur I. Klasse, auch da versperrten Zaungäste, ganze Familien, mir die Sicht, und was zum Draufstellen, einen Stuhl, Kiste – eher wär' ich drüber gestolpert. Auf Zehenspitzen so, als schwanke das Schiff noch, in Balance, suchte ich durch die Hüte und Schultern, ein paar Eifrige trugen gar schon den Mantel überm Arm, einen Blick auf unsern Hafen zu gewinnen. Wir lagen noch weit draußen; etwas Weißes im Dunst, eine Art Kiefer mit Zahnlücken, das war alles. Lohnte sich dafür das Gedränge? Immerhin, wir fuhren nicht mehr. Wieder auf den Fersen, der Schwerkraft anheimgegeben, trat ich den Rückzug an, der nicht viel schneller vonstatten ging, der Nachdrängenden wegen, als der Aufstieg. Wer hätte das Herz gehabt, sie zu enttäuschen! Stattdessen überlegte ich, wie den Vorwürfen, mit denen ich zu rechnen hatte – »Wo bist du wieder gewesen? Wir warten hier schon soundsolange!« – zu begegnen sei. »Ihr werdet sehen, es ist noch zu früh.« Natürlich wollten sie sich selbst ein Bild machen.

Etwas war neu, die Maschinen der *St. Louis* arbeiteten nicht mehr. Auch die Gespräche, das Rufen und Zeigen, hatten nachgelassen. Ein älterer Herr mit Schirmmütze lieh uns seinen perlmuttverzierten Operngucker, da sah man tatsächlich das Leben am Ufer dort wie auf einer Bühne, das Hin und Her der Wagen und Bahnen, Sonnenreflexe auch auf den Fenstern eines Hochhauses, zur Rechten dann etwas Dunkles, Niederes, Schuppen, dazwischen Kräne, vermutlich der Frachthafen. »Da werden unsere Lifts ausgeladen werden!« Inzwischen lagen

Boote im blauen Schatten unter uns, da hielten Männer, mehr oder minder zerlumpt, ein Mulatte mit weißen Zähnen darunter, die Früchte der Insel hoch, Ananas, Bananen, da tuckerte ein kleiner Dampfer näher, daß die Boote ins Schaukeln kamen. »Die Hafenpolizei!« Vermutlich hielt mein Vater unsere Pässe schon parat, sonst wäre er jetzt wohl in die Kabine gelaufen. Warum blieb der Beamte mit weißer Mütze, statt die Strickleiter hochzuklimmen, unten stehen? Jetzt rief er was durch ein Megaphon. Spanisch. »No hablamos Español!« Wir paar Jungens konnten uns wohl durch Zeichensprache, um nicht zu sagen Hampeleien, darüber lustig machen, ein Wort zumindest, er wiederholte es, ließ sich einfach nicht abweisen. »Mañana!« Morgen; wir sollten morgen erst an Land gehen dürfen. An der Übersetzung lag es nicht, daß viele es wörtlich nahmen. Beim improvisierten Mittagessen – zum ersten Mal kalte Küche – herrschte wohl noch etwas wie Aufbruchstimmung, man hörte aber auch schon von Quarantäne munkeln, ob es sich nun um eine letzte Schikane oder, wer weiß, tatsächlich um eine Krankheit handelte. Kein übler Gedanke übrigens, daß wir uns den Bewohnern des Festlandes wenigstens durch Ansteckungsgefahr in Erinnerung bringen könnten ... Ich sah uns schon in die niederen Schuppen zur Rechten der eleganten Stadt – warum hielt ich sie bloß dafür? – kriechen, wobei die Enttäuschung mir verriet, was ich mir insgeheim von Havanna versprochen hatte; etwas für mich, auch schmerzhaft meinetwegen, nur ohne Familienaufsicht.

Ich will's kurz machen, wir blieben eine Woche in der Dreimeilenzone liegen, nicht genug, um das ganze Seerecht auswendig zu lernen, aber immerhin. Jeden Tag hieß es von neuem »mañana«, sie hätten's einen Papagei rufen lassen können, wir verstanden schon, was es damit auf sich hatte. Landurlaub bekam nur die Besatzung der

St. Louis, von denen stieg freilich kaum einer zum Regierungspalast empor, dem weißen, palmenbeschatteten, wo vielleicht noch über unser Schicksal beraten wurde. Selbst, wenn man sie vorließ, was hätten sie schon aussagen können! »Ordentliche Leute, die Kinder etwas verschüchtert, manche vorlaut, mit Trinkgeld sind sie freigebiger gewesen als sonst Vergnügungsreisende«, was sonst? Ich hätte etwas gegeben um solch unbeteiligtes Zeugnis. Täglich kamen die Boote mit Früchten und Fischen, auch Muscheln, Perlenketten boten sie feil, Grüße aus der Welt, am Nachmittag fuhren sie zurück, dann nahm das Meer die Farbe von Perlmutt an. Krochen die zerlumpten Händler zur Nacht in einem Verschlag unter, blieben sie doch freie Leute. Ein paarmal dampfte auch ein kleines Ausflugsschiff heraus, halbleer, dann gabs oben wie unten ein Durcheinander und Tücherwinken, Verwandte oder auch Freunde, die paar Neugierigen, die immer an der Reling standen, abgerechnet. Unten trat jetzt ein Herr mit Hut und Krawatte unter dem Sonnenverdeck hervor und hielt uns – fast wie Moses – eine Schrifttafel entgegen: »Verliert den Mut nicht, die Verhandlungen stehen günstig!« Gewiß, auch unsererseits ließ man sich nicht lumpen und gründete, wie so oft, wenn Unvermögen und Ratlosigkeit um sich greifen, ein *Comité*. Advokaten, Ärzte, Leute, zu denen man aufsah, entwarfen im Salon der I. Klasse Bittschreiben, Telegramme, Ballons, kann man sagen, mit Hoffnung aufgeblasen. »An S. E. den Herren Präsidenten von . . .«; »An die Regierung der Vereinigten Staaten von Amerika«; »To his Majesty of the United Kingdom of Great Britain and Northern Ireland, King George VI.« (Keine Aufschneiderei, das Königspaar weilte gerade auf Staatsbesuch in Kanada!) Durchschläge dieser Schreiben hingen fast täglich neben dem Büro des I. Offiziers am Schwarzen Brett, wo man sonst über vergleichsweise harmlose Anlässe unterrichtet worden war. Auch Herbert Ephraim gehörte dem Comité an, das hatte ihm offenbar, so selten er jetzt noch pünktlich zu Tisch kommen konnte, die Lust am Witze-Erzählen verleidet.

Eine Woche, wie gesagt; in der Erinnerung hat sie sich gedehnt. Vermutlich hatte während unserer Überfahrt eine der Revolutionen sich abgespielt, die in Kuba zum Alltag gehörten, oder die Regierung in dem weißen Palast oben erhöhte, was war schon dabei, angesichts unserer Notlage noch einmal den Eintrittspreis. Daß wir bereits gründlich ausgenommen worden waren, ja daß selbst der Verband jüdischer Hilfswerke in Amerika, kurz *Joint* genannt, uns loszukaufen nicht bereit war – kurz, die Rechnung ging nicht auf. Es kam der letzte Tag; nein, vorher, am frühen Morgen, stürzte sich ein Passagier vom obersten Deck ins Meer. »Ein Arzt, er hat sich vorher noch die Pulsadern aufgeschnitten!« »Nein, die Familie saß an unserm Nebentisch, zwei Kinder, er ist Bankier –«. Es wurde soviel geredet, wenn auch hinter vorgehaltener Hand, daß ich im Nachhinein etwas am Fenster vorbeifliegen zu sehen meinte, nicht blutig, nein, weiß wie ein Gespenst. Der Mann ist übrigens der einzige geblieben, dem die Kubaner, wie das Gesetz für Schiffbrüchige vorschreibt, Zuflucht gewährten, freilich in einer Irrenanstalt. Ob er da einen gefunden hat, dem er sein Leid klagen konnte, auf deutsch? Die Frau und die Kinder jedenfalls mußten auf dem Schiff bleiben, er hatte sich umsonst zum Opfer dargebracht.

Noch einmal kam das Dampferchen mit den Verwandten – »Wir verhandeln weiter!« –, noch einmal reckte der athletische Neger seine üppigste Bananenstaude zu uns empor, dann wandte sich die *St. Louis*, begleitet, wenn ich mir das nicht ausgedacht habe, vom Geheul vieler Schiffe, unter Ausstoßung von Rauchwolken wieder ins offene Meer. Hier ist ein Wort des Dankes an eine wirkliche Person angebracht, damit das Folgende einigermaßen beglaubigt wird. Der Kapitän, er hieß Schröder, glaube ich, statt uns geradewegs, wie's ihm wohl vorgeschrieben war, nach Hamburg zurückzuführen, gab Order, das Schiff im Kreis zu steuern, damit das Comité Zeit für weitere Demarchen gewönne, wir konnten unsere Spur im Wasser wiederfinden. In Hamburg indes, so tönte dort der Propagandaminister Goebbels, ja, er selbst, in einer Rede, »stehen schon Baracken für die Juden von der *St. Louis* bereit«. Wenn Herr Schröder – vielleicht war er gar nicht braungebrannt und stämmig, wie ich ihn mir vorstelle – die ihm durch Funk übermittelte Drohung zunächst auch geheimhielt, traf er doch Anstalten, weitere Verzweiflungstaten vor allem der ehemaligen Häftlinge zu verhindern, die vor der Entlassung aus dem Lager sich hatten verpflichten müssen, Deutschland nie mehr zu betreten. Eine Anzahl der vom Comité als verläßlich empfohlenen jungen Männer patrouillierte nachts auf Deck, »sie haben Gewehre bekommen«, hörte ich flüstern, und so unglaublich es war, es stimmte. Wenn ich doch wenigstens schon achtzehn gewesen wäre… Das war nun beim besten Willen nicht zu schaffen, obwohl die *St. Louis* noch etliche Wochen auf dem Meer – oder lieber im Plural? Klingt besser und stimmt sogar – also auf den Meeren herumfuhr. Einmal, das war bald nach der Abfahrt von Havanna, näherten wir uns am frühen Morgen einer Küste, Florida, hieß es, da kam gleich so ein schnittiges Boot mit der Flagge, *Stars and Stripes*, am Heck und winkte uns weg. Einfach so. Was ich seit Kindesbeinen für mich behalten hatte, der Argwohn, bloß erfunden zu sein, bekam jetzt geradezu amtliche Würde. Zwar ging das Leben an Bord, äußerlich gesehen, so weiter, am Morgen, die Sonne schien unverdrossen, suchten die Passagiere der I. Klasse die Liegestühle auf (Lügestühle, hätt' ich beinah geschrieben), am Pingpongtisch entstand selten eine Pause, doch wirkte alles so bekannt, *déjà vu*, sagt man wohl. Zu den Mahlzeiten läutete die Glocke pünktlich, die Stewards agierten wie bisher in ihren immer frisch gebügelten weißen Jacken, nur war's stiller geworden im Saal, und wenn jemand, ein Kind vielleicht, aus Versehen mit dem Löffel an sein Glas kam, drehte er sich erschrocken um. Wer im Schulalter war, zumindest, hatte die Hinfahrt wohl auch ein bißchen wie Ferien genommen, so unbegrenzt sie auch bleiben sollten. Während die Erwachsenen, den Blick aufs Meer gerichtet, mehr oder minder ernste Gespräche führten, ließen wir's uns, meinetwegen verantwortungslos, schmecken. Daß es statt der wechselnden Speisefolge nun regelmäßig Corned Beef und Büchsengemüse gab, wer hätte das nicht verstanden, etwas anderes wohl verschlug uns den Appetit, das Gefühl der Ausgeschlossenheit. Was in dem Lied »Und dennoch ...«, mit dem wir in der Schule soviel Allotria getrieben hatten, den Hintergrund abgab, Sturm, Hunger und Krankheit, dafür trat hier, weniger dramatisch, das postkartenglatte Meer, auch das Beisammensein, bei aller Abneigung gegen große Worte sei's gesagt, mit Schicksalsgefährten, letztlich die Ungewißheit. Ich sah das meinen Eltern mehr an, als daß sie etwas gesagt hätten.

Immerhin war ich noch unerfahren genug, daß eine kleine Enttäuschung, nicht der Rede wert, es erreichte, im Gedächtnis aufbewahrt zu werden, jawohl, bis heute. In Havanna war neben anderem ein größerer Vorrat von Ananas an Bord genommen worden, nichts Besonderes dort, für mich dagegen schon. Ich hatte erst ein-, zweimal davon gekostet, nur zu besonderen Anlässen. Die stachelige Schale, ihr Duft vor allem, auch die manchen Kakteen ähnlichen Blätter rührten an etwas Verborgenes in mir, der Geschmack übertraf alles, was ich kannte. Jetzt bekamen wir diese Köstlichkeit alltäglich vorgesetzt, schon das ernüchterte, und die kubanische Ananas, nimm's nicht übel, Fidel Castro, war oft holzig und hinterließ im Mund, so sehr man kaute, ein fades Gewöll. So schmeckte also, was ich mir paradiesisch vorgestellt hatte, in Wirklichkeit, Amen, darf man hier wohl sagen.

Das Schiff fuhr nun schon die zweite oder dritte Woche dahin, ohne irgendwo anzulegen. Langeweile ist nicht das Wort, obwohl sie natürlich vorherrschte, Angst, durch Sprünge von Hoffnung – wenn Herr Ephraim von neuem Posteingang zu berichten wußte – erschüttert, trifft die Stimmung besser. Ich will [das] an einer Winzigkeit festmachen, nur eine Geste. Am Abend, bevor wir in Havanna ankommen sollten, hatte Papa unserm Kellner das restliche deutsche Geld gegeben, er konnte es noch verwenden, wir in Havanna nicht. Nachdem wir nun wieder abgefahren waren, kehrte sich mit dem Schiff alles um, was darauf war, auch die Rangordnung; die hätte sowieso dem Anhauch von Wirklichkeit nicht standgehalten. Am zweiten oder dritten Tag der neuen Reise bat der Kellner meinen Vater nach Tisch, das Geld zurückzunehmen. »Vorläufig, Herr . . ., wir können's ja verrechnen, wenn alles vorbei ist. Für Ihre Zigaretten und was für die Kinder . . .« Etwas beschämt war Papa schon, als er's uns in der Kabine erzählte, er hat es aber genommen.

Der letzte Hilferuf des Comités hing, schon etwas zerknittert, ein paar Tage am Schwarzen Brett, da verbreitete sich geradezu egalitär im Ober- und Unterdeck die Nachricht, daß England, Frankreich, Belgien und die Niederlande, die alten Demokratien, sich bereit erklärt hatten, die Flüchtlinge der *St. Louis* »zu je einem Viertel« aufzunehmen. Ein Viertel von 921, ich rechnete schon im Kopf. »Doch«, sagte Herbert Ephraim bei Tisch, er hatte auf einmal wieder Farbe in den Backen, »doch, ich hab's schwarz auf weiß gesehen.« Man spürte förmlich, wie die Maschinen sich ins Zeug legten. Ich holte meine Rolleicord aus dem Koffer, den wir vor Wochen für eine andere Landung gepackt hatten, und fing an, Erinnerungsbilder zu knipsen. Nochmal den Sonnenuntergang, diesmal von Lee, oder wie das hieß.

Von Antwerpen nach Boulogne

Der *Handschoenmarkt* vor der Kathedrale, Rubens' beinah römisch zu nennende Villa, das Viertel der jüdischen Diamantenhändler am Bahnhof oder der Fischmarkt – so wenig von Antwerpen zu sehen war, entbot die Stadt an der Schelde uns beim Anlegen schon, etwas altmodisch gesagt, das volle Bukett ihrer Reize. Der Tag war auch danach, ein Junisonntag unter straff gespanntem Himmel. Je näher wir dem Hafen kamen, belebte sich das Meer, Schiffe »aus vieler Herren Länder«, wie es in meinen Büchern hieß, ob weiß mit blank geputztem Messing oder teerschwarz (aus einer Luke im aufragenden Bug stürzte Wasser) oder graublau, ein Kanonenboot mit bunten Wimpeln – vielleicht gar zu unserm Empfang, hatten wir nach der langen Fahrt nicht einen gewissen Anspruch darauf? Der Quai, an dem wir festmachten, trug denn auch einen fürstlichen Namen, sagen wir *Albert I.* Tief unten zwischen dem Schiffsleib und der geschwärzten Backsteinmauer schillerte Wasser schwärzlich, nur ein Fußbreit, so nah war das Festland. Und was für ein festliches Land – auf unserer Höhe (niemand mehr nahm Anstoß daran, daß alles jetzt auf den oberen Decks sich drängte) grüßte ein richtiges Gartencafé, uns gegenüber, wie aus einem der Bilder, die ich allenfalls in Reproduktion kannte, Renoir oder Monet, da war kein Tisch frei, und wer außerhalb der Sonnenschirme saß, den tauchte das Licht in einen Nachmittag... beinah jenseitig zu nennen, hätte nicht alles so irdisch geleuchtet. Übrigens gab es auch kleine Schirme aus Papier, japanische, auf den Eisbechern, man sieht, ich genoß die Beigaben nicht minder als das Ganze. Neugierige aller Schattierungen, freilich sommerlich, oder Verwandte; ob Jud oder Christ, kümmerte hier offenbar niemanden, in Rom hätte man sie Freie genannt. Das Aufsehen indessen machten wir, die Zeitungen brachten sogar Bilder von uns, wenn das nicht der Ruhm war! Rufe her- und hinüber wie vor Havanna, hier klangen sie weniger angestrengt; inmitten der sommerlichen Gesellschaft stand jetzt ein bärtiger Mann mit Hut und Krawatte auf, womöglich ein Rabbiner, und hielt in dem Stimmengewirr eine Rede, ob in Jiddisch oder Flämisch, war nicht auszumachen, man klatschte; nachhaltiger hat mich der Gruß eines bloßen Frauenarms mit weißem Handschuh berührt, obwohl das Gesicht ein breitkrempiger Hut verdeckte.

Der Frachter, der uns zu einem französischen Hafen bringen sollte, konnte es mit der *St. Louis* nicht aufnehmen, weder an Größe noch Eleganz, gerade seine Gewöhnlichkeit jedoch – er trug sogar statt des Namens eine Nummer – flößte mir Zutrauen ein. Auf diesen rauhen, oft gescheuerten Planken stand man irgendwie sicherer als auf Teppichen. Das Comité der *St. Louis*, nun einmal in Fahrt, hatte gleich nach der Zusage der vier Regierungen – damit sie's nicht noch anders sich überlegten – noch auf See mit der Aufstellung von Listen begonnen, Kopfzahl der Familien, das Land ihres Wunsches – ich stelle mir vor, was für Gefühle die Väter dabei hatten, andere gewiß als ich, wenn ich auf endlosen Listen den Namen eines der Opfer suche ... Mein Vater, seines Bruders eingedenk, hatte für Frankreich optiert, damit er Onkel Carls Freunde dort gleich alarmieren konnte. Wir fuhren also jetzt nach Boulogne, was Mama so ungeniert »Bulonj« aussprach. Im tiefen Frachtraum standen zweistökkige Holzbetten Reihe um Reihe; zum Licht hin, das durch den offenen Treppenschacht einfiel, war ein Hof ausgespart, da saßen wir an langen Tischen, deren Platten aus nur wenig gehobelten Brettern gefügt waren. Blechgeschirr, Teller aus Steingut, aber wie schmeckte das Bauernfrühstück aus Speck, Zwiebeln, Kartoffeln und Eiern, das uns Matrosen, nicht Stewards, gleich nach der Ausfahrt auf den Tisch stellten ... Nach der wässrigen Exotik der Mahlzeiten auf der Rückfahrt roch es würzig wie auf dem Land. Zur Nacht hängte man familienweise die Kleider ans obere Bett, fertig, so hatte ein Spruch in Berlin geheißen, »fertig ist die Laube«. Beim Frühstück, die Unterhaltung lief ganz unbefangen jetzt, bestätigten sich die Erwachsenen, seit Wochen hätten sie nicht so fest geschlafen.

Boulogne-sur-Mer ließ sich mit Antwerpen nicht vergleichen, da wartete außer der Hafenpolizei niemand auf uns; aber hier betraten wir, so feierlich das sich anhört, zum ersten Mal seit Hamburg festen Boden. In meiner Erinnerung hat weder Baum noch Garten sich gehalten, war die Gegend so unwirtlich? Es lag wohl eher daran, daß ich nur Sinn, um nicht zu sagen, Sinne, für das Unbekannte hatte. Das kleine Hotel außerhalb der Stadt war so recht was für Gestrandete; das Treppengeländer entzog sich dem Griff durch Wackeln, die Wände trugen ein Gemisch von Gelb, Braun, Grau, den Farben des Verfalls. Ob sowas, etwa im Kino, auch Charme haben mag, die Passagiere der *St. Louis* mit ihrem Hang zu *geordneten Verhältnissen* waren darauf nicht vorbereitet. Am Eingang zur französischen Lebensart mußte überdies jeder, ungeachtet des Alters und Standes, eine Art Prüfung gewissermaßen bestehen, ich meine das Klo, den Abtritt, hier traf das altmodische Wort zu. Eine lapidare Angelegenheit, zwei Fußinseln, leicht erhaben, dazwischen das Loch, das sprach für sich. Ein paar Neunmalkluge meinten zwar, das sei hygienischer als ehemals bei uns zuhause, wo die Roheit woanders saß, die Einsicht blieb gewissermaßen im Tatsächlichen stecken. In einer seltenen brüderlichen Anwandlung machte ich Evelyn, sie war noch nicht ganz elf, die Sache im Zimmer vor, um sie ins Spaßige zu ziehen.

Das Zimmer, das uns mit den Eltern zugewiesen war, bot etwas mehr Raum, als wir auf der *St. Louis* hatten, durch das Fehlen eines Schrankes, auch gab's ein richtiges Fenster zum Aufmachen. In Frankreich war alles anders, das hatte ich zwar schon bei Herrn Lesser gelernt, freilich mehr allgemein. Am Fensterriegel z. B. drehte sich, wenn man ihn aus dem Halter löste, ein eiserner Stab, der, an den Enden abgewinkelt, in Schlitzen in dem Rahmen steckte, dessen Farbe abblätterte. Dazu ging das Fenster nach außen auf, wo eine kahle Anhöhe, wie's die Redensart will, einen grüßte, dahinter vermutlich lag das Meer. Ja, wie nach einer Karussellfahrt brachten wir die Himmelsrichtungen noch durcheinander. Im ganzen Haus roch es nach einem scharfen Reinigungsmittel, das *Eau de Javel* hieß und uns auf Schritt und Tritt bestätigte, daß wir in Frankreich waren. Nur hatte Frankreich offenbar wenig Verwendung für uns: im unteren Zimmer hielt nach dem Frühstück – nein, nicht der Rat der Götter, eine Kommission Einzug, deren Mitglieder, Vertreter des Staates sowie jüdischer Verbände, wenn sie denn einzeln vor die Tür traten, an einer gewissen Abwesenheit des Blicks erkennbar waren, weniger vermutlich, weil sie noch auf dem Weg zum Klo den Akten nachsannen, als vor allzu dringlichen Interpellanten sich zu schützen. Es ging, kurz gesagt, darum, die Zuflüchtlinge (wenn ich mir die Wortschöpfung erlauben darf) Familie um Familie über das Land zu verteilen, und zwar möglichst unauffällig, wo man sie unter Aufsicht hatte; nicht, daß einer etwa das Arbeitsverbot übertrat. Gerade diesem, sagen wir, zentrifugalen Anliegen suchten die Familienväter mit allerhand Finten zu entkommen. Paris schien um so glänzender, als man ihnen die Vorzüge der Provinz schilderte. Wer hatte schon von Le Mans oder Périgueux gehört! Erst hier, glaube ich, begriffen die meisten, daß sie ihr Zuhause wirklich verloren hatten, ja die Würde, über sich selbst zu bestimmen. Das kleine Hotel wurde zum Schauplatz dramatischer Auftritte und Verwicklungen, wofür es einfach zu leicht gebaut war. Als beim Essen Freiwillige aufgerufen wurden, das Gepäck zu sortieren, ergriff ich die Gelegenheit, mich aus dem Staub zu machen, wenigstens ein paar Tage.

Daran, am Staub, war freilich auch im Hafengelände kein Mangel; immerhin fand ich da, was ich mir für Havanna gewünscht hatte, etwas Freiheit oder vielmehr – da außer mir selbst niemand mich festhielt – Geschmack am Wirklichen. Das erwies sich als ein einziges Durch- und Übereinander; wie's eben geht, wenn die gehütete letzte Habe von Soundsovielen Stück für Stück erst um-, dann abgeladen und in einem Schuppen, so groß und dunkel wie ein anderer Schiffsbauch, gestapelt wird. Es war nur das Handgepäck, was freilich, des Gewichtes wegen, nach Anführungszeichen verlangte. Die Lifts mit den großen Sachen, Möbeln usw., waren auf einem Frachtschiff nach Havanna geschwommen und dort ohne weiteres ausgeladen worden (das wußte hier freilich noch niemand). Die kleine Mannschaft, fünf, sechs Jungens, versah ihren Dienst inkognito, also in Reisekleidern, was uns nicht hinderte, solche Passagiere, die selber nach ihren Habseligkeiten sehen wollten, ein klein wenig wie Amateure zu behandeln. Nur wer schwarze Finger hatte, durfte mitreden. Was für ein Wort übrigens, Habseligkeiten! Uns machte es Spaß, einigermaßen sportlich damit umzugehen, in jeder Hand einen Koffer, noch einen kleinen unterm Arm, die Schrank- und Kabinenkoffer machten wir uns durch Kippen gefügig. Zwei, drei Tage Pause gewährte uns das – fast hätte ich gesagt, von der Schule.

Zuhause, also im Hotel, ging es weniger aufgeregt zu,

das machte vielleicht die Erschöpfung; oder die Erwachsenen schätzten die Lage, Vorlieben hin oder her, jetzt nüchterner ein, und so bekam Paris den Anschein einer Seifenblase, die man tunlich aus der Entfernung betrachtete. Warum gerade mein Vater daran festhielt, wenn das vorstellbar ist, kümmerte mich wenig; ich war nicht im mindesten geübt, etwas, was er für richtig hielt, in Frage zu stellen (das Gesellschaftsspiel des »Hinterfragens« war noch lange nicht in Mode). Bei aller Sorge um seinen Bruder – den er übrigens nie so nannte – wird er doch gewußt haben, das es ihn keinen Schritt voranbrachte, und wenn er noch so nah an das Ministerium rückte, wo der Graf residierte; ein Brief, überall einzuwerfen, erreichte ihn sicherer. Sowas wie einen Hang zum Mondänen andererseits hatte ich nie an ihm bemerkt, falls er ihn denn je verraten hatte. Nein, daß er tatsächlich bald darauf, ich glaube, noch im Juli oder August, eine Rundfahrt mit uns machen würde, Tour Eiffel *et tout Paris*, verdankte er seinem Freund Ephraim, der hier als Mitglied des früheren Schiffscomités einige Autorität genoß. Es ging darum, die übers Land verstreuten Gruppen, ganz nach dem Muster der französischen Verwaltung, in Paris zu vertreten; Schriftwechsel, Gänge zu Behörden, Empfehlungen: dafür, freilich unter seiner Regie, empfahl »Herbert«, wie die Eltern ihn schon nannten, unsern Papa. Auf der einen Seite empfand ich Stolz, auf der andern beschämte mich, daß er sich so offensichtlich protegieren ließ. Da gleichzeitig etwas, was uns Kinder anging, aufs Tapet kam, blieb die Partie unentschieden.

Die Kinder sollten in ein Heim kommen. So freundlich der zu Mittag angereiste Direktor um uns warb, der Kernsatz blieb; alle Kinder, ausnahmslos, wie sie hier in dem Frühstückszimmer um ihn herum saßen, auf Stühlen und Tischen, auf dem Boden. Er war Wiener, da spricht man noch in der Fremde das Unabänderliche mit einem gewissen Schmelz aus, das ist mehr als ein Dialekt, nämlich Höflichkeit. Gut *reichsdeutsch*, wie wir waren, machte uns diese Art erstmal mißtrauisch. Aber das Auffälligste an ihm war zunächst die Glatze; breit und rosig überwölbte sie ein Gesicht, dem der Ernst, es ging ja um eine ernste Sache, nicht recht gelingen wollte, trotz Hornbrille; gerade die Augen lächelten unbeirrt. Übrigens hieß er auch Ernst, kein Spaß – »Nennt's mich einfach beim Vornamen«, sagte er in die Runde.

Das war ganz ungewohnt. Auch der Nachname Papanek, betont auf der ersten Silbe. Wer hätte gedacht, daß wir das bald dem Sinn nach, vielleicht etwas frei, mit »kleiner Papa« übersetzen würden... Der sonst von Stimmen und Geschirrklappern erfüllte Raum blieb eine ganze Weile still. Ich faßte nach Evelyns Hand unter dem Tisch. Derweil war ein Junge aufgestanden, kein Pingpongspieler, sonst hätte ich ihn gekannt, ein schmales, irgendwie nach innen gekehrtes Gesicht, das machte vielleicht die Brille, der Stimme nach war er schon älter als ich. »Sie haben uns die Vorteile Ihres Heims geschildert«, er nannte den Redner nicht beim Vornamen, »was ist der Nachteil? Können wir auch ablehnen?« Ernst Papanek schien zum ersten Mal um ein Wort verlegen. »Nein – wie heißt du? Hans. Also Hans... ihr habt leider keine andere Wahl. Es ist gut, daß du mich daran erinnerst... Eure Eltern werden nicht für euch sorgen können, vorläufig jedenfalls. Ihnen zuliebe –« Er brachte den Satz nicht zu Ende. Der Junge mit der Brille war stehengeblieben. »Gut«, sagte er trocken, »wir wollen zwar nicht, ich denke aber, wir kommen.«

Das Heim, nicht weit von Paris, unterstand einer ursprünglich in Petersburg gegründeten ›Gesellschaft für die Gesundheit der jüdischen Bevölkerung‹, das lag lange zurück, noch vor dem Weltkrieg (daß er nicht der einzige bleiben sollte, das wollte noch im Sommer 1939 kaum jemand wahrhaben). Nachdem die jüdischen Organisationen nach der Revolution von 1917 als »dem Leninismus abträglich« verboten worden waren, gingen die Gründer der OSE – das war die Abkürzung des russischen Namens –, Ärzte zumeist, Psychologen, nach Berlin – Deutschland, das hatte in Rußland besonderen Klang –, bis sie auch dort nicht mehr arbeiten konnten. Ein drittes Mal, inzwischen wohl grau geworden, gingen sie ans Werk, es reichte noch zu einem Erholungsheim für Kinder jüdischer Emigranten aus Rußland in Montmorency bei Paris. Der Name OSE stand nun für ›Organisation pour la Santé et l'Éducation‹. Auch Papanek hatte sein jüdisches Erbe, wenn man so will, auf die Humanität übertragen, in seiner Generation hieß das noch Sozialismus. Er war knapp dreißig, frisch gewählter Gemeinderat in Wien, als dort der »Austrofaschist« Dollfuß Kanzler wurde. Vielleicht ist die Flucht in die Tschechoslowakei unserem Ernst zuerst wie ein großer Ausflug vorgekommen, er war ja lange genug mit der Jugendbewegung (der Arbeiter – natürlich) gewandert, aber dann ging es schon nach Spanien, in den Bürgerkrieg, und erst, als auch der verloren war, traf er in Frankreich wieder mit seiner Familie zusammen. Seine Frau Lene, die Ärztin, war mit den Söhnen bis zum *Anschluß* (ich kann nichts für soviel Wortruinen) in Österreich geblieben, einer mußte ja Geld verdienen. Mehr als der Glaube an den Sozialismus gefährdete sie jetzt die jüdische Herkunft, am meisten die Kombination von beidem. Die Leiter der OSE in Paris hatten Notiz von Papanek genommen, als er, kaum nach Frankreich gelangt, ein Ferienlager für Emigrantenkinder zuwege brachte, in einer Geschichtspause sozusagen. Sie trugen ihm die Leitung ihres in mancher Hinsicht veralteten Erholungsheims an, immerhin eine

Chance für einen mittellosen Emigranten. Er lehnte ab. »Bevor wir an die Erholung denken, müssen wir die Kinder retten«, die Zeit war danach. Scharen von ihnen, man brauchte nur die Zeitung lesen, würden ihr Heil weit weg von Hitler suchen, mit oder ohne Eltern.

Das Gespräch, vermutlich auf deutsch, fand in Paris statt, Herbst 1938; unter den Fenstern, stelle ich mir vor (Bürofenster ohne Vorhänge), war Markt mit vielerlei Sorten Austern, akzentuiert durch halbierte Zitronen, oder es boten Kleiderhändler ihre bunte Ware an; Platanen vielleicht mit gelben Blättern linderten die Funken, die von den Schaufenstern der Geschäfte sprangen. Soll ich, wie man sagt, in die Vollen gehen und die Schrift an der Wand beschwören, das deutsche Menetekel? Es war nicht wegzuwischen; der junge Mann, als der Papanek seinen Gastgebern erschienen sein muß, bekam von ihnen den Auftrag, alles Nötige für die Aufnahme einer unbekannten Zahl von Kindern vorzubereiten. Wie er daranging, ach was, lief, stolperte, in welchem Widerstreit zwischen Mut und dem Gefühl der Vergeblichkeit, blieb ihm überlassen; die dichte Folge von Schreckensnachrichten sorgte für seine Glaubwürdigkeit auch da, wo sein Französisch nicht ausreichte. Der Flüchtling, allen Erfahrungen zum Trotz, fand Unterstützung in Ämtern wie in den Salons der eingesessenen Juden, sodaß er in der gebotenen, zudem widerruflichen Frist zwei oder drei weitere Landhäuser im Umkreis von Montmorency, die leerstanden, mieten konnte. Verwahrlost, wie sie natürlich waren (ich finde so etwas wie Trost in dem Wort *natürlich*), gehörte schon einiges dazu, sie sich als Kinderheime vorzustellen; sie herzurichten, fand er Emigranten, daran war ja in Paris kein Mangel, die nicht auf die Uhr sahen, und etliche behielt er gleich für den laufenden Betrieb als Erzieher, Köchin oder Fahrer.

Sie werden die Nachrichten von der *St. Louis* verfolgt

haben, oder umgekehrt, von der die Zeitungen während der Sommerflaute viel hermachten. Eins der Häuser konnte gerade noch fertiggestellt werden, eine Art Chalet, die Villa Helvetia, mit holzverkleidetem Obergeschoß, wo in besseren Zeiten Schweizer Kaufleute und Parisbesucher logiert hatten; da standen die ersten Kinder schon vor der Tür, unmündige Zeugen von Vorgängen, denen der Volksmund daheim den neckischen Namen *Kristallnacht* gab. Statt sie zu schonen, lenkten Papanek und seine Freunde, die meisten Neulinge als Pädagogen, ihre Aufmerksamkeit auf die Welt ringsum; da war dieses Schiff, das nirgends anlegen durfte; indem sie von Tag zu Tag unsere Fahrt verfolgten, lernten sie nicht nur Geographie und Geschichte dabei, sie fanden auch ein Stück aus der eigenen Verstörung heraus. Als Papanek schließlich nach Boulogne fuhr, *die Kubaner* zu holen, übten sie mit ihren Lehrern ein kleines Spiel zu unserm Empfang ein, auf deutsch, versteht sich, wir sollten uns ja zuhause fühlen.

Taten wir das, wir *Kubaner*? Den Namen wurden wir nicht mehr los. Es gab im Heim noch eine andere Gruppe, die *Robinsone*, genannt nach einem Ferienlager in dem Pariser Vorort Robinson, die trat geschlossener auf als wir; nicht allein, daß sie etwas zusammen erlebt hatten, ihre Eltern, mehr oder minder alle, hingen dieser legendären Sache an, dem Sozialismus (wollen wir, zugegebenermaßen am Ende des Jahrhunderts, das unter seinem Zeichen stand, im Bild bleiben, so glich er *ums Verrecken*, wie man in Schwaben sagt, einem Fahnentuch, das mal wie verrückt sich bauschte, mal schlaff herabhing; seine Anhänger wurden jeweils mitgerissen oder hatten Mühe, auf den Beinen zu bleiben). Was verband uns dagegen? Nicht mal der Name, der war ja ein Witz, also was? Selbst Hans, der Junge mit der Brille, wußte da keinen Rat. So kameradschaftlich die Robinsone ihre

Zimmer gleich mit uns geteilt hatten, eine gewisse Überlegenheit, und sei es auch im Sinn von Nach-, von Nächstenhilfe, spielten sie doch aus. Erst als eine dritte Gruppe, die *Orthodoxen*, aus unserm zusammengeschüttelten Häuflein sich herausarbeitete, bekamen sie in ihrer Diskutierfreudigkeit einen Widerpart.

Welche Spielart auch immer, die Neugier aufeinander überwog. Die Robinsone wie auch die meisten Erzieher – z. T. waren's ja ihre Eltern – kamen aus Wien, da gab's immer was zu vergleichen und staunen; unsern Falschen Hasen z. B. nannten sie *Faschiertes*, wir dafür ihre *Paradeiser* – zugegeben, prosaischer – Tomaten, so bekam alles exotischen Beigeschmack. Auch etwas Heimisches, absurderweise; die Papaneks gaben dem so unbekümmert Raum, als breitete jenseits des Zaunes nicht Montmorency, das Département Seine-et-Oise, Frankreich den Teppich aus, auf den wir uns nur zaghaft hinaustrauten. Am 1. Juli, ein paar Tage, nachdem wir angekommen waren, hatte Evelyn Geburstag, den ersten ohne die Eltern (sie kamen am Nachmittag aus Paris): da lag vor ihrem Teller ein kleines Geschenk, und nicht allein die Flammen von elf Kerzen brachten Farbe in ihre Backen. Ach, an mir hatte sie wenig von einem großen Bruder. Zu verstrickt in alles Neue, auch in das eigene Ich, du liebes Bißchen. Sag ruhig: Egoist. Das war übrigens eins der Wörter, mit denen schon die kleineren Robinsone uns einzuschüchtern suchten, ein andres, das sie leicht im Mund führten, kannten wir nicht mal dem Namen nach, *Altruismus*. In den ersten Tagen guckte ich wohl nach ihr, wie ich's Mama versprochen hatte; sie war in einem Dachzimmer bei drei größeren Mädchen, die sie schon bemutterten, untergekommen, ich nahm die Behauptung, daß ihr »nichts fehle«, also beim Nennwert, gewissermaßen, und sprang die Treppe erleichtert herunter, ungeachtet des Knarrens. Falls nicht eine Zimmertür auf stand, war es finster hier oben außer einer Säule honigfarbenen Lichtes, darin der Staub tanzte.

Das wird aber auch der letzte Winkel in der Villa Helvetia gewesen sein, in dem kein Bett oder zumindest eine Kofferpyramide stand. Wie Ernst und seine Helfer es anstellten, daß sie in all dem Trubel nicht aus der Haut fuhren, es fehlte wohl einfach die Zeit, die freie Minute, oder vielleicht fuhren sie ja, wir waren nur zu sehr miteinander beschäftigt, es wahrzunehmen. Als erste packten die Orthodoxen die Koffer wieder und übersiedelten nach Eaubonne in ein Heim mit koscherer Küche, wie nahmen's mit leichtem Gruseln zur Kenntnis. Dann war die Reihe an uns, den größeren; das neue Heim war ein Ziegelbau mit hellen Gesimsen und hieß *Les Tourelles*, Erker; als Burg, wie es vorgab, hatte es kaum gedient, wen kümmerte auch, wo alles frisch gestrichen glänzte, was vorher war, zumal nach solcher Reise. Unsere Burg, das trifft es wohl, lag in Oisy, einem Städtchen auf halbem Weg zwischen Eaubonne und Montmorency, wir konnten die Kleinen in der Villa Helvetia, wann immer uns der Sinn danach stand, bequem zu Fuß erreichen. Vorerst nahmen wir unser Schiff in Besitz, ich meine das große Erkerzimmer mit zwei Reihen Betten, von dessen Kommandobrücke, dem Fenster, man weit in die Runde sah. Viel Himmel und Bäume, weit hinten Schornsteine, Masten, da fing das Häusermeer an, Paris; auf der Straße hinter der Mauer lag weißer Staub, das erinnerte mich irgendwie an Sommerferien, nur, daß keine Erwartung sich damit verband. Oder doch? Hans, Günther, Horst und die andern, alles Kubaner, wir wollten hier schon was auf die Beine stellen. Richtig: Fußball. Der Garten sah freilich nicht sehr einladend aus. »Ihr könnt's doch auf der Wiese vor dem Haus spielen, wenn ihr das Gras schneidet«, sagte Ernst mit dieser Gutwilligkeit, die zuweilen etwas Aufreizendes haben konnte. Das Gras! Büschel von fettem Löwenzahn. Mit einer Sanftmut, die mich selbst erstaunte, klärte ich ihn über die Beschaffenheit eines Fußballfeldes auf. »Das hier ist viel zu abschüssig. Da müßte ja die eine Mannschaft bergauf spielen, kannst du dir das vorstellen?« Ja doch, wozu waren wir um die halbe Welt gefahren, wenn nicht mal die einfachsten Regeln mehr gelten sollten! Er gab sich nicht geschlagen, im Gegenteil. »Dann macht's euch halt an die Arbeit und gleicht die Senkung aus. Nach der Jause ist Zeit genug. Werkzeug findet ihr in der Orangerie, ich glaube, auch eine Schubkarre.« Er nahm uns beim Wort, nun mußten wir's halten.

Die Orangerie in der Senke des Gartens machte dem Namen, von außen betrachtet, Ehre, innen war's eher eine Rumpelkammer. Bretter, Leitern, Farbtöpfe vom Umbau, darunter zogen wir Spaten und eine rostige Schaufel hervor. Der Gedanke, ein anderer als Hans könne die Arbeit verteilen, war mir nicht gekommen, nun überließ er das Geschäft Günther und mir, »euch liegt ja soviel daran.« War da ein Hauch von Abschätzigkeit? Sein Gesicht verriet nichts. Günther aus Nordhausen im Harz, der zukünftige Mittelstürmer, hätte mit seinen blonden Locken gut in die Nibelungen gepaßt, auch war er von den muskulösen Schultern an aufwärts eher unbeweglich, anders als bei Wettkämpfen; die Angst vor einer Blamage, gar nicht so abwegig, überließ er mir. Mittels einer Wasserwaage, wenn ich das nicht geträumt habe, steckten wir das Feld mit Pflöcken ab, der Bindfaden ringsum sah fast schon nach Arbeit aus (das Knäuel, ja, das hatte mir schließlich Mandel gegeben, der Fahrer unseres kleinen Lieferwagens und Helfer in Alltagsnöten; so finster er unter den zusammengewachsenen Brauen im allgemeinen guckte, im besonderen, sagen wir, konnte er auch blinzeln). Die Befriedigung, die wir dabei empfanden, war in der Praxis ungleich schwerer zu erlangen, das merkte ich bald. Selbst wenn man Löwenzahn und Maulwurfshügel dem Feld gewissermaßen vorgab, es stellte sich, so sehr wir's mit wechselnden Truppen anfangs berannten, einfach taub. Nicht einfach; es konnte in Klumpen einem sich anhängen, daß man in den Halbschuhen wie auf Kothurnen stelzte, nach ein paar heißen Tagen starrte es wie gefroren oder bröselte kraftlos vom Spaten. Es kam hinzu, daß unsere Ausdauer von zarter Beschaffenheit war; Ungeduld und Indolenz machten ihr gleichermaßen zu schaffen. Dazwischen zu vermitteln, hätte es eines Anführers wie Hans bedurft, gleichmütig, so versah er seinen Dienst, wenn er dran war, ansonsten hielt er sich im Hintergrund (wie der nach und nach zur Bühne wurde, erzähle ich gleich). Als sein Statthalter, gewissermaßen, ereiferte ich mich zu sehr, und zwar mindestens zur Hälfte über mich selbst, da ich mir nicht eingestehen konnte, wie wenig ich meinen Parolen entsprach. Was waren dagegen die Gräben und Erdhaufen, mittels derer wir, langsam genug, das Feld schon etwas ausgeglichen hatten! Die Mitte blieb struppig und unbekehrt, und je höher der Sommer stieg, desto schwerer machte sich die Schubkarre. Manchmal kamen nicht mehr als zwei oder drei zur Arbeit, sagen wir, Unentwegte; wie gut, daß sie sich über die Spaten beugten, so zeigten sie nicht, was sie dachten. Es gab im Heim soviel zu besprechen, auch die dunklen Mächte draußen zogen weiter auf, da war der Fußballplatz bald kein Thema mehr. Und ich hatte doch schon den Prall gespürt, mit dem der Ball auf dem ebenen Grund aufsprang! Stattdessen brach der Krieg aus, zum Glück, muß ich wohl sagen, so konnten wir unsere Walstatt mit so gut wie erhobenen Häuptern verlassen.

Ein Freund in Lucca

Arturo, wie überwinde ich die Entfernung, die Zeit und das Meer zwischen uns gelegt haben –. Ich sehe dich unscharf in Argentinien, wo du als einer der Kleinen Brüder Jesu arbeitest – aber die Erinnerung führt mich geradewegs nach Lucca, wenn ich dich suche, in die Zeit, als ich Wand an Wand mit dir hauste. Frage ich anmaßend wie damals, ob das nicht eine Ausflucht sei: vor der Gegenwart, vor unserem tatsächlichen Alter, so ist die Antwort, daß ich nur etwas beschreiben kann, was mir gehört. Der Sommer 1944, der so wenig wie der Krieg selber ein Ende zu haben schien, weist keine matte Stelle auf, so oft ich davon erzählte. Damals redeten wir von der Zukunft, beugten uns sozusagen vornüber, um sie schneller zu erreichen; was hinter uns liegt, sehe ich um so deutlicher, als es nicht wiedergewonnen werden kann; oder nur in uns, solang wir da sind, sodaß ich auf Umwegen dich doch finden werde, Arturo.

Vieles weiß ich nicht, so gleich zu Anfang: was den Erzbischof von Lucca bewog, euch das leerstehende Seminar beim Botanischen Garten zur Verfügung zu stellen. Mons. Torrini war in meinen Augen ein Greis mit rotem Käppchen; um so mehr erstaunte mich seine Entschiedenheit. Lucca bot Anfang 1944 einen vergleichsweise friedlichen Anblick. Das neue Viertel um den Bahnhof war zwar von einem Bombenangriff häßlich gezeichnet, doch innerhalb der schönen Wälle mochte man glauben, der Krieg ziehe wie andere Unwetter der Geschichte noch einmal an der Stadt vorüber. Wenige, die darüber hinaussahen; unter den Wenigen du, den seine Zartheit eher als sein Mut zum Handeln zwang. Schon während des Studiums muß dir die Einsicht gekommen sein, daß, wo täglich Siege gemeldet wurden, die Zahl der Opfer täglich wachse; dieser Einsicht wohl mehr als einer dir etwa verliehenen Autorität ordneten sich die vier oder fünf, die Handvoll junger Priester unter, die, was sie ohne Aufhebens taten, unter den Namen des jedem Lucchesen vertrauten »Königs der Stadt« stellten: die Oblati del Volto Santo.

In diesem Krieg gab es Opfer, die beklagt werden konnten, ja deren Wunden die jeweilige Partei für sich in Anspruch nahm; und andere, wie man weiß, die beileibe nicht um Hilfe rufen durften, da die Ordnungsmächte selbst ihnen sofort den Garaus gemacht hätten. Zu solchen gehörte meine Familie, Juden der Herkunft nach, kaum mehr der Gewohnheit oder gar des Glaubens. Wir waren auf ein, wenn nicht heroisches, so doch abenteuerliches Leben nicht besser vorbereitet als andere Bürger. Nach allem verzichtbaren Besitz hatten wir zuletzt unseren Namen ablegen müssen; um zu überleben, dachte man; in Wahrheit verleugneten wir uns damit schon vor dem uns zugedachten Ende. Seither wechselten wir die Orte schneller, ja bald die Länder; man hält aber vor dem Einschlafen an jeder einigermaßen gewohnten Stelle, die einen eben als die Spur der Gewohnheit preisgibt, fest; auch geht das Reisen im fremden Land, dessen Sprache meine Eltern nicht beherrschten, und in der Angst vor Kontrollen sehr langsam vonstatten; schließlich, im letzten gemeinsam verbrachten Winter (1943/44) waren wir zu Fuß.

Den Winter in den Bergen oberhalb von Cuneo kann ich hier nicht beschreiben. Ich merke am Andrang der

Bilder, daß dort meine eigentliche Vorbereitung begann, oder wie soll man es nennen, wenn alles, was geschieht, auch das Schlimme, einen hochträgt, bis man es zu überflügeln meint? Hier erfuhren wir, aus Frankreich entkommen, zum ersten Mal die Gastfreundschaft Italiens, eurer Bauern und einfachen Leute. Hier verlor ich meinen Vater, die kleine Schwester. Die von Granatsplittern verwundete Mutter konnte ich in eine höher gelegene Hütte bringen; später, als die Schulterwunde zu eitern begann, in ein kleines Hospital in Demonte, wo die Nonnen sie etwas aufpäppelten; zu operieren wagte man nicht, da Schußwunden der Polizeiquästur zu melden waren. Schließlich riet uns unser Beschützer, der Stadtpfarrer von Borgo San Dalmazzo, zur Fahrt nach Lucca. Bei einem Besuch in Genua hatte er im Erzbischöflichen Ordinariat von eurem Unternehmen gehört. Er sorgte auch für das Reisegeld: kaum einer der Bürger des Städtchens fehlte bei der Kollekte, die einen Tag lang an der Theke eines Gasthofs eröffnet wurde. Es kamen, ich erinnere mich, an die 2000 Lire zusammen, damals das Monatsgehalt eines Arbeiters.

Über Piacenza, Bologna, Pistoia, jeden Abend kurz vor der Sperrstunde ein Hotel suchend, in dem meine Mutter sich ausstrecken konnte, im dunklen Morgen, bevor die Kontrolle kam, wieder zum Bahnhof eilend, erreichten wir Lucca in dreitägiger Fahrt. Es war Anfang März.

An das erste oder zweite Gespräch mit dir erinnere ich mich um so deutlicher, als ich mich dabei allem Ernst der äußeren Lage zum Trotz recht töricht aufführte. Wohl war ich von Priestern in den vergangenen Monaten freundlich aufgenommen worden, aber beim Betreten eines Klosters, wofür ich das Seminar hielt, fühlte ich mich doch beklommen. Du führtest uns, meine Mutter und mich, zu einem der Räume, die man vom Innenhof betrat, dessen Kahlheit von einer staubigen Palme in der Mitte besiegelt wurde. Wir setzten uns in den blinden Winkel, um durch die Glastür nicht gesehen zu werden. Der Raum erinnerte an ein Schulzimmer in den Ferien, unbewohnt oder besser unwohnlich. Wir sprachen französisch. Ob der rhetorische Schwung, der der Sprache innewohnt, mich weiter trug, als ich vorhatte, ob ich mit diesem Ausfall dir zu imponieren glaubte (ich war 19 Jahre alt): »Bevor Sie uns helfen«, fing ich etwa an, »sollten Sie wissen, daß meine Mutter und ich unter keinen Umständen, auch nicht aus Dankbarkeit, Ihre Religion – die wir im übrigen respektieren (ich glaube, das sagte ich tatsächlich) – annehmen können.« Mit einer Verbeugung gegen meine Mutter, die diese Boutade zum Glück nicht verstanden hatte, gabst du mir die Antwort, die ein anderer auch gegeben hätte, wenn auch vielleicht nicht so taktvoll. Ich habe die Worte vergessen, nicht aber den Ton der Aufrichtigkeit, mit der du das Mißtrauen, das ich wie eine zweite Haut um mich hielt, zu lösen begannst. Der Kirche liege nichts daran, aus ihren zeitweiligen Schützlingen Proselyten zu machen, sagtest du etwa. Zudem handle sie hier als Stellvertreterin der jüdischen Gemeinde (»der Hebräer«, wie es bei euch noch heißt), mit deren Mittelsmann du mich alsbald bekanntmachen wolltest; schließlich käme auch das Geld, das zu unserer Rettung verwandt würde, von amerikanischen Hilfsfonds.

Damit wolltest du mich beruhigen. Ich verspürte etwas Peinliches dabei, weil dieser Hinweis, den ich zudem provoziert hatte, den tatsächlichen Verhältnissen so wenig entsprach. Mochten die amerikanischen Juden auch Geld für uns spenden (in schöner Selbstgerechtigkeit nahm ich das hin), so blieb Amerika dennoch eine Art Bilderbogen ohne Tiefe. Wirklicher war die Front, die uns trennte. Wir nahmen kaum wahr, daß sie, wenn auch allzu langsam, näher rückte, so dicht umschloß uns die

Gegenwart. Sie lieh allem, was uns begegnete, etwas Zweideutiges, eine so verlockende wie bedrohliche Aura, die höchste Wachsamkeit erforderte. Ich will nicht verhehlen, daß ich am Anfang wenigstens versucht habe, dich als einen Fremden abzuschätzen. Du warst ein paar Jahre älter als ich (mit zwanzig nimmt man solche Unterschiede sehr ernst); das Habit, Sprache, Bildung, deine Stellung als Einheimischer, der (so schien es mir) über die verborgensten Ressourcen verfügte, alles gab dir die Überlegenheit des Freien. Ob du meine geheime Furcht erkanntest, die ich sorgfältiger verhehlte als die Furcht selber? *Bitten* zu müssen; ich wollte von niemandes Wohlwollen oder gar Mitleid abhängen. Um so wehrloser stand ich freilich da, wenn ich unverhofftem Zutrauen begegnete. Du nahmst mich mit der Gastfreundschaft und Höflichkeit auf, mit denen Italien noch stets die Barbaren entwaffnete. Der leicht gequetschte Akzent deines Französisch, das du mir zuliebe sprachst, hat sich mir ebenso eingeprägt wie manche deiner, soll ich sagen, liturgischen Handbewegungen, die durch ihre Eleganz oder eigentlich Unbemühtheit beruhigten. Du wirst dann bald hinter dem egalisierenden Schicksal die Verwirrung eines Jungen erkannt haben, dessen Lebenswillen um so heftiger war, als ihm zur Erfüllung, sei es der Sehnsucht, sei es der Begabung, alles fehlte. Zudem war ich an einen Literaturkenner geraten, der mir seine Sprache und meine Verlorenheit mit den ›Promessi Sposi‹ erschloß. Solche Überlegenheit zu respektieren fiel mir nicht schwer, denn ich hatte nicht nur den Vater verloren, sondern war auch der geistigen Herkunft nach zumindest Halbwaise. Vor allem gewannst du mich, indem du mich nicht schontest; ich durfte euch hie und da auf einem Gang begleiten, die Gefahr mit euch teilen. Doch ich springe voraus.

Ich war mit meiner Mutter gleich in das erste beste Hotel gegangen, als wir in Lucca ankamen; nein, nicht gleich. Gegen Mittag hatte uns ein Lastwagen von Pistoia, der ersten von Bomben durchaus zerrütteten Stadt, die ich sah, nach Pescia mitgenommen, von wo es immerhin eine Vorortbahn gab, die uns bis an die Stadtmauer brachte. Es kann sein, daß sie klingelte, wir fühlten uns jedenfalls auf unseren Holzbänken aufgenommen oder immerhin zusammengeschüttelt mit der Alltagsgemeinschaft der Bauern, Marktfrauen und (da die Fahrt nach Lucca ging) Priester. Es war noch Nachmittag, als wir durch das Tor gingen. Ein kleiner dunkler Ausschank, ich glaube in der Via S. Croce, schien mir für das Debüt in der fremden Stadt geeignet. Wer durch den klimpernden, bunten Holzperlenvorhang tritt, stellte ich mir vor, ist schon fast ein Einheimischer. Die alte Frau hinter der Theke, die mir vielleicht nur alt vorkam, weil sie das übliche Schwarz trug, nahm keine Notiz von unserem kümmerlichen Aufzug, der freilich damals alltäglich war. Denke ich an das Wohlbehagen zurück, das wir mit ihrem Cappuccino eintranken, so bin ich nicht mehr sicher, ob sie uns nicht doch etwas ansah; wir haben von mancherlei anonymem Wohlwollen gezehrt. Dann erst gingen wir, es war inzwischen dunkel geworden, zu dem Hotel, das sie uns genannt hatte; es war das Albergo Universo, in dem jeder Fremde wohnte; einige dreißig Jahre zuvor Hofmannsthal, bevor er zu Rudolf Borchardt nach Monsagrati hinauffuhr, und jetzt die Gestapo. Das erfuhr ich von dir am nächsten Morgen, als wir uns neben dem Dom in der Misericordia trafen. Unser Hab und Gut trug ich bei mir, wir konnten also nicht mehr dorthin zurück.

Als ich dich traf, wußte ich allenfalls, daß in der Welt einige Wenige sich zu uns zu stellen bereit waren, Auserlesene gewiß, wenn auch ein neuer, heilloser Sinn dazukam. Ich ziehe es vor, für diese Wenigen zu danken als der

Welt vorzuwerfen – wie ich es damals unbewußt wohl tat –, daß es nur so wenige waren. In Lucca, an deiner Hand sozusagen, erlebte ich zum ersten Mal, wie der Geist einer alten Stadt, in den Generationen sich erneuernd, nachhaltiger wirken kann als die just lebende Generation in ihrer Zufälligkeit. Das war es wohl, was mich zuweilen glauben ließ, mehr oder minder die ganze Stadt sei mit dir befreundet. An jenem Abend bot uns ein Witwer Zuflucht in seiner Wohnung, von dem ich wie in der Commedia dell'Arte nur den Stand erfuhr; der Ingegnere. Ein stiller Mann, etwa fünfzigjährig, also nicht älter als ich heute; damals schien mir der Grauhaarige, der meist den Kopf gesenkt trug, einer anderen Zeit anzugehören. Das Haus lag an der Piazza San Michele. Man sah durch den Vorhangspalt in eine enge Straßenschlucht hinunter: Bäcker, Apotheke, Schuhgeschäft, und obwohl ich wußte, daß die vertraute Szenerie so wenig standhalten würde wie, sagen wir, eine Kulisse, empfand ich sie als tröstlich. Der Hausherr ging und kam, während wir schliefen. Am Morgen fanden wir in der unwirtlichen Küche, die wohl seit langem nicht mehr benutzt wurde, einige Lebensmittel, Nudeln, Oliven, Kaffee, alles in das spröde gelbe Packpapier gewickelt. Ich glaube, daß wir mit unserem Gastgeber keine zehn Worte wechselten; auch verließen wir nach wenigen Tagen die Wohnung in seiner Abwesenheit, ohne uns zu bedanken. Ein schriftlicher Gruß hätte ihn nur gefährdet.

Der jüdische Mittelsmann, von dem du gesprochen hattest, brachte uns dann zu einem oberhalb der Certosa, dem Kartäuserkloster ... gelegenen Zufluchtsort. Giorgio Nissim war ein Pisaner Kaufmann, der sich jetzt Nicoli nannte. Er hatte Frau und kleine Kinder bei einem Bauern untergebracht, um den Rücken bei seiner wohl selbstgewählten Aufgabe frei zu haben; er sorgte für uns wie ein älterer Bruder. Sein tatsächliches Alter ließ sich schwer schätzen, da sozusagen kein Gran Fett an ihn verschwendet worden war. Die florentinische Mundart sprang ihm mit gehauchten k's und reinen Zischlauten satt von den breit verzogenen Lippen. Er trug immer denselben Hut und Anzug und war als geborener Verschwörer in nichts von den mageren, lebhaften, meist kleingewachsenen Männern zu unterscheiden, wie sie sich Abend für Abend auf den Plätzen der Städte und Dörfer versammeln. Die großen Hände schienen seine Worte zu wiegen. Er hatte auch mehr zu verschenken, als man ihm ansah. Gleich beim ersten Treffen bemerkte er, daß meine Mutter ziemlich schadhafte Schuhe trug, und brachte ihr am Tag darauf ein Paar Sandalen mit Korksohlen, die tatsächlich paßten. Es war zwar noch März, aber sie trug sie fortan.

Das einstöckige, breitgebaute Haus auf dem Hügel oberhalb der Certosa, in dem wir die nächsten Wochen verbrachten, mochte sonst zu Ferienkursen oder Exerzitien dienen. Jetzt beherbergte es ein Häuflein von »gewesenen Menschen«, von denen einige wie das junge, kränkliche Ehepaar, das streng am Ritus festhielt, schon seit der Besetzung Belgiens oder Frankreichs auf der Flucht waren; die meisten kamen aus den Städten der Umgebung, Livorno, Pisa, Viareggio, und hatten bis vor kurzem eine bürgerlich geduckte Existenz führen können, über deren Verlust sie ungeniert klagten, wenn man sie beim Essen oder vorüberhuschend im kalten, gewölbten Gang traf. Diesem Häuflein stand ein ehemals schöner Mann mit Schnurrbart und Nasenwarze vor, der der Professore genannt wurde und um dessen Gunst zwei ältliche Schwestern, die abwechselnd die Küche führten, mit Blicken und Extraspeisen stritten. Die alten Leute fürchteten ihn. Wenn wir Mangel litten, so weniger Hunger und Kälte als daß uns das Wohlwollen abging, mit dem das Volk ringsum durchaus nicht geizte. Hier herrschte schon das Mißtrauen voreinander, die fassungslose Unterwürfigkeit vor dem vermeintlich Mächtigen, wie es in den Lagern grassiert. So bleibt als kräftigende Erinnerung an diese Tage nur ein Bittgang zu einem benachbarten Hof, wo ich mehr oder minder heimlich – denn der Professore hielt solche Ausflüge für sein Privileg – Milch für meine Mutter kaufen wollte. Nach anfänglicher Reserve faßte die Bäuerin Zutrauen und bot mir, als ich gehen wollte, etwas Unerhörtes, ein Ei; und da sie die Verhältnisse drüben wohl kannte, schlug sie es gleich in die Pfanne. Rauch, Geborgenheit unter der niederen Holzdecke, draußen der kalte toskanische Morgen: das alles umgibt mich ohne Verlust, wann immer ich heißes Olivenöl rieche.

Die Wunden meiner Mutter waren bis auf eine verheilt; der tiefe Einschuß an der linken Schulter wollte sich nicht schließen, ja begann zu eitern. Bei seinem nächsten Besuch sah Nissim ein, daß die Konsultation eines Chirurgen, womöglich eine Operation nicht zu umgehen war. Natürlich kannte er das Gesetz, das den Arzt verpflichtete, alle Schußwunden der Polizei zu melden; der Staat, der der Gewalt entgegentreten sollte, als ihr erster Handlanger. Wenn ich mir darüber Gedanken machte, so verdrängte ich sie. Geduld war und ist nicht meine Stärke. Freilich wollte ich meine Mutter nicht in zusätzliche Gefahr bringen, aber wenn es denn sein mußte, war mir Gefahr lieber als das ergebene Warten hier. Wir würden, zumindest für eine kurze Frist, nach Lucca zurückkehren. Unsere paar Sachen waren schnell verschnürt. Vom Professore und den Seinen, die unser Los mit aufgehobenen Händen beklagten – fast hätte ich sie vergessen –, nahm ich mit geheucheltem Bedauern Abschied.

»The unstable glory of an April day«: auf niemanden traf Shakespeares Vers besser zu als auf uns, obwohl das Licht schon in südlicher Übermacht glänzte, als wir unten an der Landstraße auf den Bus warteten. Die Ebene in prachtvoller Alltäglichkeit, die Mauern, Porta S. Frediano, das arglose Treiben auf der Piazza dahinter. Ich sah die Stadt mit Augen, spürte und roch sie eigentlich erst heute, da der gute Nissim, der uns an der Haltestelle erwartete, mich der Wachsamkeit enthob. Wir brachten meine Mutter zum Kloster S. Zita, wo sie während der Dauer der Untersuchung wohnen sollte; dann geleitete er mich durch lange Gassen, in die von sehr weit oben das Licht fiel, an Palästen, baumbestandenen Plätzen vorbei zu der locker bebauten Straße des Botanischen Gartens, fast eine Vorstadtstraße, wo ich wieder, schon fast ein Eingeweihter, den Hof des Seminars betrat; den Gruß des Hausmeisters bezog ich auch auf mich.

Die im Rechteck verbundenen Gebäude, einstöckig bis auf das wohl früher gebaute Haupthaus, wirkten bedeutsam wie alles an diesem Tag (beim Wiedersehen nach dem Krieg erschienen sie banal; Nutzbauten, die nicht altern können). Im hinteren, zweistöckigen Trakt, unter dem Dachboden, wohnten die drei, später vier Priester, zu denen das Jahr hindurch die absonderlichsten Gäste kamen: denn als solche, und nicht als Bittsteller, wurden sie aufgenommen. Die Zimmer der Pensionäre, die zum großen Teil noch leerstanden, sahen ringsum in den Hof; zur Straße waren die Fenster des sie begleitenden Ganges mit Läden verschlossen, was im Sommer nicht weiter auffiel.

Ich glaube, du warst an dem Tag auf einer deiner Fahrten. Das hatte ich in den letzten Jahren wie nur ein schlechter Schüler widerwillig lernen müssen: auch jemand, der zu helfen bereit war, hatte andere Verpflichtungen, Interessen, mochte krank sein, obwohl meine Hoffnung ihm übermenschliche Kräfte zuschrieb; es galt zu warten, mit gepreßtem Atem sozusagen und meist wenig Geld. Hier wies man mir ein Zimmer zu, bot mir zu essen, zu rauchen; es geschah unter Kameraden, ohne Aufhebens. Zum erstenmal seit der nicht so fernen als unwirklichen Kindheit bewohnte ich ein Zimmer allein: getünchte Wände, Metallbett, Tisch und Stuhl, das Fenster morgens voller Himmel: genug für einen, der von allem Unerfüllten leicht war.

Die ersten Tage, ein, zwei Wochen haben der Erinnerung nicht viel mehr als ein Häuflein Sonnenasche übriggelassen. Ich gab vor, daß die Toskana wie alles Berühmte mich kaltlasse; um so leichteres Spiel, Helle, Kargheit, bewegten Schatten aufbietend, hatte sie mit mir. Zwar hielt der Fluch, nicht Gottes mehr, doch kaum geringer, uns weiter Schritt für Schritt umschlossen; in diesem Licht aber, das zwischen den Fingern einer mächtigen Faust zu entspringen schien, glaubte ich nicht mehr an seine Allmacht. Die Fähigkeit, auch in aussichtsloser Lage abzuschweifen, hatte mich seit der Schulzeit selten verlassen. Ich kannte Momente der Sorglosigkeit, etwa wenn ich meine Mutter nach der Untersuchung am alten Stadtgraben entlang zum Botanischen Garten führte, der so klein war, daß die einzige, freilich mächtige Zeder ihn bis zum Rand beherrschte; man traf dort nie einen Menschen.

Der alte Chirurg, ein ehemaliger Militärarzt, der sich zu der Untersuchung bereitgefunden hatte, war weder Anhänger noch Gegner des Regimes – die beiden Kategorien, in die ich die Menschen einteilte – als vielmehr nur ein guter Arzt. Es bedurfte, ihn zu gewinnen, keiner Überredung, der Anblick einer so verwundeten Frau genügte durchaus. Er untersuchte sie mit geradezu akademischer Sorgfalt, als ob die Röntgenaufnahmen, die er, vor sich hin brummend, wieder und wieder verglich, nicht auch als Beweisstücke gegen ihn hätten verwandt werden können. Doch bewegte er sich in der Klinik der Barbantine, wie die ihm ergebenen Nonnen genannt wurden, als in einem Raum, in dem außer seinem nur das Wort Gottes galt (in dieser Reihenfolge, da Gott ja kein Mediziner war). Es schien niemanden zu wundern, daß einer mittellosen Ausländerin ein Einzelzimmer zugewiesen wurde, wie es meiner Mutter aus begreiflichen Gründen geschah, als sie zur Operation in die Klinik übersiedelte. Ich selbst, seit Jahren gewohnt, daß andere für mich sorgten – nicht nur in diesem Sinn war der Krieg für mich eine Art großer Ferien –, nahm auch diese Vergünstigung hin, ohne mir Gedanken über die Kosten zu machen. Die Sorge, daß meine Mutter beim Zählen vor der Narkose in deutsche Zahlen zurückfallen könnte, beschäftigte uns weit mehr. Um ihr ein wenig Mut zu machen, erbat ich vom Doktor die Erlaubnis, der Operation sozusagen als Souffleur beizuwohnen.

Am Vorabend kam ich vom Besuch in der Klinik mit müden Beinen zurück; die Zähne klapperten ohne mein Zutun, als forderte die unterdrückte Angst jetzt ihr Recht. Der herbeigerufene Arzt, einer aus der unerschöpflichen Schar deiner Freunde, brauchte nicht lange, um eine Rippenfellentzündung zu diagnostizieren; ich sollte mich unverzüglich ins Bett legen, später wochenlang das Haus hüten. Ich verstand vor allem, daß man mir, und sei es zu meinem Schutz, die köstlichen Ausflüge in die Stadt verbieten wollte. Morgen, sagte ich abweisend, morgen muß ich noch aushalten.

»In dieser Verfassung wirst du aber niemandem nützen«, hörte ich dich entgegnen, »am wenigsten deiner Mutter.« Das war so freundlich gesagt wie schwer zu widerlegen; ich versuchte es gleichwohl. Offensichtlich war meine Position so schwach, daß du sie ignoriertest. Dagegen batest du mich unvermittelt, dich an meiner Statt der Operation beiwohnen zu lassen. Ich erinnere mich, daß mir die Vorstellung peinlich war, du müßtest eine entblößte Frau sehen. Einer Anordnung hätte ich mich zu entziehen gewußt; die Bitte entwaffnete mich, und fast gleichzeitig spürte ich die Geborgenheit, in die das Fieber, den Bruch zur Kindheit heilend, mich einlullte.

Die Operation verlief fürs erste gut, auch die gefürchtete Narkose. Meine Mutter habe ohne Stocken bis quatre-vingt-seize gezählt, berichtetest du am Abend. Die Erleichterung machte mich übermütig: »Das war bloß die Angst. Sie steht sonst auf Kriegsfuß mit den französischen Zahlen über sechzig.« Du fragtest, womit man der Patientin ein bißchen aufhelfen könne; etwas Süßes, eine Lieblingsspeise. »Sie bekommt doch alles Notwendige«, sagte ich geniert. Die Antwort kam schnell, fast elegant: auch das Überflüssige sei notwendig. Ich mußte mir das Wort il superfluo erst ins Französische übersetzen, ehe ich verstand. Der Satz, fünf Worte, brachte die Großartigkeit meiner Prinzipien in Verwirrung, wie es sonst nur mein eigener Tageslauf vermochte. Ich führte einen angelesenen Sozialismus im Mund, der der vollkommenen Allgemeinheit galt, nicht dem Nächsten. Während der Flucht über die piemontesischen Berge hatte ich meinen Vater gegen mich aufgebracht, der nicht verstand, warum ich andauernd, statt bei der Familie zu bleiben, fremden Leuten das Gepäck trug. Das war glanzvoller. Jetzt wand ich mich, eine Lieblingsspeise meiner Mutter zu gestehen, als handle es sich um ein Laster. Dabei aß ich selber, wenn ich Geld hatte, mit Genuß den Castagniaccio, einen warmen Fladen aus Maronenmehl, den man ohne Lebensmittelkarten kaufen konnte.

Ich weiß nicht, wer von deinen Freunden die Löffelbiskuits backen ließ, einen ganzen Karton, die köstlich nach Geborgenheit dufteten. Das Überflüssige. Meine Mutter naschte davon, auf dem Bauch liegend, wenn sie nicht schlafen konnte.

Nachbericht zum Fragment der Geschichte einer Jugend

Als Ludwig Greve 1979 vor Freiburger Studenten über seine Gedichte sprach, nämlich darüber, »warum ich anders schreibe«, trug er kein poetologisches Programm vor; er erzählte, wie er dazu gekommen war, Gedichte zu schreiben, auf der Flucht vor den Deutschen, im Luccheser Versteck 1944/45. Stationen dieses Fluchtweges sind, viel später noch, in seinen Versen gegenwärtig: die Reede vor Havanna (1939), Paris (1940), Nizza (1943), Piemont (1943/44), Lucca, Haifa, der Kibbuz am See Genezareth. Mitte der sechziger Jahre berichtete er Ernst Papanek, ehemals Leiter der Kinderheime in Montmorency: »Als der Krieg aus war, [...] träumte ich davon, über eine Periode schreiben zu können, die mir so wichtig erschien. Gerade aus diesem Grund wurde nichts daraus. Vielleicht werde ich später versuchen, so eine Geschichte zu schreiben, eine sentimentale Reise, aber es wird sicher nicht die Geschichte sein, an die Du denkst. Übrigens ist eine große Zahl von Büchern, Berichten, Memoiren und Broschüren über jene Zeit erschienen. Ja, viele Jahre lang war es ein gutes Geschäft, wenn in einem Buch jüdische Menschen mit allem Drum und Dran vorkamen. Aber meiner Meinung nach ist für solche Bücher keine Nachfrage mehr. Oder noch schlimmer, sie sind aus der Mode gekommen.«

Die Lebensläufe und eidesstattlichen Erklärungen, die dem 1950 nach Deutschland Zurückgekehrten abverlangt wurden, gerieten unter der Hand zwar zu detaillierten Berichten, in denen die ausführlichen Erzählpartien den Behörden noch befremdlicher gewesen sein mochten als der Ton störrischer Selbstbehauptung. Aber das war, aus noch geringer Entfernung festgehalten, zweckbestimmt, nützlich allenfalls als Gedächtnishilfe; ungeformter oder halbgeformter Stoff für die Erzählung, für »das Buch, das ich vielleicht noch schreiben werde«. Anders verhielt es sich in den folgenden Jahren beim mündlichen Erzählen, unter Freunden – da gewannen einzelne Begebenheiten oder Situationen eine so genaue Kontur und pointierte Form, daß die Zuhörer schon aufhorchten und nach mehr verlangten. Daß er »so etwas wie ein Erzähler meiner Abenteuer geworden« sei, vermeldete er in einem späteren Brief an Papanek denn auch mit gehöriger Selbstironie. Zu den Abenteuern mußte man sich freilich, wenn Greve erzählte, die Notlage, zu den Geschichten immer noch die Geschichte hinzudenken. Auch die eine oder andere bis in die Jugend zurückreichende Erinnerung in den gedruckten Gedenkblättern für Freunde oder in einer Marbacher Eröffnungsrede setzte einen – von seinen Lesern und Zuhörern mehr geahnten als gewußten – Zusammenhang voraus.

Davon zu erzählen schob Greve lange auf. »Jahrelang habe ich jede Erinnerung an meine Kindheit unterdrückt, wahrscheinlich, weil meine Art, sie zu sehen, so schmerzhaft ist. Aber mit der Zeit werden wir bescheidener in unseren Ansprüchen und sind froh, so etwas wie eine Vergangenheit zu haben.« Ende 1975, zehn Jahre nach diesen Bemerkungen im ersten Briefbericht an Papanek, erschien in der Festschrift zum siebzigsten Geburtstag von Rudolf Hirsch (bei S. Fischer in Frankfurt) das hier an zweiter Stelle gedruckte Stück autobiographischer Prosa *Ein Freund in Lucca*. Es wird durch die Form der Briefanrede an den Mentor und Freund des Luccheser Exils, Don Arturo Paoli, zusammengehalten. Vorangestellt waren dem Text die folgenden Sätze: »Lieber Herr Rudolf Hirsch, ein Bericht, ein Brief an einen anderen – Sie werden vielleicht fragen, wie das folgende Stück auf Ihren Geburtstagstisch kommt. Es ist ein Anfang zu der Geschichte meiner Jugend, die zu schreiben Sie mich manchmal ermunterten. Nehmen Sie wenigstens diesen Anfang als Dank.«

Wieder zehn Jahre später, Ende Juli 1985, begann er die Niederschrift der Geschichte seiner Jugend noch einmal. Der Anfang dieses Anfangs hatte ihm Mühe gemacht: die Suche nach dem Standort für den Erzähler, nach Anredeweisen, vor allem aber nach einem Ton trokkener Beiläufigkeit und geduldiger Genauigkeit, ohne Herablassung gegen den, der er früher war. Auch der Verzicht auf Effekte (von denen er sehr wohl etwas verstand) mag ihm nicht leichtgefallen sein. Im Frühjahr 1984 hatte er darum einen vorangegangenen Versuch wieder aufgegeben und schien, für eine Weile, zu resignieren. Er kam langsam voran, beim Schreiben nach und zwischen den Dienstgeschäften, mußte die Arbeit manchmal monatelang unterbrechen, anderer Tagwerke wegen, etwa als er 1985/86 die Gottfried-Benn-Ausstellung einrichtete; erst nach dem Abschied vom Marbacher Archiv im Dezember 1988 hat er sich darauf konzentrieren können. Er schrieb an der Prosa wie an den Gedichten, Satz für Satz, Seite für Seite (die dann sogleich mit der Maschine abgeschrieben und zu späterer Zeit mit der Hand korrigiert und ergänzt wurden), ohne eine Kapitelfolge im voraus festzulegen, ohne Dispositionsschema für das Ganze. So bleibt ungewiß, wie weit er die Geschichte seiner Jugend führen wollte, die er gelegentlich seine »Heimsuche« nannte, auch seine »Empfindsame Reise« (was sich nicht von ungefähr auf Lawrence Sternes *Sentimental Journey through France und Italy* bezog, ein Buch, das er liebte) – ob bis 1945, bis zur Rückkehr nach Deutschland 1950 oder noch ein wenig darüber hinaus. Als Greve am 12. Juli 1991 vor Amrum ertrank, hinterließ er ein 180 Seiten starkes Typoskript, aber doch ein Fragment, das mit der Kriegsmeldung im Jahre 1939 abbricht und noch keinen Titel hatte. Der schließlich vom Verlag gefundene zitiert einen Satz auf Seite 15.

Auch wenn der Brief an den Freund Arturo Auskunft über spätere Ereignisse gibt – es ist an dieser Stelle wohl doch nötig, darüber knapp zu berichten. Zur ergänzenden Lektüre sei auf das (unterdessen vergriffene) Buch von Ernst Papanek über *Die Kinder von Montmorency* (Wien 1980) hingewiesen, das auch die Flucht in den Süden Frankreichs beschreibt (in den Passagen über Greve, der darin unter anderem Namen vorkommt, allerdings Wahres mit Erfundenem verfremdend vermischt).

Daten und Namen der folgenden Chronik stammen zum größten Teil aus Greves Papieren:

1939: Die Eltern Greves leben in einem Pariser Hotel, von jüdischen Hilfsorganisationen unterstützt, bei denen Walter Greve, der Vater, selber mitarbeitet. Sein Bruder Ernst, kurz vor Kriegsbeginn aus dem Konzentrationslager Buchenwald entlassen, kommt mit Frau, Sohn und der Großmutter Lina Greve nach Paris. Vater und Onkel werden im September interniert, aber wieder entlassen. Ludwig Greve bleibt in Montmorency, besucht das Lycée Louis Blanc in Enghien-les-Bains (ungewiß ist, seit wann und wie lange).

1940: Nach dem Beginn des deutschen Angriffs am 10. Mai erneute Internierung des Vaters und des Onkels am 13. oder 14. Mai (Stade de Roland-Garros); beide entscheiden sich für den Dienst in einer Arbeitskompanie. Der Vater kommt als »prestataire« in ein Lager bei Bordeaux, dann in ein anderes bei Grenoble, aus dem er im August entlassen wird. Die Mutter, Johanna Greve, bleibt mit der Tochter Evelyn und der Großmutter in Paris zurück; die Tante Anna Greve wird ins Lager Gurs »verbracht«. Obwohl durch Luftangriffe gefährdet, bleiben die »Heimkinder« in Montmorency, bis kurz vor dem Einmarsch der deutschen Truppen in Paris (am 14. Juni). Im letzten Moment gelingt es Ernst Papanek, für sie ein neues Quartier im Schloß Montintin (Gemeinde Château-Chervix), etwa 30 km von Limoges entfernt, zu finden, wohin die älteren Kinder, für die die Reiseerlaubnis nicht rechtzeitig erlangt werden kann, unter ihnen Ludwig Greve, in der Nacht zum 12. Juni schließlich im allgemeinen Tumult zu Fuß aufbrechen und nach Tagen (zuletzt mit einem Postzug bis Limoges) auch gelangen. Papanek selber, dem eine Verhaftung droht, gelingt die Flucht in die Vereinigten Staaten.

Im September erhält Johanna Greve die Erlaubnis, die Demarkationslinie zum unbesetzten Frankreich zu überschreiten, kommt zunächst nach Montintin, dann nach La Nouvelle bei Perpignan, wo sich inzwischen Walter und Ernst Greve eingefunden haben.

1941: Die beiden Familien Greve übersiedeln in der Hoffnung auf günstigere Lebensumstände nach Forcalquier (Basses Alpes). Ludwig Greve bleibt in Montintin, kann im Sommer aber wahrscheinlich einmal die Eltern besuchen. Eingeschränkter Schulunterricht; Arbeit in der Tischlerwerkstatt.

1942: Im Sommer beginnt die systematische Deportation der jüdischen Emigranten im nichtbesetzten Frankreich. Ernst Greve und seine Familie entkommen ihr nicht; sie sind nicht zurückgekehrt. Walter Greve flieht, gewarnt, im September mit Frau und Tochter in die Berge, wo die drei in einer Holzfällerhütte von einem italienischen Kohlenminenarbeiter notdürftig versorgt werden. Die bei Freunden zurückgelassene, über achtzigjährige Großmutter Lina Greve stirbt im Januar 1943 in einem Krankenhaus an Entkräftung.

Die Mairie von Château-Chervix hat Ludwig Greve später, 1954, einen Aufenthalt vom Juni 1940 bis zum 26. August 1942 bescheinigt. Am 26. August kommen französische Gendarmen auch nach Montintin, um die älteren Schüler zu verhaften. Greve wird versteckt, flieht, verbirgt sich wochenlang in den umliegenden Wäldern, wird zweimal gefaßt und entkommt wiederum. Ende September erhält er, gerade 18 Jahre alt, falsche Papiere auf den Namen Louis Gabier; fortan muß er sich als Franzose, im Untergrund, durchschlagen, erst in einer Bauerngenossenschaft, dann als »convoyeur«, Begleiter von Gruppen Illegaler an die Schweizer oder an die spanische Grenze.

1943: Im Januar sucht Greve seine Eltern auf, kann ihnen das Nötigste verschaffen und fährt nach Lyon, um ihnen falsche Papiere zu besorgen. Am 3. Februar wird er bei einer Razzia im jüdischen Comité in der Rue Ste. Catherine verhaftet, in den Kohlenkeller des Forts La Motte gesperrt, verhört und – während die anderen Gefangenen deportiert werden – nach drei Tagen wieder freigelassen, weil es ihm – in enormer Anstrengung – gelingt, seine »französische Identität« zu behaupten. Es gelingt ihm auch, die Familie Ende Februar nach Nizza zu bringen; dort weist ihr die italienische Besatzungsmacht St. Martin-Vésubie als »résidence forcée« an, als Zwangsaufenthalt, wo man sich täglich bei den Carabinieri melden muß, sonst aber außer Gefahr ist.

Nach dem Waffenstillstand im September fliehen die italienischen Soldaten über die Alpen in die Provinz Cuneo, mit ihnen Hunderte von deutsch-jüdischen Flüchtlingen, die wenig später in den Grenzdörfern Entrácque und Valdieri auf Panzerwagen mit deutscher SS treffen und aufgefordert werden, sich zu stellen. (Die es tun, werden im November aus dem Kasernenlager in Borgo San Dalmazzo deportiert.) Die Familie Greve flüchtet wieder in die Berge, versteckt sich auf der Bergkette zwischen Valdieri und Festiona in Holzschuppen und Scheunen. Als der Winter einbricht, wird sie, nach tagelanger vergeblicher Quartiersuche von Bergdorf zu Bergdorf, im Dorf San Michele (Comune di Cervasca), oberhalb von Cuneo, von einem alten Bauern aufgenommen, zuerst in einem Schuppen, später in seinem Haus. Lebensmittel schafft Ludwig Greve auf wöchentlichen Bettelgängen herbei; Brot legen Nachbarn vor die Tür. Der Pfarrer von Borgo San Dalmazzo, Don Raimondo Viale, besorgt über das erzbischöfliche Sekretariat in Genua hin und wieder etwas Geld – wie für die andern etwa 400 in den Bergen oberhalb Cuneo versteckt lebenden Juden und politischen Flüchtlinge.

1944: Im Januar wird bei einer Beschießung der Bergdörfer (als Repressalie nach Partisanenkämpfen) auch das Haus in San Michele getroffen, die Mutter schwer, der Vater leicht verletzt. Die ärztliche Hilfe ist mangelhaft; jeder Transport scheint das Leben der Mutter zu gefährden.

Anfang Februar fragen Carabinieri aus Cuneo nach den Papieren der Eltern, versprechen italienische statt der falschen aus Frankreich, wenn Walter Greve bei ihnen vorbeikomme. Auf Rat des Gemeindesekretärs nimmt er die kleine Tochter mit auf den Weg. Beide werden festgenommen und ins Lager nach Borgo San Dalmazzo gebracht. Dort kann Ludwig Greve – den die Dokumente nicht als Sohn ausweisen, sondern als Fremden – sie noch einmal sprechen, aber er kann einen Fluchtplan (mit dem Pfarrer von Borgo San Dalmazzo vorbereitet) nicht mehr verwirklichen, weil die Gefangenen über Turin ins Sammellager Modena gebracht werden, von dem die Transporte in die Vernichtungslager abgehen. (Die Nachricht aus Turin wird trotz späterer Nachforschungen die letzte bleiben.)

Die Bescheinigung eines Arztes verhindert, daß auch die Mutter sofort geholt wird; Greve trägt sie »in der Nacht« »über die Berge«, kann sie sogar in einem katholischen Hospital in Demonte unterbringen, wo es allerdings nicht möglich ist, sie zu operieren. Er beschließt nach einer Verhaftung, aus der er sich nur mit Mühe herauswindet, dem Rat des Pfarrers von Borgo San Dalmazzo zu folgen und, mit einem Kennwort und Reisegeld versehen, Piemont zu verlassen. In drei Tagen erreichen Mutter und Sohn Anfang März Lucca.

Von dieser Station des Fluchtweges hat Greve gern erzählt, immer wieder, dankbar; er hat die Stadt auch später ein paarmal aufgesucht, sie den Seinen gezeigt. Seinen Namen findet man in Darstellungen des Luccheser Widerstandes verzeichnet.

Was folgt, ist kurz zusammenzufassen. Die 5. amerikanische Armee befreit Lucca im September 1944. Im März 1945 wandert Greve mit seiner Mutter nach Palästina aus, wo die Familie Fritz Danzigers, ihres Bruders, lebt und wo er in Haifa Max und Margot Fürst kennenlernt. Er versucht schon bald, nicht nach Amerika, wohin er eingeladen wird, sondern wieder nach Europa zu gelangen, womöglich nach Italien oder in die Schweiz. Im Januar 1950 kehrt er mit Hilfe amerikanischer Quäker nach Deutschland zurück, leitet 18 Monate das Nachbarschaftsheim in Ludwigshafen am Rhein, bis August 1951, stellt in diesem Monat den Antrag auf Wiedereinbürgerung und fährt mit deutschem Paß nach Italien, nach Rom (bis Ende März 1952). Durch Fürsts, die ebenfalls aus Israel zurückgekommen sind, lernt er in der Odenwaldschule Katharina Maillard kennen. Er heiratet im Herbst 1952; 1954 und 1960 werden die Töchter Cornelia und Julia geboren. Im April 1952 hat er HAP Grieshaber in Reutlingen besucht; von diesem wird er auf den Bernstein (bei Sulz am Neckar) eingeladen, wo sich im ehemaligen Kloster eine Art Künstlergemeinschaft versammelt. (Über diesen Aufenthalt, 1952–1954, hat Greve 1984 im Marbacher Grieshaber-Magazin *Malgré tout* berichtet.) 1954 nach Stuttgart übergesiedelt, arbeitet er in einem Reisebüro. Am 1. April 1957 wird er Mitarbeiter des Deutschen Literaturarchivs; 1960 richtet er zusammen mit Paul Raabe die große und folgenreiche Marbacher Expressionismus-Ausstellung ein. Im Oktober 1968 übernimmt er als Raabes Nachfolger die Leitung der Bibliothek. Gedichtveröffentlichungen haben ihm zuvor schon, 1958, ein Stipendium für die Villa Massimo in Rom eingetragen; das erste Gedichtbuch erscheint 1961.

Greve hat das Typoskript (und eine Sicherheitskopie) seiner Geschichte zwar korrigiert, aber noch nicht für den Druck redigiert. Vier minimale Lücken (auf den Seiten 46, 65, 66 und 71) hat er nicht mehr schließen können; sie sind offengeblieben, da der Text auch mit diesen Auslassungen meist nur eines Worts verständlich bleibt. Am Rand vermerkte Daten über den Fortgang der Arbeit wurden im Druck weggelassen. In die Orthographie und Interpunktion – die wie in anderen Texten Greves sich öfter nicht an die Duden-Regeln halten – einzugreifen, war nur an wenigen Stellen nötig, um offenkundige Versehen zu korrigieren, Schreibungen zu vereinheitlichen oder Mißverständnisse auszuräumen. (Doch ist etwa das charakteristische Schwanken zwischen den Schreibungen Photo und Foto beibehalten worden.) Schwierigkeiten bereiten die wechselnden Namen für dieselbe Person, die verraten, daß der Verfasser unschlüssig war, ob und wieweit er sie verfremden solle. Der Name seiner Kinderfrau Mimi, Wilhelmine Göthel (der als Goebel und Gothel vorkommt), ist im Text korrigiert worden. Darauf, daß Ernst Greve, der Bruder des Vaters, zwar unter seinem richtigen Namen eingeführt, dann aber durchweg Carl genannt wird, auf einigen Seiten schließlich Paul, wird der Leser in Fußnoten hingewiesen. Die beiden Zwischentitel werden wie die gleichfalls nur vorläufige Zählung des 2. Kapitels als Marginalie gedruckt, um das noch Provisorische der Kapitelgliederung anzuzeigen. Ungenaue Erinnerungen (etwa an die Aufnahmen in der *Neuen Foto-Schule* von Hans Windisch) oder andere kleine Irrtümer, die den Zeitgenossen auffallen mögen, hier nachträglich zu berichtigen, habe ich nicht für nötig gehalten.

Reinhard Tgahrt